它从春秋战国来

主编◎李晓
副主编◎姜立刚 管慧

U0821924

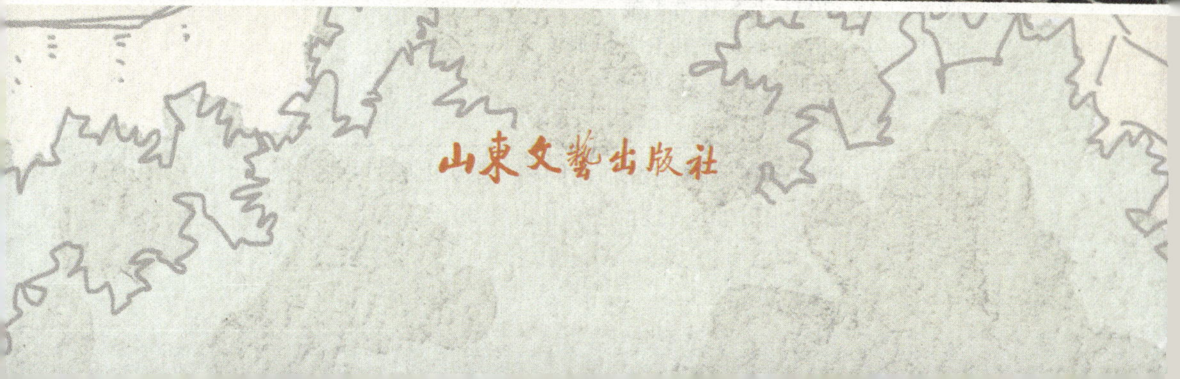

山東文藝出版社

图书在版编目（CIP）数据

它从春秋战国来 / 李晓主编；姜立刚，管慧副主编
. -- 济南：山东文艺出版社，2023.5
ISBN 978-7-5329-6841-1

Ⅰ. ①它… Ⅱ. ①李… ②姜… ③管… Ⅲ. ①访问记
–作品集–中国–当代 Ⅳ. ① I253

中国国家版本馆 CIP 数据核字 (2023) 第 025096 号

它从春秋战国来

TA CONG CHUNQIU ZHANGUO LAI

李晓 主编　姜立刚 管慧 副主编

主管单位　山东出版传媒股份有限公司
出版发行　山东文艺出版社
社　　址　山东省济南市英雄山路 189 号
邮　　编　250002
网　　址　www.sdwypress.com

读者服务　0531–82098776（总编室）
　　　　　0531–82098775（市场营销部）
电子邮箱　sdwy@sdpress.com.cn

印　　刷　潍坊新天地印务有限公司
开　　本　710 毫米 ×1000 毫米 1/16
印　　张　18.75
字　　数　268 千
版　　次　2023 年 5 月第 1 版
印　　次　2023 年 5 月第 1 次印刷
书　　号　ISBN 978-7-5329-6841-1
定　　价　86.00 元

版权专有，侵权必究。如有图书质量问题，请与出版社联系调换。

《它从春秋战国来》

编委会

主　　任：李增坡
副 主 任：王志伟　张龙华　杨培香
委　　员：陈志伟　乔云峰　刘　云　王　权

总 策 划：王　坤　黄　鑫
主　　编：李　晓
副 主 编：姜立刚　管　慧
执行主编：丁少玉　季彩凤
摄　　影：张　超
插　　图：张秀丽

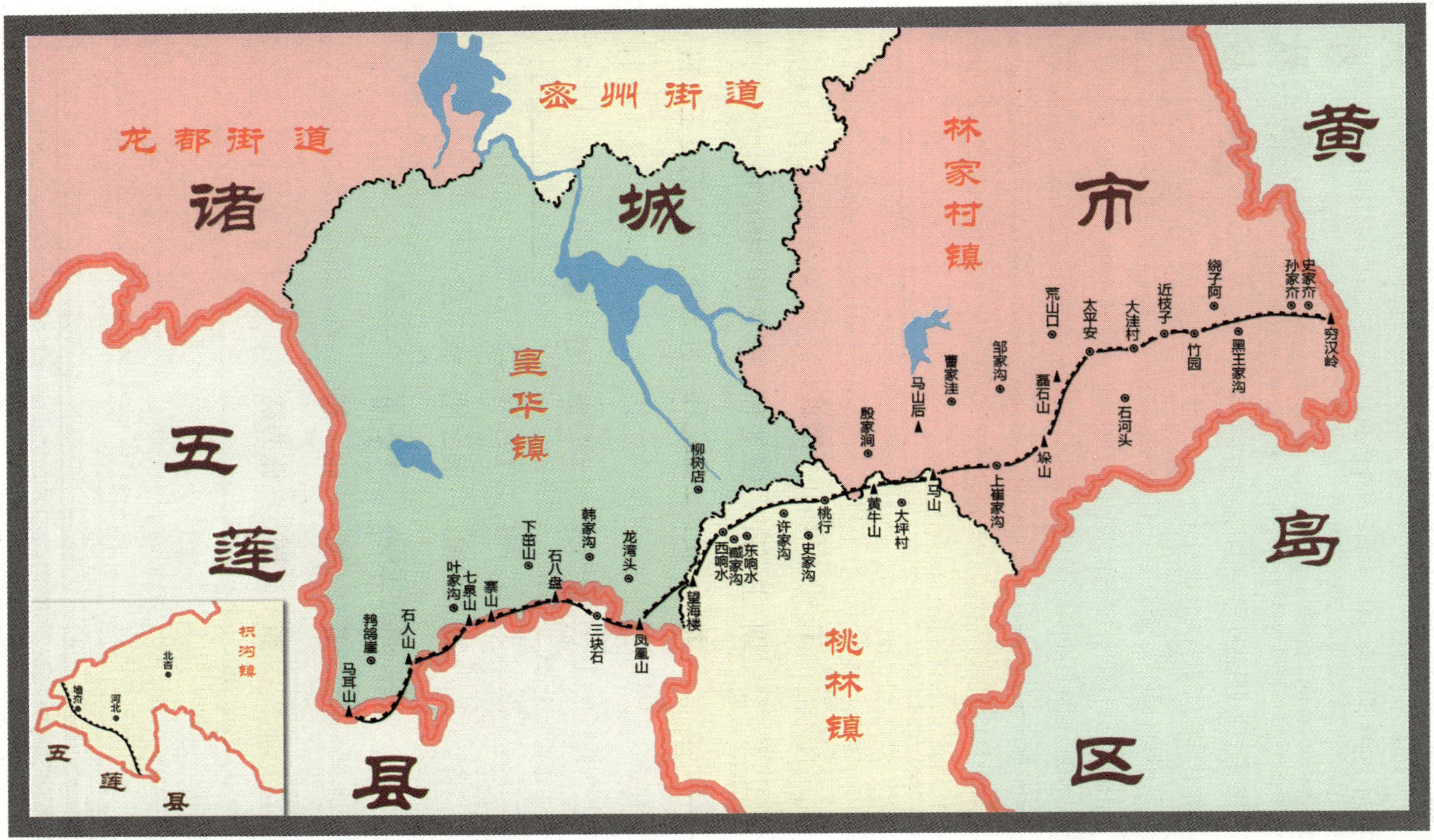

诸城市境内齐长城走势图

目录

CONTENTS

它从春秋战国来

它从春秋战国来

□ 李晓

一

在春秋百家唇枪舌剑的争锋中，在战国群雄刀光剑影的逐鹿中，在黄河波涛奔涌的咆哮中，齐桓公昂首挺立于泰山之巅，眺望着蜿蜒起伏的泰沂山脉，忽然仰天大笑。

鲍叔牙惊讶地问：大王为何大笑？

齐桓公指着连绵不绝的群山说：你瞧，我拥有这百万雄师，何惧群狼窥我大好河山？

管仲见鲍叔牙迷惑不解，忙向齐桓公敬拜道：大王圣明，以山拒敌，此乃英明之策。将城墙修筑于群山之巅，让外敌插翅也难以逾越，可保我齐国永世安宁。

齐桓公顿时龙颜大悦，他长袖一挥，气贯长虹地说：那好，本王就把城墙修筑于群山之巅！

随即，他纵身跃马，向东南方向的群山峻岭驰骋而去。所经之处，群山涌动，城墙矗立，蜿蜒起伏一千余里，宛如一条巨龙腾飞于齐鲁大地之上。

齐桓公胯下的白马神驹所踏之处，流光溢彩，万马奔腾，白马山、白马河、小白山、白马饮、马山、亮马村、望马敦、藏马山等一个个名胜古迹横空出世，气象万千。

这虽是传说，但齐桓公缔造齐长城却是不争的事实。

从此，一场跨越近两个世纪的宏伟工程就此拉开帷幕。

二

从春秋到战国，经过齐桓公、齐灵公、齐威王、齐宣王等四代君主历时 170 年的修筑，一条长达 618.9 公里、穿越 1518 座山峰、自济南长清孝里街道广里村东至青岛西海岸于家河村的齐长城，终于傲然矗立于齐鲁大地。它比秦长城早 400 多年，迄今已有 2600 多年的历史，是中国现存有准确遗迹可考、保存状况较好、年代最早的古代长城，被誉为“长城之父”。

齐桓公修建齐长城西段，主要是为了针对当时强大的鲁国。这段长城跨越平阴、长清、肥城、泰山区、泰安郊区、历城、章丘、莱芜，一直到博山，于鲁襄公十八年（前 555）完成，修建时间长达百年。

到了战国初期，齐威王、齐宣王又继续向东修建，历经淄川、沂源、临朐、沂水、安丘、莒县、五莲、诸城，直至青岛西海岸。从公元前 356 年到公元前 284 年，共修筑了 70 余年。

最终将长城修至海滨的是齐宣王。

齐宣王就是典故“滥竽充数”中喜欢听人吹竽的那个主。他不仅好玩、昏庸无能，还性情暴躁，导致政治腐败、国事荒废，再加上楚国不断入侵，齐国已到了岌岌可危的地步。好在他遇到了一位绝代丑女、“自荐枕席”的钟离春。

在国家危难之际，钟离春不让须眉，挺身而出，冒死求见齐宣王。经多番努力，终于得以拜见。她向齐宣王陈述齐国面临的危难，指出如再不悬崖勒马将会城破国亡。齐宣王听后，震惊之余又大为感动，把钟离春视为自己的一面宝镜，采纳了她的谏议，并立她为王后，从此齐国大治。

那时强大的楚国已经把疆域扩张到江苏沿海一带，给齐国造成了巨大威胁，于是齐宣王就继续向东修长城，直至黄海之滨。

绝世丑女钟离春不仅让齐宣王浪子回头成就伟业，还让齐长城绵延至海，赓续至今，亦可谓一代巾帼英雄。

三

诸城境内的齐长城就是齐宣王在位时修建的，分为枳沟、皇华、桃林、桃园四段。

它从五莲县的白马山跨过潍河最先进入诸城的枳沟，然后沿着墙夼水库北岸往东南前行，从北杏社区的南岭进入五莲境内。

枳沟段的齐长城很短，不足五里。现存的仅有两段，都建筑在丘陵之上。

齐长城经过五莲的高泽、许孟等乡镇后，从马耳山北麓的桥上村复入诸城境内，经马耳山、阎王鼻子山、马鞍东山往北至石人山，然后一直走向东北，经过韩家沟的南山（摘星楼）转向东南，越过诸户公路，至五莲境内的三块石后，又折东北方向前行，经过拔地盘、凤凰山，往南沿着五莲县与诸城市交界的连绵群山转了一个半弧，翻越海拔429米的望海楼进入了桃林镇。

齐长城皇华段群山连绵、山势险峻，齐长城多建在地势险要、易守难攻的山脊之上，所经之山，无论高低，必越过其主峰。山脊之上的城墙修筑得低矮且狭窄，大多是用石块垒砌的一面墙。

齐长城进入桃林镇后，经西响水村前的瓜蒌山（柳树店村的黑岭）往东跨过诸日公路，跃上海拔402米的黄牛山，进入桃园境内。

齐长城桃林段多为山岭地段，建筑于土岗、山岭之上。

齐长城往东北越过海拔291米的磊石山之后，就进入地势相对平坦的丘陵地段。经石河头北岭，跨过央赣公路与吉利河，最后，从台家沟村东南约1500米处的“穷汉岭”进入青岛西海岸新区。

桃园段的齐长城多建在土岗之上，遇到缓坡之处就增加高度与宽度，两边用石块垒砌，中间用沙土夯筑。这一带的齐长城遗址保存尚好，蜿蜒十几里，颇具龙蟠虎伏之气象。

齐长城遗址在诸城境内途经 4 处乡镇园区、40 余个村庄、5 条公路、8 条河流，翻越 146 座山头，全长 49.85 公里，其中遗迹 38.52 公里。

由于诸城境内的长城建于战国时期，主要用来防御楚国，所以又称“齐楚长城”。

四

齐长城从春秋的百家争鸣中走来，从战国的刀光剑影中走来，走过万里巍峨的山川，走过大汉帝国的朗朗乾坤，走过贯通南北的京杭大运河，走过花团锦簇的唐诗宋词，走过元朝的广袤的疆土，走过永乐大典百科全书，走过大观园的春夏秋冬，走过虎门的硝烟，走过一片焦土的颐和园……

它从两千多年前历史的天空一路走来，走过辛亥怒潮，走过抗日烽火，走过开国大典欢腾的海洋，走过了 9 万多个日日夜夜、风风雨雨，终于走到了今天国富民强的新时代。

五

如今，齐长城巍峨的身躯虽然只剩一抔黄土，或一段残垣断壁，但不减它辉煌的历史。它不仅具有很高的军事价值，还是用土石垒筑起的一部记录着春秋战国政治面貌、社会状态的发展史。

齐长城的诞生并非一世之功，也非一人之力，它经历四代君王，历时 170 年，是君臣同心、将士用力使然，是国力强盛、民心所向使然，是天时地利人和的充分体现。它是一座亘古千秋的历史丰碑，它是一曲流传千古的时代赞歌。

我们从齐长城最先进入诸城境内的墙夼水库的北岸开始徒步行走，我们踏寻它的轨迹，不仅去丈量它的长度与厚度，更是要去了解它所经之地的名胜古迹、风土民情，还有人物与故事。

我们想通过对它经过的每座山、每个村、每条河、每处遗址的探寻，用文字与照片重现它昔日的光彩，让它活过来，立起来，成为一幅绚丽的历史画卷，成为一道丰厚的文化长廊，成为一条靓丽的风景线。

齐长城经过的村落

齐长城从潍河进入诸城境内后，先后经过枳沟镇的墙夼（原址）、河北（原址）、大北杏，皇华镇的桥上、南寺（桥上村的自然村，现已迁出）、围子里（鹁鸪崖的自然村，现已迁出）、鹁鸪崖、尚庄、叶家沟、上茁山、下茁山、韩家沟、龙湾头、大寨、黄崖前、庙村（现已迁出）、柳树店，进入桃林镇的臧家沟、西响水、东响水、许家沟、史家沟、桃行、沈家沟（史家沟的自然村，现已迁出）、钟家梁（史家沟的自然村，现已迁出），桃园的殷家店、大坪子、马山后、曹家洼、上崔家沟、邹家沟、磊石沟、太平安、荒山口、石河头、大洼、近枝子、竹园、黑王家沟、绕子阿、插旗崖、孙家夼、台家沟、史家夼等村。

墙 夼

墙夼村曾是枳沟镇下辖的行政村，据《莒县志》记载：墙夼村原名为墙。因村南有齐长城城墙遗迹，此是墙的由来，又因该村坐落在洼地，洼又为夼，故名墙夼。

带“夼”字的村名均在山东。墙夼村可能是胶东半岛最西边的一个带“夼”的村了。

该村在墙夼水库北岸，村子不足百户家，以刘、王、张姓为主，2019年整体搬迁至北杏社区。（祝清文）

河 北

河北村曾属枳沟镇，因它在高泽河的北边，故叫河北村。它在墙夼水库北岸，南与五莲县的李家北杏搭界。村里有四五十户人家，因村小，又叫小河北。村里主要有张、王、赵姓人家。革命烈士张德兴就出生在该村。2018年，河北村整体搬迁至北杏社区的尽美家园。（祝清文）

大北杏

大北杏村现有人口八百余户，以王姓居多。村中一口老“八角辘轳井”的井沿石块上有多处被绳索磨出的深沟，据此可以推断，该村在发明辘轳之前就有了，也就是说最晚在三千年之前就存在了。据说，古时村里曾有一棵老银杏树，村名应该是以银杏树取的名。

最早立村的是李姓人家，后来李姓迁居小南岭村（李家北杏）。王氏迁来定居，依姓氏称“王家北杏”；清初郑氏由五莲县吴家庄迁来，在王家北杏西北侧定居，称“郑家北杏”；原李氏聚居的地方称“大北杏”。20世纪80年代初村庄规划，这三个庄合并为“大北杏”。2019年，这里设为北杏社区，墙夼村、小河北村一同并入。1898年，王尽美在大北杏村出生。（祝清文）

桥 上

桥上村属于皇华镇，在乔有山北麓，一个有五百余户的大村，村中以郭、赵姓居多。

桥上村的村名与一座木头桥有关。桥上村旧址（在现在村子的西北）的西面是龙泉河（涓水），龙泉河的西面是永平村。永平村人为了方便村里人到河东劳作，就在河上建了木头小桥。因为河东岸地势高，桥面就由东向西倾斜，当人们由桥西往桥东走时，就像爬坡，感觉桥东岸像在桥的上面，由此，东岸的村落就被称为桥上村。

村中有关帝庙、东庙、西庙、土地庙、隐龙寺、姑子庵、和尚林、马耳山抗日遗址、姊妹柏等众多古迹。

关帝庙在1958年前后圮废，只存有庙前两棵高大的桧柏树（俗称“豆粒松”），这两棵柏树已有五百多年历史，被当地人称为“双胞胎姊妹柏”。（祝清文）

围子里

围子里村在马耳山东麓，南面是阎王鼻子山，北面是鹁鸽崖山，三面环山，东面挨着鹁鸽崖村，是唯一通往山外的出口。

李坤元老师曾于20世纪80年代到鹁鸽崖村进行采风，他在《采风鹁鸽崖》一文中写道："第二天去西自然村，由村里一位姓朱的同志伴领。这村很小，二十来户，一个家族，全姓邹。"这个自然村指的就是围子里。

在很早以前，有一家邹姓人家前来居住，在村东修筑了长一公里、高两米、宽一米的南北走向的围子墙，这个村子因此而得名。

1993 年至 1994 年，该村在当地政府的安排下进行了搬迁。现在，围子里村的遗址上只有一棵两人合抱粗的老银杏，它已有二百多年的历史，依然守护着这块乡土，留存着岁月的记忆。（李晓）

鹁鸽崖

鹁鸽崖村属于皇华镇，坐落在马耳山东麓，一百四十来户，由东西两个自然村构成。

村子之所以叫鹁鸽崖，是因为它西面有一座鹁鸽崖山，山之所以叫鹁鸽崖山，是因为山上有个山谷。在很久以前，山谷曾经栖聚了许多鹁鸽，尤其是傍晚时分，鹁鸽云集于此，起起落落，如同落英缤纷。据说，这些鹁鸽都是从四周聚集而来。至于它们为什么聚集在此，是地理环境使然，还是生活习性使然，当时也没有生物学家进行过研究，当地百姓自然也无从知晓。他们就只管这山叫鹁鸽崖山，管这村叫鹁鸽崖村了。

鹁鸽是鸽子的一种，鸽子在人们心目中是一种吉祥的动物，象征着和平祥和，因此，这个村子的名字，也饱含着美好的寓意。（李晓）

尚 庄

尚庄属于皇华镇，在齐长城石人山段的北面，是个五六百户人的大村，现在是尚庄社区的驻地。村里以许、李、王姓为主。虽然村名叫尚庄，村里却没有一户姓尚的。

尚庄原先在村后的小北岭上（村庄遗址尚在）。有一次，姜尚视察他的封地时，来到这个村子。那天正好下着雨，村里坑坑洼洼，泥泞不堪，还要上坡爬崖，行走十分艰难。姜尚当时就想，生活在这里太不方便了，要改变一下这里黎民百姓的居住环境。于是，他站在岭顶四处一望，见岭前土地平坦，河水潺潺，是一个宜居之所。他略施法术，把全村整体移到了那里。

村里人为了纪念姜尚的迁村之恩，就以他的名字作为村名。后来不知什么原因，人们就把姜尚村叫成尚庄了。（李晓）

叶家沟

叶家沟属于皇华镇尚庄社区，在七泉山的西面。村子建于元代，一叶姓人家见这里土地丰沃，环境优美，便在此居住下来。明洪武时期，有一叶姓由山西洪洞县迁徙而来，成为村中大户，后来叶姓迁走，只在村南齐长城遗址北面留有一处墓地。

村东有一深沟，名叫“铁牛沟”，富含铁矿、铜矿。古代铁牛沟内曾是铸造铜钱的作坊，有村民曾挖出过不少铜钱，有人挖到过钱范子，还发现了冶炼铁矿、铜矿的土炉和成堆的铁渣、铜渣，这条沟故而又叫“冶金沟”。（祝清文）

上茁山、下茁山

传说，茁山是女娲命名的，村也因山而得名。

明朝初年，战乱不断，加上干旱以及黄河泛滥，导致山东地界人烟稀少。茁山村也在劫难逃，村里只剩下几户人家。到了明洪武二年，明政府开始移民，从山西往山东迁移人口。

最先迁移到茁山的是王姓人家，是从山西洪洞县大槐树村迁移来的。

后来姓赵的人家也从山西迁移至此，后来又陆续迁移来了王、臧、徐、黄、杨姓人家。清初，又有梁姓人家从五莲仁里迁此定居，后来又来了袁、刘、臧姓等人家。他们就在河西南岸的上坡之处居住下来，随着人口不断繁衍，这里的住户越来越多，村子的规模越来越大，最后分成了两个村，西面新形成的村子叫上茁山村，东面的那个老村就叫下茁山村。

茁山在清朝时属于诸城皇华练，民国时期属于诸城县四区。1943 年 7 月，中共常山区成立，它被设为茁山乡，属于常山区。1947 年五莲县成立，它随着常山区划归五莲县。1956 年 4 月，五莲县常山区回归诸城县，它归属诸城县。2018 年 6 月，被设为茁山社区。

上茁山村网格面积 1.83 平方公里，辖区共有耕地 746 亩、山场 1948 亩，户籍数 116 户、人口 363 人，常驻户数 83 户、人口 209 人。当地特色产业及主要作物有小麦、玉米、花生、板栗、核桃、榛子等。

下茁山村网格面积 2 平方公里，辖区共有耕地 685 亩、山场 2260 亩，户籍数 155 户、人口 507 人，常驻户数 120 户、人口 268 人，当地特色产业及主要作物有小麦、玉米、花生、苹果、桃、板栗、核桃、榛子等。（李晓）

韩家沟

韩家沟属于皇华镇，人口有 200 多户，南面与五莲县的槎河交界，明朝初年，由从长城岭（今属五莲县）迁来的郑氏所立。由于该村有一座韩母坟，又处于山沟之中，故名韩家沟。

村后有一堵天然形成的石围墙，村民叫它后石栏，韩母坟就在其中，后来通村里的南北大街时，被埋于地下。

韩母坟据传是楚汉之争时，汉大将军韩信母亲的坟墓。韩信打败赵、燕、齐三国之后，被刘邦封为齐王，在齐长城之阴选择了这块风水宝地，将死去的母亲葬于此。

该村现有 200 多户村民，分布在诸户公路东西两侧。（祝清文）

龙湾头

龙湾头村属于皇华镇，南与五莲县槎河交界，东与桃林乡张家沟接壤，西与韩家沟为邻，全村 200 余户，村中丁姓人家较多。

这里原是相家沟丁氏家族的一个林场，后来在这里看林的人逐渐繁衍成为一个村落。

传说村子北面有一个深不见底的大湾，水黑绿黑绿的，里面住着一条大黑龙，平日它就伪装成水牛混在村里的牛群中，有一日，被放牛人发现，它便划开一条大沟向北溜走了。它划开的这条大沟就被称作大黑龙沟，这个湾叫龙湾头，村子因此而得名。（祝清文）

大 寨

大寨属于皇华镇，在龙湾头村东南、望海楼西面，虽名为大寨，其实却是个不足 40 户人家的小山村。村东南的猿猴峪是相谷河发源地，河水清澈，从村前往西北流淌。

很早之前，大寨这一带都属于城里丁氏家族所有，丁家雇用一位周姓男子在此看山护林，后来在猿猴峪山下相谷河北岸居住下来。由于地处深山，幽深偏僻，无人管辖，他也落得个逍遥自在，就以“山寨王”自诩。随着世代繁衍，这里人口越来越多，后来自成村落。因为村民都期望村寨发展得越来越大，就起名大寨。大寨村原属龙湾头村的一个自然村，1979 年独立成一个行政村。

村里人朴实好客，为人真诚，是齐长城脚下一个淳朴的小山村。（李晓）

臧家沟

臧家沟属于桃林镇，在齐长城脚下桃林与皇华镇交界处。它三面环山，东临平日路。有望海楼、小白山、镜月湖、神马饮、齐长城遗址、金马古道等。全村总共 118 户，以祝、王、褚等姓为主。（李晓）

柳树店

据说柳树店村建于明洪武二年（1369）。村的东面是分水岭，向南流的水注入黄海，向北流的进入渤海，这里地旷人稀、山高路远，素有“柳树店赛潼关，难进难出桃林山”一说。因过去村里多平柳（燕子柳），漫山遍野皆是此树，这里又是通南海的交通要道，是到黄海跑海商贩的必经之地，过路商人常在此住店休息，时间久了，就被称为柳树店。

柳树店南面有座山叫黑岭，黑岭属于臧家沟、西响水、柳树店等三个村共有：山的南部属于臧家沟村，叫瓜蒌山；山的北面属于西响水村，叫南山；山的北部有很少的一部分属于柳树店，叫黑岭。由于这部分山地处山的背阴面，终日不见阳光，再加上草木茂密，所以被当地村民称为黑岭。（李晓）

西响水

西响水是林家村镇最北端的一个村庄，有西山、南山、黑绺沟等山，齐长城经过望海楼后，就从黑绺沟山经过。

全村有 125 户人家，以殷、赵、刘等姓为主，因村内一条小河一年四季流淌不止，村子又在平日路西边，所以得名西响水。（李晓）

东响水

东响水因对应西响水而得名，属于桃林镇，位于桃林镇与皇华镇交界处，在诸日公路东侧。现有村民 68 户，以孙、宋、赵姓为主。（李晓）

桃 行

桃行村是桃林镇北部的一个偏僻山村。村庄东北的黄牛山富含云母矿，山上尚存有当年日本侵略者为了掠夺云母矿藏而留下的炮楼。桃行村有 37 户人家，以臧、赵姓为主。

最早之时，此处桃树成林，故名为桃行。后因生产环境和生存环境欠佳，人口不断外流，山上荒草丛生，树木狼藉，有人就送了个别称“涛蒿”，就是荒凉的意思。当地有一歇后语：“涛蒿人家过年——不是早了是晚了”，“涛蒿”这个名字因此家喻户晓。（祝清文）

殷家涧

殷家店位于黄豆山北面，村西南是黄牛山，东邻潘家沟，北接大福田。发源于黄牛山东麓的扶淇河经村东流入大福田水库，注入潍河。全村有 103 户村民，以潘姓居多，其次是张、王等姓。

相传明初有殷姓人家来此居住，因为村子处在黄牛山后的山涧，就取名“殷家涧”。

传说当初来此立村的人叫殷德山，曾经救下一女子，结成夫妻，生下儿女。后来殷德山狩猎归来，不见了妻子。原来他妻子是黄牛山上的狐仙变的，嫁给殷德山是为了报恩。时限一到，她就忍痛割断与殷德山的

尘世情缘。殷德山感念妻子之恩不再狩猎，在村周围开荒种地，将儿女抚养成人。（丁少玉）

马山后

马山后村位于桃园区西南部山区，南靠马山，与桃林乡大坪子村接壤，北与土屋村为邻，东与曹家洼村相接，西与潘家沟村为界，占地面积6.31公顷。村里以孙姓为主，另有王、张、戴等姓。

据《孙氏家谱》记载：道光三年（1823），孙氏从安丘县的小吴村先搬迁到青墩，道光二十六年（1846）又避乱到此居住。时值严冬季节，夫妻二人肩挑担子步行到潘家沟，看到此地杂草丛生，便又转移到现在的地方。因村前有一山叫马山，故名“马山后”。（丁少玉）

曹家洼

曹家洼村位于桃园片区西南部的山区地带，东邻邹家沟，西邻马山后，南面隔岭与上崔家沟接壤，北是新建村。村庄呈长方形，东西长，南北宽，占地面积为8.14公顷，全村145户。

该村始建于明朝洪武年间，最先来此居住的人家姓曹，住处又建在沟内，于是起名为“曹沟”。乾隆年间，曹家迁走，孙姓迁此地居住，因村后有一片洼地，故改名为“曹家洼”。

村里姓氏以刘姓居多，其次是王、李等姓。村西岭和南岭上储存有大量钾长石，现正在开发中。

该村山岭薄地多，村民多栽种地瓜。由于地瓜产量高，茎叶是喂牲畜的好饲料，又适于山岭薄地种植，所以在附近广泛栽种。鲜地瓜怕冻，农民冬天多把地瓜挖地窖存放，一般可吃到来年春天。（丁少玉）

上崔家沟

上崔家沟村，坐落于桃园区驻地西南部山区，位于马山东麓、岱家山西麓，西与桃林镇接壤。

据《崔氏族谱》记载：崔氏原籍是山西省平阳府龙门县，明初迁到现在的五莲县汪湖镇，明朝中期迁此定居，以姓氏加地貌称“崔家沟”。后来崔氏家族一分支去南边另立村庄，称“下崔家沟”，该村地势高，就称“上崔家沟”，崔氏在此传世 21 代。

村中现有住户 252 户，700 多口人。村中主要姓氏为崔姓，约占全村的 90%，另有赵、周、丁等姓。传说上崔家沟村北 1.5 公里处有座“九棱桥”，北与马山后、曹家洼村相通，现今人们仍将此处称为“桥沟”。后来，上崔家沟崔氏族人，将石碑和匾额供奉于本村崔氏祠堂内，“文革”时遗失。（丁少玉）

邹家沟

邹家沟村坐落在桃园片区西南部山区地带，东边是荒山口村，南边是上崔家沟村，西边是曹家洼，北边是新建村。村庄呈长方形，东西长 0.5 公里，南北宽 0.3 公里，占地面积为 12.41 公顷，全村 150 户，500 多口人，均系汉族。

村内以刘姓为多，另有殷、王、周等姓氏。

本村土地庙中有一块石碑，碑上记录该庙建于洪武十七年 (1384)，落款是邹姓。现在石碑去向已无从查考。因村前有一条东西沟，名叫邹家沟，村名由此而来。

村里有座竹园，坐落在该村西南角，占地面积为 2.5 亩。此园原是本村地主刘韦堂祖上的后花园。园中竹子为其祖辈所植，后来自行繁衍，长盛不衰，距今已有 200 多年。

大众日报社曾在这里落脚。（丁少玉）

磊石沟

磊石沟属于桃园，坐落在桃园片区驻地西南约 8 公里处，背靠磊石山，东面是娄子山，西南面是岱家山。

清朝嘉庆年间，附近村里的一些贫民，纷纷到这个地方支锅燎灶，建造家园。起初是本乡郑家沟村的郑姓人家先来此地居住，后来从东红村搬来了姓曲的人家，慢慢地这里就形成了村落。因为这里是磊石山下面的一条沟，所以，人们给这个村子取名磊石沟。

全村有 62 户，青年多在外经商、创业，壮年、老年在家发展传统农业和养殖业，户均养牛 2 头以上，养羊 6 只以上。（丁少玉）

荒山口

荒山口村位于桃园片区驻地西南部山区，在磊石山北麓、黄巷顶南麓的一条山沟里。现有住户 41 户，143 口人。村中主要是丁姓，另有王、徐、林、管等姓。村址地势西高东低，北高南低，村中街道纵横，民居为砖石、砖混结构。

旧时这里的地产属逄氏所有。村北有山，名叫黄巷顶，东边是山口，村以地貌起名为“黄巷口”，后来就演变成“荒山口”。丁氏在此已传至 22 世。村民以种植花生、小麦、玉米为主，周围山上盛产板栗、苹果，至今尚有清代板栗树。村中有木瓜树一株，系丁氏祖上所植。树高约 10 米，主干高 0.85 米，主干粗 1.15 米，树龄近 200 年，长势茁壮。（丁少玉）

太平安

太平安村位于桃园乡驻地南 5 公里处，西临磊石山，与荒山口村接壤，北面隔岭与吕乐沟、桃园为邻，东、南分别为大洼村、石河头村，耕地面积 700 余亩，山场 1000 余亩，共 92 户人家，300 多口人。村内地势平坦，吉利河的两个源头河从村西、西北两面流经。

很久以前，一位尼姑到此，见这里是一块风水宝地，就在这里建了一处尼姑庵，取名太平庵。之后又有郭、王、田等姓人家到此地落户。因此地是辛兴镇岳水村一个地主的，本村人多以看山、帮助收租为生。太平庵之名一直沿用到“文革”前，“文革”后该村改名为太平安。（丁少玉）

石河头

石河头村位于齐长城脚下的磊石山麓。村东吉利河由北向南穿过村庄。

石河头村在清朝属于雩泉乡石河社，民国时期是第六区太平乡驻地。2018 年 3 月，从林家村镇分离出来，归属桃园生态经济发展区。

明洪武二年（1369），刘氏由河南归德府砀山县刘家村迁来，逐渐繁衍为一个大家族。现在全村 540 余户人家，人口 2500 多人，70% 为刘姓，其余为丁、殷、王、张、阎、付、安等姓氏。吉利河在这里汇集了几条小河向南流去，因为河底都是石头，所以俗称“石头河”，村名“石河头”即取“石头河源头”之意。

村后是石河头遗址，村中有首届中共诸城县委驻地遗址。（丁少玉）

大洼

大洼村坐落在桃园片区驻地以南5公里的地方，村址地势平坦，村西是从北向南流淌的吉利河。现有居民155户，500余口人，以张、王、郭、周、李等姓为主。

传说古代这里是一座城市。20世纪70年代，人们在这里搞大寨田，曾经挖出一口较大的水井，里面有几个陶罐及碎片。前几年，村民在古城西修公路时，曾挖出过大量陶片和石棺，并发现了黑陶高柄杯等陶器。后来城市被洪水夷为平地，平地中间形成了一条由北流向南的河流。河西的洼地叫小洼，河东洼地叫大洼。几户袁姓及郭姓的人家首先在大洼定居下来，以后就形成了大洼村。新中国成立后，大洼村西面的那条河得到了治理，河水成了浇灌农田的吉利水，故取名为吉利河。（丁少玉）

近枝子

近枝子村坐落在桃园区东南部，现有居民200余户，700多口人。据该村83岁的王旭星和74岁的杨廷友两位老人讲，明万历年间，杨氏最早从山西迁此定居，由于杨家几代单传，人丁不旺，一直没有形成村落，也没有村名，直到王氏搬来后，才渐成村落。因此，该村村名的由来倒与晚搬来的王氏有关。

相传，王氏兄弟三人，清初辗转来此。老大定居在附近的插旗崖，老二定居北面我乐村，老三定居现在的近枝子。由于当时该村尚无村名，人们就称老三这一支是插旗崖和我乐村王氏的“近枝子”，久而久之，近枝子就成了该村的村名。

该村现有一棵柏树，有500年以上的树龄，是杨氏当年立林地时所植，

由此也可以证实杨氏迁来得早的说法。（丁少玉）

竹 园

竹园村位于桃园片区驻地东南5公里处，在鲁山西南部。全村有240余户人家，800多口人。

该村河西岸原有座古庙，据传建于唐朝，庙后栽植了一片竹林，人们称之为“竹林寺”，后来庙宇撤并到青云寺，只剩了庙后的大片竹林，人们称它“竹园”，村名由此而来。

这个村的人多才多艺。大集体生产时期，村里人会唱茂腔的不少。夏天在柳树底下，戏友们聚在一起，唱着本地人喜欢的《罗衫记》。村里喜欢下象棋的人不少。冬季，棋友们坐在热炕头上，喝着茶水对弈。正月，村里组织一支高跷队，吹着喇叭、唢呐，敲锣打鼓，挥动彩绸，到各村演出。竹园周围山岭多，有许多灌木，许多村民都擅长条编。（丁少玉）

黑王家沟

黑王家沟坐落在桃园片区的东南部，在一条东西走向的山谷中。该村为李氏所立，现有130余户人家，绝大多数为李姓。村名起源亦缘于李氏，与黑、王二姓都无关。

李氏原籍莱阳后河，明朝末年，李龙、李虎、李豹兄弟三人，因触犯当朝的法律被追捕。他们出逃异乡，行至此地时已暮色降临，见谷深壁峭，遂藏身夜宿。翌日天亮，不见追兵，就在此逗留，数日后仍未见有什么风声，便在此定居下来。此后就在这里成家落户，繁衍生息，形成了村庄。为纪念他们的苦难时日以及对故乡的怀念，便取“黑天望家乡”之意，命村名为“黑望家沟”，后来“望”字演化为“王”，成为现名。（丁少玉）

绕子阿

绕子阿村位于桃园片区驻地东南方向的一道山沟里，西与崔家沟村相邻，东北面皆是丘陵，南与竹元村接壤，古齐长城自村南向东蜿蜒而去。四周山岭环绕，宛如在一个盆地中，村内比较平坦，呈东西走向，总面积约0.18平方公里。

据记载，该村是由山西省洪洞县刘氏于明朝末年移民至此所立。刘氏迁来此地时，看到此处地形奇特，如同一个宝盆，宝盆四周开满了紫荆花，环绕盆底。于是，便在此定居，取名“绕紫阿”（现演变成“绕子阿”），历经十几辈人的努力，形成了以刘姓为主要姓氏的村庄。

清末该村曾有一个叫刘彦的人中过秀才。刘彦，生卒年不详，是绕子阿现任党支部书记刘召亮的堂曾祖。（丁少玉）

插旗崖

桃园片区插旗崖村的来历，与一个传说有关。

北宋末年，大宋江山内忧外患，动荡不安。当地出了一名女杰，叫刘金定，她自幼练习武功，精通兵法。她在村前南山上插旗招兵，集草囤粮，外御盗寇，内抚百姓，队伍很快发展到五六百人。

为抵御金兵入侵，朝廷派大将高怀德之子高君宝去招安。高君宝发现刘金定的队伍纪律严明，训练有素，内心暗生钦佩之情。刘金定也对精忠报国的高家心生敬仰，二人遂结为百年之好。后来，刘金定率部随高君宝奔赴前线，加入了抗金的队伍。

插旗崖的南山，原名叫双锁山，就是因为当年刘金定义军在此把守，盗寇难以进入而得名。这座山上，有一块岩石，上面有一孔洞，当地人称作

插旗窝，相传刘金定曾在此插旗。（丁少玉）

台家沟

台家沟村地处桃园区东南部的丘陵地带，望马墩东麓，长城岭北侧。

明末清初，这里的地产属于现在的百尺河镇台家大村台氏所有，台氏族人迁移过来管理地产，因居在山沟里，依姓起名为“台家沟”。后来地产转给丁氏，丁氏族人由藏马山附近的大村迁来定居。清末，古城子李氏及城东丁陈铁沟村丁氏也迁来居住。

村里现有住户 106 户，300 多口人，村中主要姓氏为丁姓和李姓，另有陈、王等姓。村址地势西高东低、北高南低，居房为砖混、砖石结构。主要种植花生、小麦、玉米等农作物。（丁少玉）

孙家夼

原名别家夼，立村时间不详。后来别家迁出，孙家移入，便改村名为孙家夼。孙姓是村里第一大姓，另外还有于、王、臧、贾等姓氏。

村里现有居户65户，不足200口人。

村址处在一个盆地，东西南北都是丘陵。东临史家夼，南邻东王家夼，往西隔着西岭与黑王家沟相邻。村后岭上，是蜿蜒连绵的齐长城。村西，悬在村上方的是孙家夼水库，是白马河的上源。

村内食物属于我国北方类型，过去食粮以玉米、小麦、地瓜为主，杂以谷子、高粱、豆类、黍子等五谷杂粮。副食以蔬菜为主。肉类、蛋类过去是寻常人家办喜事和节日待客的珍品，现在已属寻常饭食。（丁少玉）

史家夼

明崇祯年间，在山西洪洞县北距城40里的地方，有一史姓，是当地一大户人家，因其祖上海州公在永乐年间从军有功，被封为世袭指挥使，家道颇为殷实。主人妻子去世，留下二子，后又续娶。后妻心胸狭窄，担心其夫前妻留下的两个儿子继承家业，因此心生歹意，暗中雇人欲除掉这两个儿子。

谁知这兄弟二人命不该绝，无意中偷听到了这个消息，于是连夜逃出了家门，一直逃到现在的山东日照，在此隐居下来。后来，大儿子娶妻生子，迁到这里定居下来，繁衍生息，取名为史家夼。

据村里的老人们讲，本村始祖的绘画技艺相当高。他的自画像惟妙惟肖，无论从哪个方向看，都会看到他在慈祥地看着欣赏者，后来被毁。（丁少玉）

齐长城人

我们编写采访的这些人物，都是出生在或者在齐长城这一带生活过、工作过的，他们中不仅有“党史开先卷，百代扬英名”的中国共产党创始人，不仅有驰骋疆场的将军与英雄，不仅有为中国科技建功立业的院士与高才生，还有在这片土地上奋斗的追梦人，有自食其力默默无闻的牧羊人，有一边劳作一边仰望星空的文艺爱好者。既有伟人名人，也有普通人平常人。

“泰山不让土壤，故能成其大；河海不择细流，故能就其深；王者不却众庶，故能明其德。”

正是具有这种胸襟与气度，作为齐长城缔造者的齐桓公才摈弃前嫌、拜杀身仇人管仲为相，成就了一番春秋霸业，修筑起了巍峨千古的齐长城；正是具有这种胸襟与气度，齐长城才不拒一石一沙一土，就地取材，凝聚成千上万劳动者辛勤的汗水，成就了它的巍峨与伟大。

这些来自齐长城脚下的人物，无论伟大还是平凡，无论是历史人物还是当今时代的主人翁，构成了一个特定的群体，那就是“齐长城人”。他们身上所呈现出的那种坚守、乐观、坚韧、耐劳的精神，就是齐长城根植于这片土地上的魂。

从乔有山走出的中共一大代表

□ 李晓

王尽美（1898—1925），山东诸城市大北杏村人。中国共产党创始人之一、中共一大代表、中共山东党组织的缔造者和早期领导者，中国工人运动的先驱，党的统一战线的优秀领导者、开拓者，“100位为新中国成立做出突出贡献的英雄模范人物”。

1921 年 7 月的上海正处在酷暑的窒息中，整个城市在焦躁不安中煎熬着，穿城而过的黄浦江水汹涌地撞击着堤岸……

就在这样的时刻，一件开天辟地的大事正悄然发生。23 日的傍晚 8 时，代表着全国 58 名党员的 13 名代表，聚集在上海法租界望志路 106 号的一处民宅里，开始秘密召开具有划时代意义的中共一大。

代表中有一个被大家称为“王大耳”的青年人，他就是来自山东的王瑞俊。

他出生于诸城市大北杏村的一个贫穷的佃户家庭里，出生时，家里只有祖母和母亲两个寡妇相依为命。他从小就跟着她们在田间劳动，历经磨炼，形成了吃苦耐劳的坚强性格。

1905 年，经母亲刘氏多番求人，他得以给“见山堂”的祥孩当陪读，虽然不到一年就失学了，但是这次陪读不仅让他接触到了知识，还让他学会了思考。

有一次他问母亲：“同样是人，为什么地主不劳动，整天吃好的穿好的。穷人家终年辛辛苦苦地干活，却吃不饱穿不暖？为什么地主的孩子能上学，穷人家的孩子上不起学？”

母亲只好叹息说：“人家命好，穷人家命不好。”

“命不好，不会换一换吗？”

母亲听了感到很奇怪，就说：“命是前世注定的，怎么能换得了？”

难道命真的换不了吗？这个问题一直困扰着他，他也不停地寻求着答案。直到一年后，他从村后的“兴客隆”小酒馆的革命党人那里寻求到了答案，他们告诉他，穷人的命运不是天定的，清朝皇帝老子是祸根，只要把他的龙墩掀翻了，穷人的命运就能改变。

为了表达与清朝一刀两断的决心，1912 年 2 月 3 日庆祝诸城独立那天，他冒着被砍头的危险毅然决然地把自己的辫子剪掉了。

1913 年，他升入枳沟高小，老师王信甫思想激进，人称“革命党”，经常给学生们讲述民主革命的故事，引导学生们读革命书刊，这让他开始受到革命的启蒙。

1915 年，他高小毕业后回乡务农。虽然身在乡村，但是心却一直关注着外界的变化，他经常与枳沟高小的老师们进行交流，经常到城里借阅进步书刊，经常到学校宣讲新思想、新文化。为了让村里的穷人不再受地主的奴役与剥削，他还召集他们抗捐抗税。然而，村民不但不响应，还排斥、孤立他，这让他清醒地认识到：要想改变穷人的命运，首先要改变他们的愚昧无知。于是，他产生了教育救国的抱负。

为了实现教育救国，他背井离乡，走上了去济南的求学之路。1918 年 4

月的一天早晨，他背着行囊登上了家前的乔有山，他眺望绿色苍茫的大地，感慨万千，心潮起伏，高声吟诵道："沉浮谁主问苍茫，古往今来一战场。潍水泥沙挟入海，铮铮乔有看沧桑。"

这一年，他如愿以偿地考入山东省立一师预科班。

1919 年，五四运动爆发，他带领着省立一师北园分校的学生们积极投身于运动中，由于他表现突出，被选为山东大中专学生联合会负责人之一，从一个青年活动分子，成为社会革命活动的组织者和带头人。

1919 年秋天，在新学期开学不久，他为了改变省立一师陈旧的教育体制，带领全校学生开展了一次闹学潮运动。他成为进步青年学习的榜样。

1920 年 11 月 21 日，他与邓恩铭、王志坚等人成立了励新学会。1921 年的春天，又在济南成立了共产党济南早期组织。

1921 年 7 月，他与邓恩铭作为山东的代表赶赴上海参加中共一大。

中共一大的召开不仅让中国的革命形势焕然一新，也让王瑞俊的人生进入了崭新的阶段。

参加完中共一大后，他为了表达对实现共产主义这一崇高理想的坚定信念，满怀豪情地写下了"贫富阶级见疆场，尽善尽美唯解放。潍水泥沙统入海，乔有麓下看沧桑"这首诗，并且改名励志，把"王瑞俊"改为"王尽美"。

从此，他把自己全部的生命投身到中国伟大的无产阶级革命事业中，直至生命的最后一刻。

王尽美的生命虽然很短暂，但他在马克思主义宣传、建党、工运、统战等多个方面都做出了很大的贡献。

他是一个坚定的马克思主义者。五四运动后，他接受了马克思主义。为了更好地研究与宣传马克思主义，1921 年 9 月，他与邓恩铭等人在济南成立了马克思学说研究会。为了高举马克思主义的伟大旗帜，进一步激发人们反帝反封建的爱国热情，1923 年 5 月，他亲自领导并参与了纪念马克思 105 周年诞辰大会，使得马克思主义在齐鲁大地上深入人心、生根发芽。

他是中国共产党的创始人之一，是中共山东地方组织的缔造者和早期领导者。1921 年春，他与邓恩铭、王翔千等人成立了济南共产党早期组织，1922 年 5 月，正式成立了济南地方党组织——中共济南独立组，他任组长。1922 年 7 月，建立了中国共产党在山东的第一个党支部——中共济南地方支部。1923 年 7 月，中共济南地方支部召开全体党员大会，正式成立了中共济南地方执行委员会，王尽美当选为委员长兼宣传部主任。在他的指导下，山东的许多地区也相继成立了党组织。

他是无产阶级工人运动的杰出领袖。在济南建立早期党组织之初，他就着手在济南大槐树机车厂等厂矿企业开展工人运动。为了更好地指导工人运动的发展，他于 1921 年 5 月 1 日开办了《济南劳动周刊》，1922 年 5 月，在济南成立了中国劳动组合书记部山东支部。他分别于 1922 年 6 月 18 日成立了大槐树机车厂工人工会，1922 年 6 月 25 日成立了山东矿山工会淄博部，1923 年 7 月 11 日成立了山东理发业联合总会等工人组织。他先后组织并参与了 1922 年 10 月的京奉铁路工人大罢工、1922 年 11 月的开滦五矿工人大罢工、1923 年 7 月的济南理发业工人大罢工、1925 年 2 月的青岛四方机车厂工人大罢工、1925 年 4 月的青岛日本大康纱厂工人大罢工等五次大罢工，为中国工人运动的发展做出了重大贡献。

他是一位优秀的统战工作者。为了贯彻执行党的三大精神，他以个人身份加入国民党，并于 1924 年 1 月 20 日参加了国民党一大，他参与了国民党北京执行部的组建工作，并被任命为工人部助理。同年 4 月，又帮助国民党在济南成立了山东临时省党部，被选为执行委员。他在帮助国民党建立基层党组织的同时，还不断推动中国共产党的党、团组织的发展。1924 年 12 月，他被孙中山委派为国民会议特别宣传员，他抱着病弱之躯，日日夜夜奔波在胶济铁路沿线，帮助各地成立国民会议促成会。

他还是一位以诗为武器的革命诗人。他的诗不仅是革命的宣言书，还是激发革命斗志的嘹亮号角，“看看看，滔天大祸，飞来身边……听听听，山东父老，同胞愤怒声。送我代表赴北京，质问大总统！反对卖国廿一条，保护我山东……”；他的诗不仅是讨伐反动派的战斗檄文，还是刺向敌人的一把把匕首，号召“工人站起来，革命打先锋”，号召“农民擦亮眼，革命天才明”，号召“同学快觉醒，革命学列宁”。

他更是一位无私奉献、死而后已的伟大的共产主义革命战士，到死也没有离开过自己的革命岗位。在生命的最后时刻，他想到的还是革命事业，在临终前的遗嘱中说道："全体同志要好好工作，为无产阶级和全人类的解放和共产主义的彻底实现而奋斗到底！"

1925年8月19日，一颗年轻而伟大的心脏停止了跳动。王尽美这位为无产阶级革命事业奋斗了一生的伟大共产主义战士，在青岛病院病逝，年仅27岁。

抗婚走向抗日路

□ 李晓 季彩凤

王盈（1915—1986），山东省诸城市枳沟镇大北杏村人。1938年参加八路军二支队，1939年加入中国共产党。1942年到1944年，先后任沭水、日照、莒北等县妇救会副会长。新中国成立后，到青岛市妇联工作，1951年任青岛市妇女生产教养所所长。20世纪50年代后期，先后任青岛市司法局副局长、市立医院第二护校校长。1963年任山东省卫生厅计划生育委员会办公室副主任。

王盈出生于大北杏村的一个大地主家庭，自幼性情倔强，勇于反抗，受族叔王尽美的影响，不满于封建家庭重男轻女的旧传统，反对封建礼教，追求男女平等。

王盈八岁上私塾时，有一天塾师讲授《女儿经》，说女人就要早早起、出闺门，烧菜汤、敬双亲……

王盈气愤地站起来打断塾师的话，说："《女儿经》尽要女儿干这干那，为什么也没一部《男儿经》，也教男儿干这干那呢？"

塾师说："男女有别，男主外，女主内。因为内外有别，学的东西也就不同。"

她听了不服气地说："男儿能干的，女儿也能干。为什么男女就不平等？"塾师被反驳得张口结舌、半天说不出话来，于是就恼羞成怒地拿过戒尺，要对王盈进行体罚。

王盈见状，伸出双手抓住塾师的胡须，让他动弹不得。无奈之下，塾师只好取消了对她的体罚，再也不敢教这个"无法无天"的小女孩了。

王盈正好也不想在这种充满腐朽思想的私塾读书了，就考入本村的新式小学。小学毕业后，她为了像族叔王尽美一样学习新文化、接受新思想、见识外面的大世界，非要到济南求学。她家里人觉得一个女孩子外出上学不成体统，坚决不同意。倔强的王盈就只身去了青岛，她通过亲戚介绍，到了一家纱厂边做工边上学。

抗日战争爆发后，她毅然回到家乡，同本村的进步青年王乃征、王东年等人一起宣传抗日救国思想。

她家里怕她惹出祸端，就逼迫她与本村一家地主的儿子订婚，想把她拴在家里，安心遵守妇道。

一向追求自由与平等的她怎肯答应这桩婚事？她要的是一个志同道合的夫君、一个有胆有识的爱国青年，绝不是这种地主家的纨绔子弟。于是，她誓死不从。

家人知道她性格刚烈，说一不二，不敢强硬逼迫，只好把她圈在家里不让她与外界联络，并警告她不要有出逃的想法，无论逃到哪里，都会把她找回来。家人企图通过这种软禁的方式消磨她的心性，慢慢逼她就范。

然而，笼子关不住想要翱翔蓝天的雄鹰。1938 年 10 月的一天，一个叫王涛的亲戚来到她家，王盈家人知道他与王盈说话投机，就想让他帮着劝说王盈同意订婚。

此时的王涛已经参加了革命，当他知道王盈的处境后，非但不劝说她订婚，反而给她出主意，让她去参加抗日队伍。

王盈听了兴奋地问："去哪儿找抗日队伍？"

王涛望了望窗外，然后低声说："正好八路军二支队到了莒县的大店，只是……"

王盈见王涛欲言又止，就着急地催促道："别吞吞吐吐的，有话就快说。"

王涛说："只是部队上很艰苦，并且时刻都有牺牲的危险。"

王盈毫不在乎地说："吃苦怕什么！只要是为了打鬼子，就是把命豁上也不怕。我宁可轰轰烈烈地去死，也不愿窝窝囊囊地活一辈子。"她说着就慷慨激昂地吟诵道："人生自古谁无死，留取丹心照汗青！"

王涛忙劝她小声点，别让她家人听到了。

王盈忽然有些担心地问："大店这么近，要是我家人找去怎么办？"

王涛说："这个不用担心。抗日是全民族的大事，'国家有难，匹夫有责'，每个中国人都有抗日的责任。你家人同样也会有一颗爱国心，他们不但不会反对，还会支持你。即使他们反对，也不敢找到部队上去要人，那样会背上破坏抗日的罪名。"

王盈心急地说："我们现在就走！"

王涛问："你不再考虑考虑了？"

王盈果断地说："这还有什么可考虑的！我早就想去抗日了，只是没人引荐。"

于是，王涛就找了个借口，当天下午就领着王盈出了家门，奔向了抗日的道路。

就这样，王盈成了大北杏村第一个参加抗日队伍的女性。

王盈作为地主家的一个千金小姐，不但能够舍弃优越的生活条件，还敢于冒着生命危险去参加抗日，她的这一举动影响了本村及周围的一些追求思想进步的女性，本村的王华、王纯年、王均、王志坤，以及后水清村的王健等女性，追随她的脚步，先后走上了革命的道路。

为了抗日找组织

□ 李晓 季彩凤

王乃征（1919—2009），又名王忠、王乃祯，山东省诸城市枳沟镇大北杏村人。1937年10月加入中国共产党，1938年7月参加八路军。历任干事、连长、营长、东北军区军务处队列科科长、沈阳军区司令部军务处处长、沈阳军区司令部军务部部长，1966年任吉林省军区参谋长，1975年任吉林省区军副司令员。

1937年，日军侵入山东后，山东的一些学校被迫停课。此时正在曲阜读书的王乃征回到家乡大北杏村，对日本帝国主义的残酷侵略义愤填膺，对国民党的节节败退扼腕叹息。他与本村的王东年、王遇民、王家馨等进步青年组织了一个读书会，在周边村庄宣传抗日思想，动员大家奋起救国。

为了更好地参加抗战，他们决定加入一个抗日组织，在讨论加入国民党还是共产党组织时，大家产生了分歧。有的主张参加国民党，说国民党是执政党，是当前抗日的主要力量；有的主张参加共产党，说共产党才是为贫苦大众服务的政党，是坚定的抗日组织，只是当地还没有共产党组织，不知去哪里找。

看到大家激烈争论，王乃征忽然想起了父亲的好友王翔千几年前对他说过的话。那时他还在省立诸城十三中学上学，当时学校有人动员他加入一个组织，他就找王翔千帮着拿主意。王翔千告诫他说：将来你从学校毕业走向社会，什么组织也不要参加，要参加就参加你老子的那个党。虽然时间已过去了五六年，但王翔千的谆谆教诲犹然在耳。

对，只有我父亲的那个党才是为穷人办事的党，才是真正抗日的党！

他又想起十二年前父亲回乡养病时的情形。那时，父亲病情已经十分严重，不能再继续从事革命工作，只好回到家乡休养。父亲神志清醒时，常把他与弟弟叫到病床前，给他们讲一些浅显的革命道理，再三叮嘱他们，长大了要为穷人办事，要成为有出息的人。如今国难当头，凡有志青年就应站出来积极抗日，这就是为穷人办事。

王乃征坚定地对大家说："我看咱们就参加共产党！它现在虽然还比较弱小，但它才是真正代表劳苦大众的政党，也是真正坚持抗日的组织。国民党腐败、涣散，也不替劳苦大众说话，我在学校时参加过一次学潮，就是因为那个国民党的校长贪污、克扣学生的伙食费！虽然我们还不知道它在哪里，但可以想办法去找。"王东年首先赞成说："抗日战争一爆发，共产党就率先发布了抗日宣言，奔赴抗日最前线，与畏敌如虎的国民党形成了鲜明的对比，我们就要加入积极抗日的组织。"

有人问："如果找不到，又何谈加入？"

王乃征坚定地说："只要我们真心去找，就一定会找到！"

王东年说："对，我们可以让乃征去找相州的王翔千啊！他曾经是山东省共产党的重要领导人，又是乃征他父亲的亲密战友，只要找到他，就一定会有办法。”

王翔千曾与王尽美一起创建山东早期党组织，是王尽美亲密的革命战友，1925 年由于受到反动当局的通缉，被迫离开济南，辗转回到家乡。他虽然与党组织中断了联系，但仍然关心与支持革命的发展。

于是，在 1937 年 10 月的一天，王乃征徒步去了相州街。当他赶到王翔千家时，王翔千一家人正在吃晚饭。

王翔千见了王乃征非常惊喜，吩咐家人快加凳子，让王乃征坐下一起吃饭。他的大儿子王希坚忙起身拉王乃征坐他的座，王翔千高兴地说：“你们瞧，还是人家同学亲！”

王乃征与王希坚都在省立诸城十三中学上过学，只是同级不同班。

王翔千看着王乃征坐下后，对他说：“真是说曹操曹操到！我今天上午还与王辩谈到你，她说要派人去找你。我说我今天一大早就听到喜鹊在门前喳喳叫了，估计这位贵客要自己来。果不其然，你真来了。”

王乃征忙问：“找我干什么？”

王翔千望了望他，一笑，问：“你说你来干什么？”

王乃征环顾了一下在座的人，显得有些顾虑。

王翔千见他有些犹豫，就说：“都是自家人，有话但说无妨。”

王乃征试探地说：“我们想让你帮着找找抗日组织。”

王翔千会意地看了看坐在他左右的两个三十左右的青年男子后，哈哈大笑地说：“你这次算是找对人了。”

坐在王翔千两边的客人分别是董昆一和王辩的丈夫赵志刚。在这月的上旬，赵志刚、王辩与董昆一根据党组织安排，来到相州开展革命活动，在相州成立了中共诸城临时特别支部。王翔千动员自己的子女王希坚、王满、王成等人入了党，

第二天，王乃征向赵志刚、董昆一汇报了自己的情况，表达了加入中国共产党的强烈愿望。赵志刚、董昆一了解了情况后，当即表示愿意介绍并接受王乃征加入党组织。他们向王乃征讲解了党的宗旨、纪律等，同时，向王乃征交代了两项任务：一是要发展壮大党的组织，二是要搞武装抗日。

王乃征回到大北杏后，立即发展王东年、王遇民、王家馨等人加入共产党。这些热血青年，登上北杏村东南的乔有山，在苍松翠柏的掩映下，面对着家乡的山山水水，庄严地成立了北杏村历史上第一个共产党支部，王乃征被选为支部书记。北杏支部成立后，一面继续宣传共产党的主张，发展党员、扩大组织，一面组织抗日武装，投入拯救民族危亡的殊死斗争。

从此，王乃征沿着父亲开辟的革命道路，开始了他革命的一生。

三离家门去抗日

□ 李晓　季彩凤

王杰（1923—2012），原名王乃恩，山东省诸城枳沟镇大北杏村人。1939 年 4 月加入中国共产党，先后在莒县多个区任区委领导。后任浙江义乌县委组织部部长、纪委书记，县委书记兼武委会主任，浙江省委组织部党员管理处副处长等职。1962 年调上海，任中共中央华东局组织部组织处副处长，后任上海交通委员会副书记、纪委书记，交通办副主任等职。1986 年 3 月，任上海市顾问委员会委员。

一

1938 年，由于日本侵略者的铁蹄已经践踏到家门口，在枳沟上高小的王乃恩只好失学在家。

这天，哥哥王乃征悄悄从外地回来探家，临走时，哥哥趁祖母不备，拽起他说：“走，跟我去打鬼子！”

祖母还没来得及阻拦，哥俩已经跑出了家门。

刚刚十五岁的王乃恩就这样跟着哥哥来到了石崮后村，参加了共产党领导的抗日队伍。

二

不久，部队要开往鲁北，祖母跑到部队说明了家里情况后，硬是把王乃恩留了下来，王乃恩只好垂头丧气地跟着祖母回了家。在祖母的张罗下，秋天就与长他两岁的曹家管庄的曹健民结了婚。

祖母本以为他结了婚，就会把心拴在家里，没想到“身在曹营心在汉”的他却一直念念不忘要去打鬼子。

他媳妇曹健民是个性格爽快、通情达理的女人，当她知道丈夫的想法后，不仅支持他，还要与他一起去。

王乃恩忙劝阻说：“我和哥哥都去参加革命了，如果你再去，家里与地里的活不就全部落在祖母和嫂子身上了吗？咱奶奶一生不容易，现在又上了年纪，你要替我在家好好照顾她老人家。”

冬天的时候，他听说八路军二支队已经进驻南山一带的桑园，堂姐王盈也在那支队伍上，就央求祖母让他去参军。无论他怎么说，祖母就是不同意。

他不满地问：“你为什么让我哥哥去，却不让我去？”

祖母说：“咱们家就你们两个男子汉，要是都走了，剩下我们这几个女人该怎么办？”

他气恼地说：“当年我父亲去济南上学时，家里不也光剩下你与我母亲、老祖母吗？家里地里的活还不照样干？现在有我嫂子和我媳妇在家里帮着，比那时的条件好多了，为什么离开我就不行了？”

祖母生气地瞪了他一眼说：“你就是说破了天，我也不让你去！”

王乃恩见经得祖母同意的这条路走不通了，就暗下决心，要偷偷逃走。

一个大清早，他趁家人还在睡觉，就悄悄爬墙出了村子。没想到，还没跑到李家北杏就被祖母派人追了回去。

祖母不仅对他好一顿训斥，还命令他媳妇形影不离地看着他，要是让他跑了，就拿她是问。

王乃恩知道硬走是行不通了，需要慢慢寻找机会。于是，他就装出打消了打鬼子的想法，很少出门，每天都是早睡晚起。祖母以为他真的不想去抗日了，就松懈了对他的看管。

三

十二月份的一天夜里，王乃恩一觉醒来，见窗外一片明亮，他忙趴到窗户上往外一瞧，原来是下雪了，地上落了一层薄薄的白雪，就像一面镜子，映得黑夜就像白天一样。

他忽然产生了出逃的想法，见妻子还在熟睡，就悄悄下了炕，蹑手蹑脚地走到外屋，先趴在东屋门上听了听，听见祖母均匀的鼾声，忽然有些愧疚：我要是就这样不声不响地走了，祖母该会多么伤心难过啊！但要是对她说了，她肯定不会放自己走。他内心在斗争着。当他想到残暴的日本鬼子在祖国的土地上烧杀掠夺犯下的滔天罪行时，不禁怒火万丈。他狠了狠心，从饭筐箩里拿了两块干粮，走到了院子。他见大门反锁着，就翻墙而出。

为了不被再追回，这次他没走大道，而是抄小路走。

他冒着刺骨的寒风，在崎岖不平的小路上奔跑着，直到中午，才赶到莒北县的抗日根据地上町村。

在王盈的介绍下，他参加了滨北地委莒北工作团。

经过三次出逃，他终于成为一名真正的革命者。

1949 年，他随军南下，从此在南方为革命奉献了自己的一生。

全家分地干革命

□ 李晓 季彩凤

王东年（1915—1971），山东省诸城市枳沟镇大北杏村人，1937 年 10 月与王乃征、王遇民等人成立大北杏村党支部。后任莒南县县长、诸沂边工委书记、诸莒边县长、滨北专署专员、苏州市市长。新中国成立后，先后任国家统计局办公室主任、秘书处处长，对外经济贸易部技术合作局局长，中国科学技术协会书记处书记。

1942 年深秋的一个上午，十几家佃户欢天喜地地聚集在“冠山堂”的大院里，正等着“冠山堂”家的少爷王东年给他们分发地契。

“把土地全部分给佃户”“要带着全家去抗日”这些惊天之举震惊了全村，很快成了街头巷尾热议的话题。

有人气愤地说：“‘冠山堂’怎么出了这么个不肖子孙！他父亲尸骨未寒，他就急着断送祖业！”

有人伤感道：“王家这次真的在劫难逃了！前不久，他把祖坟上的那些百年老柏全砍了，就已经露出不吉之兆了。”

村民口中的王东年砍树之事，就发生在 1942 年的春天。

1941 年，王东年就任莒南县抗日民主政府第一任县长时，正好遇到年景不好，全县的粮食歉收。第二年莒南县一带又遭受旱灾，青黄不接，眼看着广大贫苦人连树皮和树叶都吃不上了。王东年为了救燃眉之急，就把他祖坟上那些老柏树全部砍掉，卖了几百银圆，一部分给县政府买粮，一部分用于赈济灾民。

父亲去世后，王东年又不顾亲戚朋友的劝阻，执意要把耕地全部分给佃户。

他对家人说，革命的目的就是把少数人的财富分给广大贫苦人，让大家都有地种，有饭吃，有衣穿。虽然不能让全天下劳苦人都过上这样的好日子，但可以先革自己的命，把自家的地分给身边的穷苦人，让他们吃饱穿暖。

母亲担心地问，如果我们把地全分了，以后怎么生活？他说，我领你们一起去革命，去抗日。

他见母亲还不理解，就劝说道，现在日本鬼子都打到我们家门口了，只要豺狼在，无论穷人还是富人，谁都别想过上安稳日子。只有全国民众团结起来，同仇敌忾，把小鬼子赶出去，我们才能过上好日子。

王东年共兄妹四人，他不仅是家中唯一的男孩，还是老大。现在父亲不在了，他成了“冠山堂”的当家人。

他的妹妹王华、王均、王纯年由于受他以及堂姑王盈的影响，思想都很进步，早就想去抗日了，只是父亲阻拦着，才没成行。现在父亲不在了，当王东年与她们商议分掉土地领她们一起去抗日时，她们都积极响应。

母亲见四个孩子都同意，也就不再反对了。

因此，“冠山堂”大院就出现了佃户纷纷争相领地契这动人的一幕。

不久，王东年就领着全家人走向抗日的道路。这一壮举成为一段佳话，很快在抗日根据地广泛流传开来。

战斗英雄张德胜

□ 李晓

张德胜（1916—1947），1916 年出生于诸城河北村，1944 年参加革命，曾任华东野战军第三纵队九师二十五团一营二连连长。1947 年 1 月，在鲁南战役洋桥战斗中，张德胜率领连队与数倍于己之敌展开殊死搏斗，圆满完成上级赋予的任务并光荣牺牲，被华东野战军第三纵队追授为“战斗英雄”“模范连长”，其所在连队被授予“张得胜连（取‘德’谐音）”荣誉称号。

2021 年 8 月 27 日，诸城市退役军人事务局收到了来自中国人民解放军 81 集团军某旅传来的一份证明文件。文件中说：烈士张德胜，系山东省诸城市枳沟镇小河北村人，1944 年参加革命，曾任华东野战军第三纵队九师二十五团一营二连连长。1947 年 1 月，在鲁南战役洋桥战斗中，张德胜率领连队与数倍于己之敌展开殊死搏斗，圆满完成上级赋予的任务并光荣牺牲。战后，该同志因战功显著，被华东野战军第三纵队追授为“战斗英雄”“模范连长”，其所在连队被授予“张得胜连’（取‘德’谐音）”荣誉称号。

这一文件的到来，让烈士张德胜的英雄事迹终于为家乡人民所知晓，在牺牲 74 年后，英雄终于“魂”归故里。

他的故里就在齐长城脚下。过了潍河往东不到二里，在齐长城北侧的一座丘陵上，坐落着一个不足百十户人家的小村，由于它在一条小河（高泽河）的北面，故叫小河北村。1916 年，张德胜就出生在这个小村里。

他从小丧父，是母亲含辛茹苦地把他们兄妹五人抚养成人。他是家中的长子，为了帮着母亲养家，十几岁时就跟着一个亲戚去青岛纱厂谋生。

他天生力气大，为人又豪爽仗义，深受工友的喜爱。一位工友出身武术世家，他就跟着学习了几年武术，练了一身武艺，能举起村里二三百斤的大磨盘，还能轻松越过两米多高的院墙。

后来，他为了照顾年迈多病的母亲，从青岛回到家乡，并结婚成家。

他结婚时，四里八乡的朋友都前来庆贺，大北杏村的王乃征还赠给他一个肥皂盒。王乃征是王尽美的长子，他小时候就与张德胜认识。他们是东西庄，经常到潍河一起洗澡、捞鱼、打水仗。张德胜豪爽义气，王乃征通书达礼，两人彼此敬慕，成了好朋友。

抗战爆发后，王乃征与王东年等有志青年都去诸莒边参加了革命活动。张德胜虽然由于家庭的原因未能前去，但他在家乡自发地进行一些抗日活动。

张德胜曾经和一个同伴（姓名不详）在一个晚上摸进莒县刘家官庄鬼子的炮楼，用手榴弹和大刀把七八名鬼子全部杀死。还有一次，他还把进村抢劫的两个日本兵诱杀在井里。

1944 年，张德胜参加八路军，第二年就加入了中国共产党。他作战勇猛、屡立战功，很快被任命为山东军区独立二旅四团四连的连长。

1945 年 9 月，中共中央制定了“向北发展，向南防御”的战略方针，令皖北新四军部队迅速向东北进军，张德胜所在的连队为掩护新四军转移，担负起了切断陇海线的重任。10 月，连队奉命进攻洋桥，连长张德胜采用“正面佯攻，侧翼穿插”战法，他亲率尖兵，悄悄绕过敌人重兵设防的炮楼、车站后，突然向据点发起猛攻，敌人在惊慌中来不及穿衣服就逃跑了。经过三个小时的战斗，除一人逃窜外，其余敌军均被歼灭，连队缴获轻机枪一挺，掷弹筒一门。

1945 年 8 月，日军投降后，伪滨海警备军李贤斋部立即投靠国民党反动派，将其控制的泊儿镇变成了国民党反动势力插入我解放军内部的“桥头堡”。1945 年 11 月 4 日，为拔除这根“毒刺”，滨海军区发起了泊儿镇战役。

张德胜连担任狙击任务，他身先士卒，带领全连士兵连续作业数十小时，建成 12 个地堡。

5 日，敌军派出 600 余人向连队驻守在崔家庄的一个排疯狂攻击，敌众我寡，情况凶险，连队弹药即将用光，张德胜沉着、勇敢地指挥同志们顽强抗击，他一脚踢开五六个落在脚边的手榴弹，端起机枪猛扫，终于在全体同志的努力下打退了敌人的进攻。随后我军发起强攻，经过 24 个昼夜的奋战，于 28 日取得泊儿镇战役的全面胜利，使除青岛外的滨海地区全部解放。

1947 年 1 月，鲁南战役打响。华东野战军第三纵队九师二十五团一营二连奉命攻打陈桥和洋桥，目标是完成国民党整编第二十六师与第一快速纵队的分割。1 月 4 日凌晨的洋桥，火光冲天，形同白昼。作为鲁南战役的重要战场，敌守备部队妄图利用有利地形顽抗到底。连长张德胜见状身先士卒，亲率突击队在枪林弹雨中勇猛冲击，一举攻破敌阵，夺取了敌防御前沿。敌人却不甘心失败，我军刚刚立足，敌援兵便蜂拥而至，对洋桥发起疯狂反扑，战斗很快进入白热化。连队一次又一次粉碎了敌人的反扑，但弹药很快就要用完了，看着黑压压冲上来的敌人，张德胜临危不惧，对战壕里的战友高喊：“同志们，和敌人拼了！”接着奋力跃出战壕杀向敌人。

为掩护身边的战友，张德胜被一子弹射中，他应声倒地，双眼却朝着敌人的方向怒目圆睁。战士们看到连长牺牲了，顿时怒火万丈，高喊着：“杀啊！为连长报仇！”全连战士如排山倒海般冲入敌群，同敌人展开了近距离的殊死搏斗。经过浴血奋战，洋桥之战大获全胜，而年仅 32 岁的张德胜却在这场战役中英勇牺牲。

战后，华东野战军第三纵队于 1947 年 3 月 26 日追授连长张德胜“战斗英雄”“模范连长”荣誉称号，授予该连“张得胜连”荣誉称号。

马耳山下的文艺范儿

□ 李 晓

齐长城脚下不仅有巍然屹立着的“泰山不老松”，也有漫山遍野的花草。花草虽然平凡，但是它用五颜六色、色彩缤纷，把巍峨的山、坚韧的石，装扮得娇娆秀美。

齐长城沿途的民众不就是这些装扮大山的花花草草吗?

我们在桥上村遇见的村民郭文就是这样质朴却通身洋溢着文艺气息的人。

我们走进桥上村中心的一家超市，店主正在屋里洗衣服。她四十多岁，很白净，脸上洋溢着一股清清爽爽的亲热劲。起先我们并没想到她是店主，以为她是城里人回家走亲戚的。见我们问她是哪里人，她有些惊愕地微笑着抬起头，洗着衣服的手也停了下来，手搓洗衣服发出的轻快声响也戛然而止：“我就是这个村的，这家商店就是俺家开的。”

我说出了心中的想法，她笑了，笑声中透着自豪与满足。她问我们是干什么的。当我说起要走访齐长城时，她有些难为情地说，她对这些事并不懂。她忽然又说，家里当家的也许知道，他经常与一些文化人打交道。

我们忙问她丈夫干什么去了，她说在村后自家的油坊店里。她马上打电话过去，专门说了我们的身份。通过电话，我们听到那边的忙碌声。她放下电话笑着说，他马上就回来。她又说，只要见了文化人，他经常把活一撂就去忙着去招呼客人了，这比挣钱还重要。

很快，一个光头中年男子走进来，他就是郭文。他虽然不到五十岁，但是对村里以前的事知道得很多。他讲到和尚林子，讲到村里有三座庙。他爱好这些事。他很喜欢字画，爱好雕刻根雕。

他指着茶桌上的笔筒、烟灰缸、杯垫说，这些都是他雕刻的。我们问他加工这些是不是为了卖钱，他则说纯属爱好。为了学根雕，他还专门跑到城里求教，他说起城北三里庄快 70 岁的老王（王老根）。虽然是爱好，但他对根雕却很有研究，他雕刻用的都是崖柏。正宗崖柏长在太行山上，长在悬崖峭壁上，好几百年树龄却长得很小。前些年五莲有个老村拆迁，老房子是用柏树做的檩条，他听说后前去收来。

他还喜欢字画，他指着墙上的一幅字告诉我们那是五莲一个中学校长李邦池写的，李老师早就退休了。画是他的朋友祝培军画的，祝是皇华艺术团的团长。

他多是用根雕换取这些字画。

油坊多是来料加工，他平日里就与文友交往。

他喜欢这里，说这里是个好地方，虽然偏僻，但是他感到自由。

山，不怕寂静，只要有鸟鸣声，就美好。虽然四周都是山岭，满是石头，坚韧，生硬，在他的眼里，却是健壮。文化让这坚硬的东西有了生动与丰润，他的内心也是丰盈的，正是因为有着对山的爱，对树的爱。

现在山里人不再仅仅为了吃饱而活着，而是活得更有意义。

王树芳书记栽下白杨树

□ 李晓

下茁山村前的小河边，今天还生长着九棵枝叶茂密的白杨树。

时光荏苒、白驹过隙，四十多年过去了，村里的树木砍伐了一茬又一茬，唯有这九棵杨树依然挺立在这里。它们在岁月的风雨里，在变迁的时代里，向人们诉说着一个故事。

这片白杨树是当时的诸城县委书记王树芳亲自带人栽植的。

1979 年，王树芳到下茁山村进行调研，在村子里一住就是七八天，整天走村入户，与干部、村民交谈，了解村情、民情。他关心群众冷暖，问生产队的收成如何，一年能打多少粮食，每个家庭的年收入，有没有吃不饱的。他不仅问得细，还看得细，亲自到田间地头查看庄稼的生长情况。

他通过调研发现，下茁山地少，并且多是贫瘠的山岭地，要是光单一地靠种地，很难解决村民的温饱问题。

他对陪同调研的郝戈庄公社书记葛培基以及茁山村支部书记乔祥本说：“这里光靠种粮食不行，还要多增加些其他收入。”

“这里地处偏僻、交通闭塞，除了搞些副业，还能发展其他什么产业呢？”他们都比较迷惘。

王树芳没有正面回答，对在前面带路的乔祥本说：“走，咱们进山看看。”

乔祥本边领着他们往山上走，边介绍着沿途的风光。

当他介绍到皇姑殿旧址时，王书记停下来瞧了会儿说：“皇姑就是指娥皇与女英吧？”

乔祥本忙说："是。"

王书记说："既然有这么好的传说，可以把这里发展成景点。"

他们到了老母阁山前，乔祥本介绍说，传说茌山老母曾经在这里居住过，茌山老母就是传说中的女娲。

王书记指了指东边，问那座山问那是什么山。

乔祥本说是石八盘，接着他又指着周围的山一一介绍，那是霹雳石山，那是敞口子，那是望山顶。这里的每个地方都有名称，都有传说。

王书记边听边点头。

乔祥本继续介绍："这里还有大车场、小车场、车轱辘、车风门、车场门、石马、石蟾、石洞、石鼓、石窗、石磐……"

旁边的管书记有些不耐烦地说："别说了，光有这么多名字也没用。"

王书记说："怎么没用？每个名字有一个传说，发展好了就会成为一个景点。"王书记对乔祥本说："继续往下说，这些名字很有意思。"

乔祥本接着又说出桃花六、口子井、蜜蜂子网、浩弯子、大金沟、小金沟、宝石岭、玉石峰、栗子林、柞树洞、次楼沟、摘山等许多地名。

王书记感慨地说："这些地方将来都会成为你们的宝贝啊！你们一定要多加珍惜爱护。"

王书记又问起山里的林业情况，乔祥本就把王增奎喊过来。他向王书记介绍说："王增奎是我们村的支部副书记，主管我们村的副业、林业。他以前还担任过茌山林场场长。"

王书记听了，对王增奎很感兴趣，见他有些紧张，就笑着说："就请你这个林场场长把山上的林业情况介绍介绍吧。"

王增奎说："我们茌山乡从 1948 年就开始在山上植树造林了，那时我们这儿还属于五莲县管理，当时的乡长王进来每年都带头领着村民上山栽树，对绿化山林很重视。他说树木就是山的衣服，人不穿衣服不行，山上没树木也不行。"

王书记听了，赞扬道："这句话说得好。"他接着问葛培基："王进来同志现在怎么样？"

葛培基说："已经退休了，听说最近没在村里。"

他随即瞧了一眼王增奎，王增奎忙说："他去外地女儿家了。"

王书记说："我们不仅要关心好革命老干部的生活与健康，还要多听听他们对我们工作的建议。"

他让王增奎继续讲下去。

王增奎说："1956年，茁山乡专门成立了茁山乡林场，下设了好几个林业队，我当时任茁山林业队的队长，后来才担任了林场场长兼支部书记。我们当时把茁山分成三块区域开发，分别种植了核桃、刺槐、松树。核桃虽然产量不高，多少还能为村里带来些经济收入，但松树和刺槐很难成材，只起到绿化作用，很难带来直接的经济收入。说实话，正因为栽树带来的经济效益不高，这几年村里对植树造林工作有些消极，甚至还出现了一些乱砍滥伐的毁林现象，让山林遭受了较大的破坏。"

听完王增奎的汇报，王书记深情地望着眼前的群山感慨地说："青山绿水是多么好的资源条件啊！"他接着对乔祥本他们说："古人云：靠山吃山，靠水吃水。你们这里有这么多、这么好的山，你们准备怎么吃啊？"王书记见他们没有领会他的意思，就进一步说："放着这么好的一片山林不充分利用，你们不觉得可惜吗？"

乔祥本不解地问："王书记，我们每年都投入大量人力物力来栽树，可是投入远远大于收入啊！因此，村民都对植树造林缺乏积极性了，许多人还开始抱怨。"

王书记说："光付出没回报，群众有情绪很正常，但关键是我们怎么才能做到既绿化了山，又能从山上得到实惠？"

许多干部都摇头说："这恐怕是件很难的事。"

王书记语重心长地说："我们的干部不光要有工作的积极性，还要有工作的实效性。实效性就是要求我们的工作要带来经济效益，要让群众受益。"他望了一圈随从人员继续说道，"这就要求我们的干部一定要解放思想、开动脑子、因地制宜、搞活经济，只有这样才能真正把我们的工作干好。"

王书记从山上回到村里后，立即召开了一次由村民代表参加的座谈会，他要求大家集思广益、群策群力，共同考虑如何把穷山变成一块宝地。大家经过一番讨论后，最后达成一个共识：山上要栽树，但要多栽种些成材快、用途广的经济型树木。

至于是什么树种，大家又众说纷纭，有的说梧桐，有的说柳树，有的说杨树。

最后王书记表态说："大家提出的建议都很好，至于最适合栽种什么树种，我的看法有两点：一是成材快、用途广，能很快给我们带来经济效益的树种；二是要适合这里土壤与温度等生长条件的树种。"

大家听了都鼓掌表示认同。

王书记说："明天我就要回县里了，我让县林业局的相关专家先来考察一下，让他们拿出建议来。"

不久，林业局就派来了几位专家，他们对当地的土壤、水分、温度等自然条件进行了测量。专家回去后不到半个月，王书记又来到了下茁山村，他不仅带来了三百棵白杨树树苗，还领来了十几名诸城师范学校的学生。

他说："科学才是我们发财致富的金钥匙，我们要相信科学，更要学习科学。这是我们县林业部门刚从外地引进的白杨树树种，它是目前公认的速生、成材、生态优良的种树。它全身都是宝，它的树干可以做木材，它的树枝可以做纸浆，它的叶片可以做肥料。它用途大、见效快，还具有耐旱、耐涝、抗虫等优点，也很适合我们山里栽种。我今天领着我们县里这些知识分子，先把这三百棵白杨树栽种到你们这里，不仅是做个试验，看看这些树是不是真正的效果好，还要发挥示范作用，那就是知识就是财富。等几年后它们要是真有效果，咱们就在全县的山区大力推广！"

他带领着学生在下茁山村前的河边上栽上了他带来的白杨树树苗。

二十多年后，这种杨树迅速在各地推广开来，成了老百姓栽植最广的经济树种，为农民带来了很大的经济收益。

知识就是财富，这句话连同这些枝繁叶茂的白杨树，早已深深扎根于茁山，早已扎根诸城广大农村，也早已扎根于广大人民群众的心里。

一个茁山老人的传奇人生

□ 李晓

题记

当沿着齐长城踏访到茁山时，我们认识了下茁山一位叫王增奎的老人，他虽然已是95岁高龄，却依然精神矍铄，身体健康。经采访得知，他有着传奇的人生经历，他的人生与下茁山村庄的历史融为一体，从抗日烽火到解放战争，从新中国成立到改革开放，直到现在新时代，下茁山的每个阶段都有他深刻的印记，他的历史就是茁山的历史。

苦命的孩子

1932 年，王增奎出生在下茁山村一户贫苦的佃户家里，全家七口人，除了父母，还有一个哥哥、两个弟弟、一个妹妹，后来他二大爷去世后，又抚养了他堂哥王春。全家常年只靠租种着的两亩半地艰难度日。

1938 年日寇在茁山等解放区一带制造了一场丧尽天良的瘟疫，下茁山村几乎面临灭顶之灾。在那场瘟疫中，王增奎的父亲、哥哥先后离开人世，半年后，母亲为了活命，就带着他的一个弟弟改嫁到了山南的五台坟村，他成了没爹没娘的孩子。

1943 年 11 月，茁山乡民主政府在下茁山村成立，年仅 11 岁的王增奎成为村里的儿童团团长，从此，他走上了革命的道路。

“小阎王”

儿童团成立不到半年，就让村民刮目相看。他们帮着村里的民兵放哨、站岗、送情报，不仅纪律严明，一切行动都听从指挥，只要村委让他们干什么，他们就立马去干什么。要是遇到村里那些胡搅蛮缠的人闹事，村委就让王增奎带着儿童团去处理。他们就像初生牛犊，天不怕地不怕，六亲不认，敢冲敢闯，对那些蛮不讲理的人以毒攻毒，倒是真能把事情解决了。

村里有个叫赵六的，他老婆蛮横毫不讲理，更不孝顺老人。每次吃好饭时，她总是把婆婆关在门外。婆婆多次告到村委，村委找她谈了好几次话，她非但不听，反而到村委撒泼，哭着家里没吃没喝活不下去了，弄得村委拿她没办法。这天做午饭时，王增奎见赵六他娘又被关在门外了，他看着老人的可怜样，就决定教训下赵六他老婆。他召集来几个儿童团团员，爬上屋顶把她家的烟筒堵住了，结果呛得他们全家都跑出来了，吵嚷着看谁在使坏。

王增奎理直气壮地说：“你们要是再把老人关在门外，我们还会堵烟筒，让你们吃不成饭。”

赵六的老婆看着站在她面前这些气势汹汹的儿童团团员，也没脾气了，只是恶狠狠瞪了他们一眼，哼了一声，说："真是一个个小阎王！"说完，她扭头就回了家。

"小阎王"这个名字很快就在村里传开了，村里那些恶人开始对王增奎带领的儿童团敬畏三尺。

机智生计化险为夷

1943年腊月里一个寒冷的深夜，乡长王进来与几个村委委员正在民兵连长苏来喜家开会，站在东胡同口负责望风的王增奎，突然发现几十个伪军从西胡同口悄然涌向苏来喜家。看到突袭而来的敌人，他立马惊慌起来：该怎么办？自己跑进苏来喜家去通报是不可能了，朝屋里喊吧，隔着这么远不但屋里人听不到，反而会暴露自己。情急之下，他急中生智，从地上捡起几块石头向伪军抛去。敌人突遭袭击，慌忙朝他射击。

这样，枪声惊动了正在屋里开会的王进来他们。他们从窗户往外一瞧，见敌人已经爬墙进了院子，看来敌人已经把屋子包围了。

曾经练过武术的苏来喜立马把灯吹灭，纵身跃上屋梁，用枪杆子把屋顶捅破一个大窟窿，他们从屋顶有惊无险地离开。

这时，敌人在院子里大喊，让他们赶快投降，不然就要朝屋里开枪。

当敌人朝屋里开枪时，王进来他们早已走远了。

事后，大家都说多亏王增奎诱引敌人开了枪。

贴不上墙的大字报

"文革"时期，王增奎从茁山林场回村担任了村党支部副书记兼第二生产队队长。

由于村里的几个造反派之间相互争斗，导致村委接近瘫痪，村里的生产也几乎停顿。村里有四个生产队，除了王增奎领导的二队外，其他几个队都把精力用于派系斗争了，根本无心参加生产。

造反派看到王增奎只抓生产不参与斗争，就想打倒他。于是，他们就张贴大字报污蔑王增奎贪污公共财产。

结果，白天贴上的大字报，到了晚上就不见了。连着贴了好几次，都是如此。村民看着造反派气急败坏的样子，就嘲笑说：“老天爷保佑着王增奎，你们就别傻汉点灯白费蜡了。无论你们再贴多少次，都不会贴上的。”

造反派恼羞成怒兴师动众地去找王增奎问罪。王增奎理直气壮地对他们说：“你们说我贪污我就贪污了？生产队的账本都记得明明白白的，你们不信，就去查。‘四清’时，不知道查了多少遍，什么都没查出来，你们还能弄出个幺蛾子来？”

他见造反派面面相觑，就斩钉截铁地说：“你们要是查出我有半点问题，我情愿去坐大牢。你们要是无中生有，造谣生事，影响搞生产，就休怪我对你们不客气！”

他见造反派刚才的嚣张气焰被镇住了，就语重心长地开导他们：“你们说，要是地里打不出粮食来，你们吃什么？要是没吃没喝的，你们喝着西北风，能闹革命吗？”

造反派们让他问得哑口无言，造反派的头目见势不好，就跳出来气急败坏地高喊着：“不要听他的蛊惑！他反对闹革命，我们就要把他打倒！”

王增奎朝那人一瞪眼：“你有种就过来把我打倒啊！”

他看着那人有些胆怯，就震慑他们说：“我从七八岁就开始干革命了，你们那会儿在哪里？哼！你们恐怕还不知躲在哪个山窝窝里没下生呢！你们回家问问你们的父母或者爷爷奶奶，在咱们村里，现在是不是数我最有资格说革命？你们要造反闹革命，只要别妨碍村里的生产，怎么都好说。要是你们妨碍了生产，我绝不会轻饶你们！”

那个造反派头目面对刚正不阿、大义凛然的王增奎，无计可施，只好灰溜溜地走了，别说是要打倒王增奎了，就是连大字报也不敢张贴了。

王增奎成为“文革”期间下茁山村唯一没有被打倒的村干部。

三辞村支书

“文革”期间，村支书王进来被打倒，公社革委会想让王增奎任村支书，这是上级第二次让他当村支书了。第一次，是前任村支书臧本周被撤职的时候。这一次，王增奎又以“自己没有文化、不能准确把握党的政策”为由推辞了。

到了 1975 年，山上成材的林木几乎被砍伐殆尽，这严重的毁林现象终于引起了上级部门的重视。大队书记苏来喜由于不能有效地制止这种乱砍滥伐现象，被公社党委撤了职，由负责包片的公社拖拉机站站长杨树国临时代理支部书记，并由他负责挑选新的大队支部书记。

杨树国经过多方考虑，觉得大队支书一职非王增奎莫属。王增奎是新中国成立前的老党员，觉悟高，党性强，又一直担任着村干部，无论工作能力，还是在村中的威信，都无人能及。

杨树国虽然与王增奎已经很熟了，但对于王增奎是否愿意接手这个书记，他心里还是没底，因为王增奎已经两次推辞任大队支部书记了。

杨树国找到王增奎，直截了当地提出让他担任大队支部书记。

王增奎也很干脆，当场就拒绝说：“我早就说过，我没有文化，我当不了这个书记。”他见杨树国生气地望着他，就解释说：“杨站长，我不是故意逃避责任，我确实怕干不好。一是我年龄大了，再一个我没有文化。我想还是让村里有文化、有能力的年轻人干比较合适。”

杨树国见王增奎真的不想干，只好无奈地说：“你不干也行，但你必须帮我物色出个合适的人选来。”

王增奎就推荐了村里的乔祥本。乔祥本那时还不到 30 岁，负责大队的副业队。乔祥本高中毕业后，负责副业队的王增奎觉得他不仅有文化，还很有头脑，就把他调到了副业队工作。乔祥本没有辜负王增奎对他的期望，安排他干什么他就把什么干得好好的。王增奎就开始着重培养他，后来把他提拔成了副业队队长。

乔祥本没有辜负王增奎的期望，用了不到两年时间就完成了下茁山旧村改造任务，使全村旧貌变新颜。

村里人都说，这是王增奎推荐对了人。

接力棒

王增奎曾自豪地说，他一生做了三件让他引以自豪的事：第一件是跟着堂兄王进来参加了革命；第二件是无论生活多么困难，他都供应四个儿女完成了学业；第三件是他推荐乔祥本当了村支部书记。

其实，还有一件让他自豪的事，那就是他逼着三儿子王权回乡接过了接力棒。

王权高中毕业后，在郝戈庄公社供销社工作。20世纪90年代，全民经商的浪潮席卷全国，许多年轻人都争相下海去沿海开放城市打工，王权按捺不住心中的向往，也准备到南方闯荡一番。

闭塞偏僻的小山村顿时空落了。年轻人都走了，村里发展将依靠谁啊？

当时的村支部书记乔祥本立马意识到了问题的严重性，茁山要发展，必须后继有人。他把这种担忧告诉了王增奎，并且透露了想把王权培养成接班人的想法。王增奎眼见村子日渐落后，心里也急，赞同乔祥本的想法，决定让王权接过重担。他担心儿大不由爹，怕说服不了王权，就直接去了城里，找到了在市土地局工作的大儿子王坤。王坤是家里的老大，为人厚道，又有责任心，深受家人信任。王权对他更是顺从。于是，王增奎决定让大儿子做小儿子的工作。王增奎见了王坤把情况说明，王坤其实也主张三弟去南方闯荡一番，就故作为难地说："咱们村偏僻落后，村里许多年轻人都想往外走，我怎么能劝说他回去呢！"

王增奎撂下一句话："我不管你用什么办法，一定要把老四给我弄回村！"说完扭头就走。他走出几步远后，又停住，回头看了看正直愣愣站着的王坤，长叹了一声说："如果村里年轻人都不愿回去，我们村以后该怎么发展啊！"

正是这句话打动了王坤。是啊，看着村里落后的局面，他何尝不着急啊！他也曾产生过回乡带领村民致富的想法。

后来，已经成为峁山社区党支部书记的王权回想起大哥劝他回乡的事时，感慨地说：“那时，我已经与朋友联系好了去南方发展，当大哥劝说我回家乡时，我对他说，我真不想回去。回我们那个偏僻贫穷的村庄有什么发展前途呢？

“大哥问我为什么要去南方闯荡。我说是为了有出息。大哥说，你自己有出息了，但是咱村子让人瞧不起来，你觉得自己的出息还有什么意义？

“他见我不吭声了，就开导我说，人要是只为了自己活着，即使生活得再好，又有什么意义？他最后问我，是愿意为了自己好，还是为了自己与全村老少爷们都好？”

在大哥的开导下，王权回到了村里，先在村委干了几年，到了2005年，他就从乔祥本手中接过了村委支部书记这个接力棒。

从此，王权领着村民走向了发展致富之路。

护林员

1984年，王增奎从村干部位子上退下来，并主动要求当护林员。

在之前，他曾多次找乡党委，请求不再担任村干部了，他上年纪了，要腾出位子让村里要求上进年轻的人干。

在他的再三请求下，郝戈庄乡党委终于同意了。但乡党委考虑到他是为党工作了几十年的老党员和村干部，打算在乡上给他安排个闲差，却被他拒绝了。他说那些光拿钱不出力的差事，他不干。

他怕辜负了领导的好意，就说，如果上级感到他还能为党做些工作的话，那就让他上峁山当护林员吧。

峁山林区成立于1948年，1959又设立为峁山林场，王增奎任第一任林场场长，直到1962年，他才被调回村里任村党支部副书记兼贫协主任，但他一直对林区很有感情，把山林视为峁山身上穿着的衣服。

直到2016年，已是耄耋之龄的他才从山上下来。

家庭支部会

每逢年过节或者社会上有什么大事，王增奎就要召集全家人开会，被村民称为“家庭支部会”。他有三个儿子一个女儿，他们都是党员，完全可以组成一个党支部了。

针对社会上某些不良思想，他把全家人召集起来，对家人说，我们全家要坚信一个信念，那就是没有共产党就没有新中国，没有共产党就没有我们今天的好日子。坚决相信党，坚决跟着共产党走，这一条绝对没有错！

后来，随着苏联解体，东欧发生颜色革命，他又开“家庭支部会”说，事实证明，坚决拥护中国共产党的领导是正确的。

从此，“家庭支部会”成了每年过年的例行会，每年都开。现在，他虽然已是九十多岁的高龄了，还是坚持召开“家庭支部会”，只是会议主持人让位于他的儿女了。

有人开玩笑地问他的“家庭支部会”要开到什么时候，他说：“这是我们家的传家宝，一定要坚持下去，我不在了，就由我的儿子开，儿子不在了就由孙子开，要像愚公移山那样，子子孙孙一直传递下去。”

教书育人的楷模——郭德章

□ 宋新明

郭德章，皇华镇小庄沟村人，中共党员。1922 年 1 月出生，1948 年 11 月参加工作，先后任诸城郝戈庄乡小庄沟村民办教师、村调解主任。1960 年 6 月被授予全国先进工作者称号。

20 世纪 50 年代初，党中央发出了办好农村文化教育事业的号召，一天学没有上的郭德章自告奋勇担负起了教村民识字的工作。他不识字，便到三里远的郝戈庄小学找老师请教，当时的小学校长看到他学习热情高，有干劲，就把自己唯一的字典送给了郭德章。郭德章如获至宝，吃饭睡觉都不舍得离手，只要有时间就如饥似渴地照着字典学习。他一边学，一边教，利用夜校的时间教会了全村二十多个人识字。

1954 年马耳山周围修建了五处毛泽东小学，五莲两处，桃林两处，皇华镇的封家官庄一处。封家官庄建起了毛泽东小学后，临近的小庄沟、金巴沟三个村的学生都到毛泽东小学去上学。那时学生的入学年龄没有严格限制，从八九岁到十五六岁不等，超过十六岁的，一般都不再去学校上学，而是参加村里办的夜校识字班。郭德章这个时期主要教夜校，他教得认真，要求严格，小庄沟人识字最多。随着教学工作的不断开展，郭德章感到自学的知识明显不够用，便利用空闲时间到郝戈庄小学找那位校长请教。有一天晚上，郭德章学习完从郝戈庄小学往家走时，已是深夜 12 点，天空突然下起了大雨，由于路滑，他一不小心跌进了村东的深沟里，摔昏过去。后来被雨打醒后，他趁天亮前悄悄回到家中，第二天又照常开始了一天的工作。

教了几年夜校后，他看到本村的孩子到封家官庄上学不方便，便和村干部商量在自己村里办一所学校。村里没有房子，他毅然腾出自己住的三间小土屋，办起乡村学校。他自己既当教师，又当校长，把一个山村小学办得红红火火，连邻近的金巴沟村的孩子都来小庄沟上学。后来，教室不够用，又在原来的三间教室西边新盖了两间，并新聘任了一位教师，和他一起教学。在教学期间，他也从未间断过学习。他教过的学生，有的参军被提升为干部，有的担任村会计，有的成为农民技术员。

1960 年 1 月，他出席山东省工业、交通运输、基本建设、财贸方面先进集体和先进生产者代表大会，被山东省人民政府授予先进生产者称号；同年 6 月，出席全国教育和文化、卫生、体育、新闻方面社会主义建设先进单位和先进工作者大会，被中共中央、国务院授予全国先进工作者称号。

明清文学家丁耀亢

□ 丁少玉

丁耀亢（1599—1669），字西生，号野鹤，又号紫阳道人、木鸡道人、野航居士等。明末清初文学家、诗人、剧作家和小说大师。诸城城里人，后又移居城南橡谷山庄（今诸城市皇华镇相家沟村）。

丁耀亢生于明朝官宦之家，其祖父丁纯，曾为长垣县教谕，后辞官归里，倡导诸城文士结“九老会”。父亲丁惟宁曾任四川道监察御史、巡按监察御史、郧襄兵备副使，因遭诬陷而降职，拂衣而归，隐居于九仙山之阳。

丁耀亢自小受书香门第熏陶，且“负奇才，个傥不羁”。11岁时，耀亢丧父。兄弟六人中，耀亢排行第五，父亲在世时，耀亢便与四个兄长分家，与母亲田氏、弟弟耀心一起居住。父亲去世后，耀亢兄弟二人在母亲严厉的训导下，发愤读书，并在20岁时即进学为“诸生”（即秀才）。

后来丁耀亢困于科举，负才落拓，游江南，从著名书画家董其昌问学。北归，郁郁不得志，取历代吉凶诸事，著《天史》10卷，“以献益都钟羽正，羽正奇之”（《诸城县志》）。后此书在南都被焚，不传。明末政治腐败，耀亢在其传奇《蚺蛇胆》中，借黄门之口，予以抨击。

清兵攻诸城，耀心、大谷组织抵御，城破殉难，侄豸佳为清兵所伤，跛一足。国仇家恨，让他铭刻于心。当时兵燹遍地，民不聊生。为生活计，顺治初年（1644）他曾出行淮上，又泛海北游。顺治九年（1652），由顺天籍拔贡，充镶白旗教习。其时名公巨卿多与结交，声名渐著。顺治十一年（1654）为容城教谕，顺治十六年（1659）迁惠安知县。因不乐仕途，第二年即以母老告归，终老未再出仕。

丁耀亢一生著述甚丰，其诗词，“踔厉风发，少作即饶风韵，晚年语更壮浪，开一邑风雅之始，县中诸诗人皆推为前辈”（《诸城县志》）。然其诗集却列入《清代禁毁书目》之中，因其中有甚多“违碍之语”。其传奇今存《西湖扇》《化人游》《蚺蛇胆》《赤松游》四种。

丁耀亢被文学史家所重视，并非他的诗文成就，而是他的小说《续金瓶梅》一书。小说所展现的时代背景，及其描写的人情物态，显然不只在言情而已，同时影射了明清易代之际的人情世态，抨击和揭露了清贵族的残暴统治，具有强烈的政治性和社会性。此书一出，清廷震怒，耀亢于康熙四年（1665）因此下狱。后来耀亢获释，但是小说却被付之一炬。自此丁耀亢两眼昏然，丧明逃禅，自署木鸡道人，不久即长辞人世。

丁耀亢著述颇丰，除《续金瓶梅》和四种传奇之外，尚有诗词集《逍遥游》《椒丘诗》《陆舫诗草》《江干草》《归山草》《听山亭草》，辑为《丁野鹤遗稿》。

牧歌

□ 李晓

齐长城从望海楼上下来，就到了桃林最北端的响水村北岭。在蜿蜒起伏的长城遗址的荒草丛中，东响水北岭上，在中午日照的直射下，一个红脸膛的老者驱赶着一群羊，在野外游走着。

我们走上前寻问东面山的名字，他说叫北大山。我们问：这么热为什么还放羊？他说虽然天热，但羊在野外风凉。

问他年龄，他回答七十多了。

问他为什么还放羊，他说从小就放。

他从小放羊，高小毕业后放羊，现在还放羊。放羊不再是为生存，而是感到快乐。

只要放羊，只要在齐长城脚下这块家乡土地上，无须子女供养，无须社会关顾，他就感到幸福与满足。

他只有一个儿子，在某家大银行工作。他为了这个儿子，从二十几岁就寡住。

儿子与羊成了他一生最美的诗行。

之所以写平凡，是因为巍峨千里的齐长城，就是用平凡的一捧土一块石修筑而成的。

平凡成就伟大！

沈家沟里创业郎

□ 刘培珍

连续几场雨，浇透了干涸的田地，润泽了座座青山，蓄满了河湖沟湾，村里的河沟、山里的溪流或急或缓地流淌着，发出悦耳的声响。蝉也不疾不徐地唱着，鸟儿啾鸣着从树上跃起，飞向远方……

诸城桃林的沈家沟村曾是史家沟的一个自然村，地处大山深处，四面环山，只有一条逼仄弯曲的山路通向外面的世界，这是政府为了扶持当地村民发展乡村经济刚修的水泥路。

现在留守沈家沟的，只有三户人家，其中一户的主人是1981年出生的青年人，我们称呼他“小沈”。小沈从山东省潍坊商业学校毕业后，一直在新郎希努尔集团从事市场营销，他本以为这辈子就在新郎希努尔集团拿着四五千块钱的工资，不好不坏地度过了。谁料，三年前的那场突然的变故改变了他的人生轨迹。

2019年春节刚过，他父亲遭遇车祸去世，几天的工夫母亲明显苍老消瘦了不少。他看着心疼不已，在单位上班时，脑海里也时常浮现母亲苍老憔悴的面容。由于担心母亲的身体会因精神状况不好而垮掉，他每天下班都驱车三十多公里回老家陪伴母亲，第二天再赶回单位上班。不管多晚，母亲都会在门口张望着等儿子回家。

他劝母亲把种植园卖掉，跟他到城里住。可母亲舍不得这份跟丈夫一起打拼出的“家业”。他曾接母亲到城里住过几天，但离开老家，母亲生活不习惯，不是嗓子疼，就是眼发红，饭吃不下，觉睡不宁，他知道，母亲离不开老家，离不开她与父亲用十几年的汗水与心血换来的那一百多亩种植园。他只好把母亲送回老家。

母亲回去后，他陷入矛盾与纠结中，看来老家的种植园母亲是不舍得转卖了。可是他又担心母亲一人操劳会累坏身体，就萌生了辞职回乡的想法，但一旦要告别早已习惯的工厂里那种平稳的生活，他有些难舍，又有些顾虑。他先向妻子说了自己的想法，没想到妻子竟然很支持，说只要他不怕吃苦受累，回乡创业是对的。他又征求母亲的意见，母亲毫不犹疑地说，想回就回来吧。看来母亲早就有让他回乡的想法了。于是，他毫不犹豫地辞了职，专心做起了农民。

他的种植园，有传统的茶园，有种植了多年的板栗、柿子等果木，还有近些年栽种的樱桃和桃子，都是新引进的品种。他后来又从南方引进了梧桐子、梅花等珍贵苗木，开始向绿化苗圃方向拓展。桃花、樱花盛开的季节，种植园对外开放，游客可以赏花、拍照，度过一段愉快、美好的时光；果子成熟时，游客可以体验采摘的乐趣；无花无果的时候，可以爬山，登高望远，观赏美丽的自然风光。玩累了，有民俗房做短暂的休息；饿了，随时做上几样农家菜饱餐一顿。现在，顺磊农业观光生态园基本做到了采摘、旅游、餐饮、民宿一体化经营，在向一个绿色、环保、一条龙服务的农业观光生态园发展。

我们问他那么多地怎么来的，他说，年轻人都出去打工了，留守的大多是老人，无能力侍弄土地，有的就把土地转租了。然后这些老人再干一些力所能及的活，像给桃树和樱桃树疏花、疏果，给果树剪枝、打药，整理采茶，修理田坝……不用费心打理田地，还能有适当的收入，他们也比较满足。

我们跟小沈交谈的时候，挂在他口上最多的话是："老的养我们不容易，我们得孝顺他们！""多亏党的政策好，地方政府的支持。""我们农村人穷是穷点，但朴实、善良、讲诚信。"

2020 年，政府计划修这条进山村的水泥路，担心拓宽路时被占用路边农田的村民会狮子大开口乱要赔偿款。小沈拍着胸脯打包票说："不会的！抗日战争时期，我们这村曾有八路军住过，村民也常常为八路军送情报、运盐，还腾出房间给八路军住，那可都是有杀头危险的，现在损失点土地对他们来说又算什么？何况政府修路为的是造福这里的百姓，他们何乐而不为？"果然，如他所说，不管占到谁家的地，他们都很痛快地让出了两犁地。有的村民还说，不够的话我们家再让出一犁来。

小沈知道，山沟沟里的人最厚道与朴实，他们的淳朴、无私、深明大义什么时候都不会丢。我们走访长城边村庄的这些日子，也深切地感受到了这一点。

守护

□ 刘培珍

群山深处的一个山窝窝里，住着仅有的一户人家，低矮的院墙，低矮的房屋，全用山石垒成。两扇院门向人们表白着它经历的时代久远，那红红的春联虽然有些破损，但给这寂寞的小院带来不少生气。

“吱呀——”门从里面打开了，出来一个头发花白、面容清瘦、肤色黑红的驼背老人：“你们到山上玩？”一张口，那团和气让人如沐春风。

紧接着，从屋里出来一个跟老人年龄相仿的女人，背微驼，个头比男人高出半头，右手中指和食指之间夹着一支自卷的旱烟，灰白的头发扎成两个蓬乱的辫子，脸上写满了沧桑，她虽然没说话，但脸上一直露着亲切的笑容。

“你们有子女吗？”

“有，四个女儿，一个儿子。儿子搬到外面的史家沟去了，三个女儿嫁到别村去了，一个女儿在城里住。”

“你们怎么不搬出去？外面的条件怎么说也比这儿好。”

“村里让我们搬，我们不乐意。这是祖辈生活的地方，我们不舍得离开。”

原来，老人姓沈，曾祖是给许家沟臧姓大地主看山的，到他这一辈是第四代了。曾爷爷生养了四个儿子，分出了四支，家族一下子壮大起来，形成一个自然村——沈家沟。

人多地少，同族各支免不了有矛盾，他爷爷这支，三代单传，备受欺负。被逼无奈，他父亲八岁那年，爷爷带着一家人搬出了大山，远离了是非之地，搬到相对比较繁荣的大坪子谋生去了，只有过年的时候才回来住上一段时间。老人就是在大坪子出生的，以后又有了两个妹妹。爷爷和父亲在当地算得上是一等一的窑匠，谁家盖屋，少不得请他们去打造房梁，一家人的日子过得还算宽裕。

1967 年，灾难突然降临到他们家，学校盖房子，父亲在凿房梁卯眼时，一块木屑崩进了右眼，顿时血肉模糊，鲜血直流。抬到医院时，医生告知因为眼球完全破坏，为防止感染只能把眼球全部抠出。本来平静幸福的生活一下子被打破了，为了治眼，家里落下了一屁股饥荒，刚刚成年的他也因此耽误了说媳妇。

一晃，十年过去了，三爷爷家的堂兄患了重病，那时堂嫂一人拉扯着四个女儿，大的刚刚十二岁，小的才四岁。沈立国回家看望堂兄，看到堂嫂一人既要干着家里的活，还要干着地里的活，就经常主动帮堂嫂打理一下地里的活，然后默默离去。

堂兄病逝后，他有意帮堂嫂，干脆从大坪子搬回了沈家沟，跟大他一岁的堂嫂刘先青过起了日子，第二年就有了一个儿子。

他们的故事，平淡得不能再平淡了，但我听后心里却充满了感动：这是一份缘，一份上天安排好的善缘。他们的生活也许清苦，但相濡以沫的坚守何尝不是一种满足与幸福？物质上的富有，哪有精神上的愉悦来得更令人向往？从两位老人的笑意里，能读出这些。

我们告别两位老人，他们回归于平静，继续过着与青山为伴、虫鸟相依平淡而幸福的日子。

我们离开了，继续沿着齐长城追寻我们的梦想。而他们——黄牛山下的这户普通人家，依然继续生活在这偏僻的山坳里，依然生活在这简陋的房子里。

齐长城脚下又多了一个故事。

齐长城脚下一枝梅

□ 刘培珍

身材高挑，一头短发，走路带风，一口一个“老师”地叫着我们，毫无扭捏之态，她就是大洼村里的那枝梅——衍梅。

我们都以为她是村干部，但她笑着否认了。

衍梅现年 49 岁，是诸城林家村镇大洼村人，有两个女儿。丁少玉老师说，她会写诗，写得还不错，前些年还在报纸杂志上发表过。她不好意思地说，那都是前些年的事。

丁老师跟我们讲起了跟衍梅结识的过程：六年前，衍梅的大女儿还是石河头小学的一名学生，学校组建了一个“亲子共写日记群”，衍梅母女就是其中的成员。丁老师除了上课，还会对家长写的日记进行点评。他发现一个叫“衍梅”的家长表现得最积极，文笔也不错，喜欢引用一些典故和诗句。但是，丁老师也发现，她的日记内容单一，每次写的都是“携子观景”内容，写法上也一个模式，就像套公式。丁老师就教她怎样拓宽写作内容，运用什么样的方法来写……一来二去，他们成了熟人，最后成了文学上的朋友。

真没想到，在这么一个偏僻的小山村，竟然还有这么“精致”的女人！现在，偏僻的农村物质生活丰富了，缺的是丰富的精神文化生活。这样的一枝“梅”能在这里盛开，的确令人欣喜。

衍梅说，她真正喜欢上文学是在两年前。有天，她翻看女儿的高中语文辅导书，读到孟郊的“春风得意马蹄疾，一日看尽长安花”时，突然惊呆了：朗朗上口的句子，寥寥数字竟能展现出一幅优美的完整画卷！作者金榜题名后的那种“春风得意”迅速感染了她。她莫名地兴奋起来，养貂失败带来的压抑一扫而光，就像多日连阴天后金灿灿的阳光突然普照大地，一下子让人的心胸豁然开朗起来。

从此以后，她爱上了古诗词，时不时地触景生情也写上几句：“独听旁人鼻息声，且陪潇雨到天明。”（《雨夜》）“身上无处不泥浆，鸟儿啼叫无心赏。”（《秋忙》）“世间美人拣不完，莫学猴子来下山。”（《做人底线》）……虽然写的多是打油诗，不讲究平仄韵律，倒也朗朗上口，戏谑有趣。

衍梅说她上学时成绩一直不错，尤其是作文。当我们了解到她只上完初中时，心里很诧异：怎么不上高中考大学？她苦笑着告诉我们：“那时穷，交不起学费，大姐只上了两年学……”

衍梅姊妹五个，因为家里没有男孩，父亲老觉得在乡亲面前抬不起头来，做什么都提不起精神。衍梅姊妹五个都没能上高中，不是考不上，而是家里不让上。父亲认为女孩子早晚要嫁人，会写自己的名字就行了。

“你怨恨自己的父亲吗？”

“都过去了。”她没有直接回答，但眼神中流露出的那丝转瞬即逝的哀伤给了我们答案。

我们不想再揭她心底的伤疤，便转换了话题：“现在生活好了，终于可以实现少女时编织的作家梦了吧？”

在我们心目中，衍梅一定有一个文学情结，就是长大后当作家，但再次被她否认了：“我最初的目的就是辅导女儿学习，哪敢有那种想法？”

后来，丁老师向我们讲了一些关于衍梅的故事。她是一个比较传统的女人，把“相夫教子”当成家庭中的头等大事来做。白天丈夫在外打工，她自己在家侍弄农田、喂养牲畜，晚饭后辅导女儿学习。夜深人静，丈夫和女儿都睡下后，她才有时间读书、背古诗词，仅一年多的时间，就背过了700多首古诗词。灵感来了，她就模仿着写一些古诗词，在当地渐渐有了些名气。

这样的一枝“梅”开在大洼村，自然会引人注目。衍梅的诗情刚冒出来的时候，周边不乏羡慕她的人，但更多的是对她的冷嘲热讽：“一个农村女人，好好过自己的日子就行了，写什么诗？能当饭吃？还是能当房住？不务正业！”“女人有文化就学坏了！”……

好在，“梅”从不畏风霜，其魅力就在于凌寒却能留香！

从马后村走出的工程院院士

□ 丁少玉

2021年11月18日，2021年两院院士增选结果正式揭晓，共有149人当选。其中，中国科学院增选院士65人，中国工程院增选院士84人。诸城市桃园片区马山后村人孙焕泉获选工程院院士。

孙焕泉，男，汉族，1965年1月出生，桃园片区马山后村人。中共党员，博士，正高级工程师，石油与天然气开发工程专家，是诸城市第四中学十三级学生，1987年毕业于华东石油学院开发系，1990年获中国石油大学（北京）油气田开发工程专业硕士学位。现任中国石化副总工程师、科技委副主任，连续三期(2008—2020年)担任国家油气科技重大专项项目长。

孙焕泉长期从事油气田开发理论、技术研究和工程实践，带领团队在稠油和高温高盐等复杂油藏开发领域取得创新性成果。

他在许多方面有所创新：攻克深层超稠油开发技术，成功开发我国埋藏最深的超稠油油田；突破薄层超稠油开发技术，成功开发我国油层最薄的超稠油油田；发明无碱二元复合驱油新技术，率先实现高温高盐油藏化学驱油，大幅度提高采收率技术工业化，开辟了我国复杂油藏开发新领域，为老油田持续稳产做出突出贡献。

孙焕泉主持建成深层超稠油、薄层超稠油热力开采和高温高盐油藏化学驱油技术体系，使我国在复杂油藏开发领域研究水平处于国际领先地位。先后获国家科技进步二等奖 5 项，中国专利金奖 1 项；省部级科技进步特等奖 1 项、一等奖 8 项。获得“何梁何利科学与技术进步奖”“全国杰出工程师奖”，入选“新世纪百千万人才工程”国家级人选。获授权发明专利 16 件（美国专利 2 件）。发表论文 66 篇，出版专著 7 部。

晚清翰林丁昌燕

□ 丁少玉

1937 年，诸城最后一个翰林丁昌燕在故籍皇华镇下六谷村因病去世。

丁昌燕（1863—1937)，字师汝，号剑虹居士，皇华镇下六谷村人。少年好学，诗词书画无所不通，十几年的寒窗苦读学业有成，十八岁进京应试，考中进士，后授翰林，入翰林院编修。

光绪二十年（1894），丁昌燕出任四川大足县知县。这一年，天气大旱，庄稼颗粒无收，民不聊生。鉴于四川到京城路途遥远，上报朝廷尚需时日，而灾民的生存则刻不容缓，丁昌燕便在朝廷未下旨的情况下，先斩后奏，开仓放粮，赈济灾民，过后再上报。此事被同僚提前告至京城，光绪帝圈阅了奏本之后，不但没有惩治丁昌燕，反而肯定了他关心庶民百姓疾苦的做法，并赐“德垂后裔”匾，当地百姓送他“万民伞”（万人签名）一把。

丁氏家族自明起，为诸城富有旺族，出了不少官员。明亡清立时，八世祖丁耀昂（武举）全家除一子逃脱外，皆被杀害。九世祖丁大谷（武举），守诸城，失陷后被清兵所杀。所以丁氏族人从根本上不满清王朝的统治。因此，丁昌燕厌倦官场，在仕途上半路辞官。

辛亥革命期间，丁昌燕回诸城积极地参加推翻清王朝的斗争。武昌起义后，丁昌燕应诸城知县吴坝的要求，招募壮丁60名，成立防御会，自任会长，同副会长徐毓沣一起，日夜操练，督率守城。

诸城宣告独立后，设立防御团保卫革命，丁昌燕、徐毓沣分别担任正、副团长。军政府、民政府、县议会成立，丁昌燕被推举为副议长。

1915年，丁昌燕任省议会议员，常住济南，是省议会共和党的重要成员。同时，丁昌燕又是淄博煤矿董事，兼任矿务采办。1930年，丁昌燕任省志馆馆长，除领导编修省志外，还指导全省各县编写县志。1937年，诸城县志初稿已完成，因日寇入侵，两部草稿均在战乱中丢失。

丁昌燕是清末官吏，在革命潮流的推动下转变为开明士绅，是诸城政治文化界旧派人物的代表。1916年诸城旅济同乡会成立，丁昌燕担任会长。

交通站站长杨香斋

□ 丁少玉

1943年10月12日，中共障日山地区第一个地下党支部书记兼交通站站长杨香斋同志，在川里村（今桃园片区东红村）惨遭敌人杀害，终年49岁。

杨香斋，1894年出生在诸城竹园村（今桃园生态经济发展区竹园村）一个农民家庭，他在兄弟姐妹中排行最小。6岁时母亲因病去世，父亲续娶。香斋幼年患严重的气管炎，身体较弱，但他却是一个不怕吃苦的孩子，家里不管有什么脏活、累活，他都愿意干，深得继母喜爱。

杨香斋少时对读书充满了向往和痴迷。于是，父亲便下决心要把香斋培养成一个读书人，让他以书香为斋，所以给他取名为香斋。

香斋读完私塾后，就在竹园小学当了教师。

教学期间，他接受了许多社会信息，接触了社会上的各式人物，了解了更多的事件，视野更加开阔，思想更加成熟。

教学之余，他还跟着绕子阿村的秀才刘彦学习中医，经常给周围的人把脉看病。

1938 年 1 月，杨香斋加入了中国共产党。

不久，杨香斋到泊里参加鲁东南特委在那里举办的党训班。上课间隙，他还接受了军训，学习射击、投弹、突围等技术。

党训班结业后，杨香斋回到竹园。他白天上课，晚上就走村入户，发展党员，使党的力量在竹园地区发展到一定的规模。

1938 年 10 月，诸城县委成立，驻扎在齐长城南面的第六区太平乡石河头村，开始领导抗战斗争。

县委指导成立了竹园地下党支部，杨香斋担任党支部书记。同时，建立了一个交通站，杨香斋任站长。

杨香斋带领党员在晚上张贴宣传标语，秘密地发动群众，暗暗地发展党员，积极配合上级党组织开辟山区抗日工作。

一天，大岳峙村地下党支部书记王建堂派儿子给杨香斋传送情报，路经太平安西岭时，被国民党县长梁钟亭带兵逮捕，杨香斋也随之被捕，押在叩戈庄监狱。

诸城县委派独立营去营救杨香斋，用俘虏的 93 个士兵，把杨香斋同志交换了回来。

1943 年 9 月 9 日，一位交通员带着杨香斋签字盖章的情报执行任务时，在近枝村被汉奸队长王耀西截获，于是，王耀西带兵到竹园逮捕了杨香斋，把他押送到劝礼村汉奸团长刘均的据点里。刘均让杨香斋交出共产党员的名单，杨香斋坚决拒绝。汉奸们用马鞭抽，用辣椒水灌，让他坐老虎凳，杨香斋都坚决不屈服，严守党的机密。汉奸恼羞成怒，在 10 月 12 日，极其狠毒地用三道铁丝捆住杨香斋的身体，活埋在劝礼村西。临终前，杨香斋用力大喊三声“共产党万岁”，为党的事业献出了宝贵的生命。

新中国成立后，杨香斋同志被诸城县人民政府追认为革命烈士。

少将林玉南

□ 丁少玉

2017 年 7 月，林玉南被授予少将军衔。桃园生态经济发展区万家庄村的人们争相传诵着，80 多岁的林相华老人颤颤巍巍地说：“玉南这孩子小时候就与别的孩子不一样，果然有出息。”

林玉南，1960 年农历七月二十三出生在万家庄村的一个普通农民家庭，家里除了一个姐姐，他是唯一的男孩。在这样的家庭，一般情况下会受宠，但是林玉南却没有受到受宠的待遇。父亲在他上小学的时候，担任了村里的党支部书记，对林玉南的成长产生了很大的影响。

林玉南将军说，上中小学时期，父亲对他要求很严格，早晨不准睡懒觉，大人起床，他也必须起来，挎着小提篮，拿着铁铲子到坡里挖兔子食，或者拿着钩子刨荒苗子，晒干了烧火做饭。上初中时，农忙时学校放假以及寒暑假期间，父亲都要求他到生产队参加劳动。队长特别照顾他，不让他与其他孩子参加相同的劳动。父亲知道后，批评了队长，不让林玉南搞特殊。那时候生活困难，家里有点好吃的，一般都留着招待客人，母亲也没有格外关照他，而是让他跟姐姐一样吃粗茶淡饭。这样的家庭教育，让林玉南养成了吃苦耐劳的习惯和平常心态，为他的成长奠定了基础。

初中毕业后，林玉南离开本村，在桃园公社驻地上高中，带着地瓜干，在学校住宿。在石河头村任支部书记的刘金光是他的同学，刘金光回忆说，高中时，林玉南在班里当班干部，他家庭状况好，带的饭菜比别人的好，经常与同学交换了吃。

林玉南高中时的班主任薛方琪老师在电话里告诉笔者，林玉南上高中时，对老师很尊敬，学习很刻苦。他的字写得很好，负责出班里的黑板报。他责任心很强，办事认真，老师安排的事情，他都能坚持做到底，很有韧性。

1977 年高考，他进了初选名单，最终却与录取失之交臂。1978 年 3 月他入伍来到北京，穿上了渴望的绿军装。

从入伍到退休，42 年的军旅生涯中，他历任干事、副处长、处长、副局长、局长、政治委员等职，最后在军政治部主任岗位上退休。

“上中学时没有什么远大志向，记得当时就是想今后不再吃地瓜干，白面馒头管饱，有肉吃就满足了。”林玉南回忆往事时诚恳地说。

“进了军营后，在组织的培养下，不断进步。参加了一些航天重大工程，从 1980 年开始，参加了洲际导弹发射试验、探月工程、载人航天工程、北斗导航工程等。在探月工程和载人航天工程中，曾担任测控通信系统副指挥长，在北斗导航工程中曾担任发射场指挥部成员。”对在部队中的发展历程，他平静而简略地做了陈述。

退休后，林玉南在家里和妻子一起带孙女，买菜做饭，没事的时候就练练字，或去活动室打打球，过着普通百姓的生活。

从长城根走出的将军

□ 丁少玉

2002 年，张华臣被中央军委授予少将军衔。这是诸城市东南山区长城根走出来的第一个将军。

1951 年 3 月 12 日，张华臣出生在诸城市桃园片区郑家沟村的一个普通农民家庭。兄弟姐妹六人，他最大。从小他就操心家里的事情，力所能及地帮助父母维持家务。小学毕业后，他开始参加村里的生产劳动，为父母分忧。

他在石河头村读完了小学。当时，他学习很勤奋，成绩优秀。班里二十几名同学，来自不同的村庄，他与每名同学都相处得很好，在班里威信很高。他很尊敬老师，直到退休后，仍然不忘去看望老师。

1969 年 2 月，张华臣光荣地加入了中国人民解放军海军部队。在部队这个大熔炉里，他利用这里优越的学习环境，自学初中、高中的主要课程，文化水平有了很大提高。1985 年，张华臣到海军指挥学院学习，后来又两次到国防大学深造。在党的培养下，在各级领导的帮助下，他历任艇长、中队长、大队长、快艇第 21 支队支队长、海军福建基地司令员、海军东海舰队副司令员，由一名普通士兵成长为一名叱咤风云的将军，成为军队的高级干部，当选第十一届全国人大代表。

2010 年底，张华臣担任中国海军第七批护航编队指挥员，从中国舟山某军港出发，抵达亚丁湾海区执行护航任务，历经半年多的时间，他率领编队光荣地完成了海外护航任务，并带领编队访问多个国家。

从山沟里走出的张华臣将军，一直没有忘记家乡的父老乡亲。退休后，他响应党中央的号召，回家乡动员村民改变传统的生产、生活方式，为建设美丽乡村而奋斗。为发展绿色生态经济，张华臣走访了国内许多茶叶种植区域的村庄和企业，了解了茶叶生产的信息，增强了与茶叶企业的联系。

在国家知名茶叶企业福建武夷山“正山堂”的引领和帮助指导下，他帮助郑家沟村网格党支部，组织村民种植茶叶，增加收入。近几年来，在市、区各级党委政府的领导下，郑家沟村网格党支部带领村民，已经建成近千亩茶叶园区，初步建立了以茶叶为主体的绿色生态经济发展模式。村民的收入逐年提高，村民的思想观念、精神面貌、生活质量不断改善和提高，郑家沟村的村容村貌发生了可喜的变化。

张华臣表示，尽管自己生活在外地，他将始终心系家乡。今后，他将一如既往地关注和支持家乡建设，在外多宣传和推介诸城，提高诸城的知名度，努力为家乡建设添砖加瓦。

齐长城穿越的山水

齐长城在诸城经过一百多座山、八条河、七座水库。其中有名字的山有乔有山、马耳山、阎王鼻子山、石人山、七泉山、马羊山、大沟山、小沟山、寨山、口子山、石八盘（韩家沟西山）、韩家沟南山（摘星楼）、韩家沟东山、凤凰山、猿猴峪、望海楼、大花山、小花山、瓜蒌山、东大山、菩萨山、姑子庙山、石铜盆山、黄牛山、三道汪山、背风峪、大梁山、小梁山、野猫子窝山、兜娄山、垛山、马山、磊石山等三十多座，河有潍河、涓河、淇河、扶河、相谷河、友谊河、芦河、吉利河等八条，水库有墙夼、尚庄、万龙、岳岭、马山后、东红、绕子阿、孙家夼等八座。

潍 河

潍河，古称潍水，发源于莒县的箕、屋两座山，全长246公里，流域面积6493.2平方公里，是山东省内河河道最长、流域最广的河流，流经莒县、五莲、诸城、峡山、高密、安丘、坊子、昌邑、寒亭等县区，于昌邑下营镇往北注入渤海的莱州湾。它流经诸城全境，是诸城的母亲河。（李晓）

墙夼水库

墙夼水库位于山东省诸城市枳沟镇墙夼村西，分为东、西两个水库，是潍河上游控制性枢纽工程，1959年10月26日开工，1960年8月15日竣工。水库集水面积656平方公里，主要在莒县、沂水和五莲县境内，水库总库容3.28亿立方米。（李晓）

乔有山

乔有山在枳沟镇北杏社区驻地南面，与大北杏村的南岭并称为南岭，因形状似磨盘，又称磨盘山，后因王尽美诗句“铮铮乔有看沧桑”而改名为乔有山。现在，它已成为著名的红色旅游景点。（季彩凤）

马耳山

马耳山位于诸城桥上村与五莲县交界处，海拔 717.8 米，占地约 40 平方公里，为鲁东南第一高山，因主峰双石并举、状如马耳得名，自古为山东名山。主要由老峰山、松朵峰、鸽崖峰等山峰组成。

马耳山上名胜古迹众多，有仙人洞、龙王泉、隐龙寺、石龙寺、齐长城和桥上庄，还有一线天、鬼见愁、试剑石、鳄鱼石、鹰居崖、菩萨顶、望海楼、滴水洞、凌云峰、黑龙潭、情人松、天外来客、太公祠、太公坊、太公亭等诸多景点。2004 年被确定为省级森林公园。（李晓）

涓河

涓水现称涓河，是山东半岛古潍水（今称潍河）上游支流之一。涓水发源于鲁东南马耳山，流经五莲、诸城两地，在诸城市西郊汇入潍水，全长约 31 公里，流域面积约 420 平方公里。（李晓）

阎王鼻子山

在皇华镇鹁鸽崖村南面，东连七泉山，西接马耳山。因山势陡峭，当地人就以“阎王鼻子摸不得”的俗语，给它起名“阎王鼻子”，以示险峻。（张秀珍）

石人山

又名双山，山状如双人并立，故名石人山。石人山位于皇华镇南尚庄村南，海拔 327 米，占地 1.5 平方公里，森林覆盖率 80%，山上有齐长城遗迹。（祝清文）

七泉山

七泉山位于石人山东北1.5公里，皇华镇叶家沟村东南部，海拔307米，占地1平方公里。因山中有七口泉水四季长流而得名。（祝清文）

寨 山

寨山位于七泉山东北，皇华镇上茁山村前，海拔346米，占地2.5平方公里。山中有古人开采铜和铁的矿井和炉膛等遗迹，小山头“东瓢”“西瓢”堆积着当年的矿渣。（李晓）

石八盘

石八盘位于韩家沟村西，下茁山村南，海拔356米，占地2.3平方公里。原称十八盘，系登九仙山（位于五莲县境）之径，故而得名，后演为“石八盘”。（祝清文）

凤凰山

因曾有往东南飞的凤凰在此栖息而得名。它在皇华镇龙湾头村南面，西临诸户公路，南接连绵的群山。齐长城从此往南沿着连绵群山，再往东、往北，转了一个半弧后，从望海楼进入了桃林镇。（李晓）

猿猴峪

清乾隆《诸城县志》载：“橡谷水出猿猴峪。”猿猴峪，又称猴子峪，高峻陡峭，林木葱郁，谷深清幽，人迹罕至，溪流淙淙，相传山上曾有猿猴，因此而得名。它在皇华镇大寨村前，是相谷河的发源地，其西南是凤凰山，北为望海楼。（李晓）

相谷河

相谷河是倒漾河主要支流，发源于皇华镇大寨村东南猿猴峪，位于群山之中，该处植被覆盖较好，溪流经龙湾头、扒地盘子、双庙子等村汇入相家沟水库，后流经相家沟、白粉子沟、下康家岭等村，在四十里铺村东入倒漾河，全长 13 公里。（李晓）

望海楼

当年丁耀亢登上该山顶眺望大海，因思念漂泊在外的亲人而情不自禁地吟诵出“独上高楼，望断天涯路”的词句，后人因此给该山起名望海楼。望海楼在桃林镇臧家沟村西南面、皇华镇大寨村东北面，海拔 429 米，占地 0.5 平方公里，山势峻拔，景色秀美，是诸城齐长城经过的第二座高山。（祝清文）

瓜蒌山

在西响水村南，被西响水村民称为南山。它背阴部分属于皇华镇柳树店村，柳树店村称它黑岭。因其形状似瓜蒌，又被称作瓜蒌山。（李晓）

友谊河

友谊河，又名桃林河，主流发源于桃林镇西响水村东北，境内干流长10公里，流域面积68.5平方公里。它由北往南流经东响水村、臧家沟村后，在下赵家沟村的东面汇入岳岭水库。从岳岭水库向东南，经过卜板台、桃林镇驻地、上吕家沟、刘家沟、合乐子村，然后向东南经小杨家沟、马家庄村至南石桥村，它的支流剪子河在南石桥村村东汇入。它从南石桥向东南经批河窝、西亮马后，在东亮马东南约1公里处出诸城市，在青岛西海岸的戴家尧东北汇入吉利河。（李晓）

岳岭水库

岳岭水库位于桃林镇史家沟西面、虎皮山下，旧时此处有一深湾，名藏马湾，传有神马藏于其中。水库于1959年修建，总库容134.5万立方米，属小（一）型水库。（刘培珍）

东大山

东大山在皇华镇东响水村东北方向，东面是南许家沟村后的菩萨山，西面是东响水北岭。（李晓）

菩萨山

菩萨山西接东大山，东连姑子庙山，在南许家沟北面。（李晓）

石铜盆山

石铜盆山因形状似居民洗脸用的铜盆，故称铜盆山。它西接姑子庙山，东接黄牛山，在桃林镇桃行村村后。（李晓）

黄牛山

黄牛山，原名叫南岩山，当地老百姓又称其“围子山”。该山坐落在桃园生态经济发展区与桃林镇交界地带。海拔 402 米，山势巍峨陡峭，草木葱茂秀美。

黄牛山出产云母、钾长石等矿产，云母尤为丰富。咸丰十年（1860），八国联军侵略中国，德国人占领了山东，并在此山疯狂地挖掘云母资源。1937 年底，日本军队在该山山顶上修建了炮楼，在山下西面建成了云母公司，对黄牛山的云母资源进行了掠夺性的开采。（丁少玉）

背风峪

在大坪子村西北、殷家涧村南面。西面是黄牛山，东面是大梁山。（李晓）

大梁山

大梁山，在大坪子村北面、殷家涧村东南面，海拔 288 米，西接黄牛山东面的八仙桌子山（北风峪），东与小梁山相接。（李晓）

小梁山

在大坪子村北面、殷家涧村东南面。西面是大梁山，东面是野猫子窝山。（李晓）

芦河

芦河，又称卢河或泸河，因卢山而得名，发源于林家村镇马山北麓马山后村前，流经林家村、辛兴、昌城、密州等4个镇（街道）、24个村庄，在昌城镇小庄家河岔入潍河。全长45公里，流域面积202平方公里。从马山北麓往北，经马山后村，在土屋子村东入石门水库，然后往西北流，经石门村西，沿公路西北流经马家南沟、双庙村、白家村至半边井子村，在村西转北流，经南许家屯村北流至洼子村、赵家庄、西营村、小高疃、东两河、大高疃、头山村前、松园、苍子沟、后郈庄，北偏西流经六吉庄子、李家潘旺、王门庄子、两河村，自逄家芦水入至小庄家河岔村汇入潍河。（李晓）

马山后水库

水库位于桃园片区马山后村西南，在大梁山北面，属潍河水系芦河上游，控制灌溉面积0.41平方公里，是一座以防洪、灌溉等功能为主的小(2)型水库，水库于1988年11月建成，2015年曾除险加固。（李晓）

野猫子窝山

西为兜篓山，东为马山，因过去山上有许多野猫而得名。（李晓）

兜篓山

在马山后村南面，马山后村民称之为南山，西面为野猫子窝山，因山的形状类似兜篓子，又叫兜篓山。（李晓）

马 山

马山海拔299米，占地1.5平方公里，山形似奔马。位于桃园生态经济发展区上崔家沟村北面、马山后村南面，多松、槐等树木，山顶齐长城蜿蜒延伸，绵延1公里，石门至桃林的乡间公路，从马山口处经过。传说古人在开凿曹家洼村西胡同时，挖出了一匹金马，金马奔腾西上，驻足此山，然后又跑到了马耳山，最后折回头奔向东南方向钻进了藏马山。马山由此得名。（丁少玉）

垛山

垛山在邹家沟南面，又叫南山。西面是长城岭，东面是磊石山。因形状像垛而得名。（李晓）

磊石山

磊石山位于林家村镇石河头村西 2 公里处，在磊石沟村后，海拔 219 米，占地 4.5 平方公里，山多石，如人工叠垒而成。（丁少玉）

吉利河

吉利河，有两个源头。西源水出诸城市桃园区鲁山西南麓千秋岭，流经插旗崖。东源水来自桃园区的黑王家沟，流经竹园、近枝，在桑园大桥处，两源的水流交汇，然后经过大洼、石河头、东红，在东红村南注入青岛西海岸新区的吉利河水库，经理务关、大场两乡镇，到河崖村南与白马河汇流，在大场马家滩村东入黄家塘湾，汇入黄海。河长 39.85 公里，流域面积 285.1 平方公里。（丁少玉）

东红水库

水库位于桃园片区东红村北、磊石沟村南部、崔家沟东面，系吉利河水系，吸纳磊石山之水，建于 1969 年，总库容 71.6 万立方米，灌溉土地 580 亩。（丁少玉）

绕子阿水库

水库位于桃园区绕子阿村北，属于吉利河水系近枝子河，是一座以防洪、灌溉为主的小型水库，总库容量 21.93 万立方米，建成于 1958 年，2010 年、2019 年曾除险加固。（王昌英）

孙家夼水库

水库位于桃园片区孙家夼西岭上，白马河水系，建于 1977 年，总库容 77.2 万立方米。（丁少玉）

靓丽的风景线

齐长城经过诸城南部山区，这里文化深厚、民风淳朴，山川秀美，名胜众多，尽美红色小镇、马耳山风景名胜区、皇华观光旅游大道、茁山齐长城民俗文化观光旅游区、相家沟丁耀亢故里、望海楼自然风景区、邹家沟大众日报社旧址、石河头村遗址、中共诸城第一届县委遗址、插旗崖北海银行旧址，以及石人山、永镇关、七泉山、黄牛山、马山、磊石山、望马敦等齐长城遗址，在诸城南部构成了一道自西至东绵延四十多公里的靓丽风景线。

尽美红色小镇

齐长城从白马山越过潍河进入诸城地界后，又沿着墙夼水库北岸往东南绵延约三里，就到了北杏社区。

北杏社区位于齐长城的北侧，当地政府从 2017 年就开始着手发展红色旅游资源，相继开发与建设了“王尽美同志故居”“王尽美烈士纪念馆”“牧羊道”“乔有山”等多处红色景观。现在红色小镇已经初步成型，正在以崭新的姿态迎接着各地游客前来观光。

乔有山

□ 李 晓

在李家北杏村的长城岭北侧、大北杏村的村前，有一段连绵起伏几里的丘陵。这段丘陵虽然不起眼，却是平原与丘陵地带的分界线，也是诸城与五莲的地域分界线。

在这段丘陵的东部，突兀出一座小山丘，由于它貌似磨盘，有人称它磨盘山，但大多数人把它称为南岭。

现在之所以叫它乔有山，这与王尽美有关。

王尽美小时候，经常与村里穷人家的孩子到这里割草、玩耍。有一天，地主谋耕堂的小少爷春孩忽然不让他们上山了，还让家丁把守着上山的路。王尽美有一个叫石头的好伙伴，去山上拔草，结果筐子被他们抢走，还被赶下了山。王尽美听说后，就找他们评理。春孩蛮横地说，这是他们家的山，让谁上山由他说了算。接着，把他们轰下了山。王尽美气愤地对小伙伴发誓说，早晚有一天，要把它乔迁为我们穷人家的。

从那时起，这座山就被王尽美赋予了抗争精神。

后来，王尽美去济南求学前夕，又登上了这座山，他眺望着眼前苍茫的乡土大地，不禁慷慨激昂地吟诵道："沉浮谁主问苍茫，古往今来一战场。潍水泥沙挟入海，铮铮乔有看沧桑。"

他又用诗文的形式把这座山正式称为乔有山。

从此，他踏上了去济南的求学之路，踏上了救国拯民的革命之路。他让乔有山成了具有初心使命的山。

王尽美去上海参加完中共一大后，他把共产主义社会视为尽善尽美的最美好的社会，立志要为实现这一伟大的革命事业奋斗终生，并写下《肇在造化——赠友人》以表心迹：

贫富阶级见疆场，
尽善尽美唯解放。
潍水泥沙统入海，
乔有麓下看沧桑。

从此，他以战斗者的姿态，以饱满的革命斗志，投入到了一场解放全人类的轰轰烈烈的革命大潮中。同时，他还把自己的家乡也一同融入了这场革

命大潮，赋予了乔有山新的属性——革命性。乔有山在他心中，不但是一座要乔迁为穷人的山，而且是具有革命情怀和斗争精神的山。在当今，乔有山也不再是一座其貌不扬的山了，而是一座具有革命传承意义的历史丰碑。

正因如此，当地政府不失时机地把这里打造成一个具有象征意义的红色景点。

山的西面是一条上山的石头路，拾级而上，行走在石块铺就的凹凸不平的路面上，让人产生一种崎岖不平之感，这寓着意革命之路并不平坦。

每段路都是二十个台阶，代表着王尽美从这里去济南求学时正好是二十岁。

台阶环山绕到了山的北面。在北面的半山腰筑有一个高约三米的石头台子，台子之上建有一座凉亭，叫初心亭，彰显着这里曾是当年初心的出发地。在一百二十多年前，王尽美就是从这里怀着救国救民的伟大抱负走上外出求学之路、革命之路的。今天，王尽美的家乡人牢记使命，在缅怀与继承王尽美革命精神的同时，不忘初心，重新起航，努力为新时代建设不断建功立业。

站在初心亭上，向远处眺望，呈现于眼前的，不再是苦难深重、多灾多难的苍茫大地，而是一幅山水秀美的壮丽画卷，画卷中的北杏已经发展成一座占地几百亩的红色小镇。小镇楼房林立，美丽多姿，不仅成为党性教育基地，还成了红色的旅游胜地。

王尽美是诸城人民的骄子，他的精神与血脉早已植入故乡这片富饶的土地。不管是乔有山，还是牧羊道，家乡的每处土地上都留着他的足迹与声息，他永远和家乡在一起。

牧羊道

□ 李晓

王尽美党性教育基地的南侧是大北杏村的南岭，在南岭北面的岭脚下有一条去岭上的蜿蜒小道，当年王尽美就由这里去岭上放羊。

虽然这已经是一百多年前的事了，但望着蜿蜒的小道，我们依然会感受到那时的情景：一个五六岁的儿童，每天早晨早早地从家里出来，在小道的路口旁，等候着一个叫王敬亭的人赶着羊群从这里经过，他要帮着他去放羊。

这个少年叫仓囤，别看他小小的年纪，却是全村人人知晓的故事迷了。

仓囤为什么要去帮王敬亭放羊呢？这还要从他爱听故事讲起。

仓囤出生时，爷爷与父亲相继去世，家里只剩下奶奶与母亲两个女人相依为命。为了打发寂寞的时光，晚上母亲一边纺线，一边给他讲故事，他是听着母亲讲的故事长大的。

在冬天漫长的寒夜里，母亲一边摇着纺车，一边给他讲劈山救母、孔融让梨、岳母刺字，以及大闹天宫、张捣鼓等故事。在嗡嗡的纺车声里，故事就像天上的启明星，启发着他的想象；故事又像催眠曲，让他在哼唱中香甜入梦。

随着年龄的增长，母亲讲的故事已经不能满足他的需求了，他就去找村里会讲故事的老人，随身带着把火镰，殷勤地给他们点烟。夏天在树荫

下，冬天在南墙根，晚上在月光下，白天在村街头，凡是有人聊天的地方，就会有他的身影，村里会讲故事的人，他都找遍了。

有一天，他又去缠着村里的一位老人讲故事，那位老人问他：你怎么放着身边一个故事篓子不去找？

他忙问是谁，老人说，就是你们本家的王瘸子啊。

王瘸子？他开始还不相信老人的话：王瘸子为人木讷，像个闷葫芦，他怎么会讲故事呢？老人见他不信，就让他回家去问奶奶。

奶奶说，王敬亭年轻时曾是大北杏村一带有名的说书艺人，由于他常借说书之名抨击腐败的官府，结果遭受了牢狱之灾，被打折了腿。他被保释出狱后，家人逼着他跪在祠堂向祖宗发誓：此生不再说书。

仓囤知道王敬亭会说书，就再三央求他。王敬亭却摇着头什么也不说。

仓囤没有气馁，决定效仿古代求贤若渴的圣贤，用诚心去感动他。于是，就每天早早起来，帮着他去南岭放羊。

“精诚所至，金石为开。”王敬亭终于被仓囤感动了，开始给他讲起了故事。

从此，仓囤就跟着王敬亭一边放羊一边听故事，久而久之，在南岭上踩出一条弯曲的小道来，这条小道被后人称为“牧羊道”。

那个牧羊的少年仓囤，就是后来参加了中共一大的王尽美，牧羊道也成为王尽美努力求学的最好见证。

王尽美同志故居

□ 季彩凤

王尽美的家乡大北杏村，现在已经建设成为潍坊市王尽美革命事迹教学基地，王尽美故居位于基地的南面。

故居大门朝西，院落不大，里面有三间坐东朝西的低矮的泥土草坯房，这本是地主“见山堂”家做仓库和养牲口的地方，王尽美的爷爷王兴业由于生

活所迫，举家投奔到这里，借住在此。王尽美在这里生活了二十多个春秋。

我们现在看到的这三间小屋，是经过翻修的，原先的比这还要破旧低矮。

屋门口很低，须低头才能进去。屋里的地面要比外面低一尺多，据说这是有意下挖的，这样就可以把屋子盖得矮一点，节省建房成本。

虽然是三间房屋，却只间开两间，堂屋与西屋是通着的。西屋有一铺炕，炕上有纺车，王尽美小时候，母亲就坐在这炕上边纺线边给他讲故事。

屋里面还陈列着王尽美家用过的一些简陋的生活用具，墙上挂着一帧帧他家族的照片，有黑白的，有彩色的。曾祖辈、祖辈、父辈，还有抱在父辈胸前的孙辈。其中一张拍摄于 1964 年夏天，是王尽美的儿子王乃征、王乃恩两家八口人在上海的合影。照片中，长辈年轻，儿女青葱。如今，王乃征、王乃恩也已不在，而当年青葱的儿女，最小的，已到花甲之年。

屋子虽然简陋矮小，却装载着一个中共一大代表二十多年的生活岁月，装载着一个家庭的沧桑岁月，承载着一个中共一大代表二十多年的人生轨迹。

王尽美烈士纪念馆

□ 王海倩

王尽美烈士纪念馆位于枳沟镇北杏社区党性教育基地内，王尽美故居的北面。

纪念馆主体是两座北方传统布局的三合院，为青灰色为主的古代建筑风格，青瓦白墙，木花格窗，中矩稳重，庄肃雅致。两座院子东西并排，主院在东，正门南向，门楼匾额上有陈云题写的馆名。一进门，迎面可见院子中央一米多高的王尽美半身铜像。这座院子以时间为主线，讲述了这位共产主义战士短暂而光辉的人生历程。

东厢房为第一陈列室，主题是“少年立志，救国拯民”。室内收集了王尽美家族的族谱，王尽美母亲的遗照，他上学时学校的照片，他曾借阅过的进步书刊，曾经使用过的砚台等物件。通过这些展品，我们可以了解王尽美的出生背景、苦难身世和良好家风，以及求学时期对他影响至深的良师益友，追根溯源地探得他走上革命道路的初心。

北面正房为第二陈列室。这一间的主题是“坚定信仰，参与建党”。一张木船横列室内，这就是著名的中共“一大”纪念船——红船。此船根据红船按比例复制，长约 8 米，宽 1.1 米，高 1.5 米。红船本身是一只画舫，造型美观，外饰精美，舱内窗舍俨然，细节备至。就是在这艘船上，23 岁的王尽美参与并见证了中国共产党的诞生，从此他在救国之路上有了组织和同志，有了明确的奋斗方向和目标。这个时期的王尽美，积极投身五四运动，他在山东省立第一师范学校求学期间，发起成立了励新学会，传播革命真理，又和邓恩铭、王翔千等人一起创建济南共产党早期组织，先后参加了中共一大、莫斯科远东共产国际会议和中共二大，会后在山东各地奔波发展党、团组织，在他的努力下，山东全省近 30 个党、团组织遍地开花，王尽美是当之无愧的山东党组织的缔造者和早期领导者。

西厢房为第三陈列室，主题是“献身工运，倾力统战”。一面墙的大部分被具有民国特色的黑白照片和报道占据，这是各地工人大罢工的场景和罢工胜利后的合影留念。人山人海的场面极具视觉冲击力，将观众带入那个水深火热的年代，一张张看不清容貌的面孔，汇聚在一起，像黑暗中等待燎原的星星之火，令人动容。王尽美在生命的最后几年中，致力于领导工人运动，推动国共合作，开拓统一战线，长期的忘我工作和艰苦生活，让他染上严重的肺病，他带病坚持战斗，直至生命的最后一刻。在北墙上，有几行鲜红的大字，那是王尽美临终前的遗嘱：全体同志要好好工作，为无产阶级和全人类的解放和共产主义的彻底实现而奋斗到底。

东院西北方有一个角门，通往西院。进角门左转穿过一间堂屋，右手边即是西院。

西院正房比东院正房小，为“群英堂”。门口两侧各有两尊白色石膏雕像，东侧为邓恩铭、董必武，西侧为李大钊、毛泽东。墙上记录着这四人与王尽美之间的交往。他们都是中国共产党革命道路上的先行者，为了同一个梦想走到了一起，他们同心同德，惺惺相惜，是战友也是知己。他们为了国家前途和人民命运甘愿抛头颅洒热血，他们是真正的英雄。

东厢房是文献厅。厅内收集了王尽美留下的诗词文章，东墙上有一张王尽美著作年谱，十分清晰地介绍了他的著作情况。展厅内还有后人编著的关于王尽美的二十余本书籍以及多篇报道文章。南墙是一整面巨大的电子屏，屏幕上红霞漫天，王尽美身着长衫，手握书卷站在乔有山下目视远方。大屏幕前有一块触摸式操控屏，点击可以为王尽美献花，也可以留言。

西厢房是传承厅。革命的精神需要传承，王尽美的儿子、孙子都加入了中国共产党，如他遗愿中所期盼的那样为党和人民奋斗。山东是一个英雄辈出的地方，不论是革命战争年代，还是和平发展时期，山东都涌现出无数的英烈人物，他们的精神光耀时代，永留青史。

潍坊市王尽美革命事迹教学基地

□ 李晓

潍坊市王尽美革命事迹教学基地，在北杏社区西面、古街的南面，大门口朝东，它由教学研究中心报告厅、会议室、教室、学院公寓、尽美广场、主题展馆等组成。

主题展馆，从正面看去像一只展翅欲飞的大鹏，气势恢宏。从下面看它是“善”字，从空中看它又是“美”字，暗含了“尽善尽美”之意。展馆门口两侧墙壁上“不忘初心”“牢记使命”的大字，再一次提醒党员干部应该永葆党性。展馆内，用图画、音像、塑像、文字等多种形式呈现了王尽美辉煌的一生。

当年，王尽美把车厢、讲台、集市、大街等当成了宣传革命的大舞台；今日，我们把家乡的故居、乔有山、纪念馆、党性教育基地当成了宣传他革命精神的舞台。虽然时代不同、人物不同，但是发出的是同一个声音，宣传的是同一个主题，那就是为了实现尽善尽美的共产主义社会前仆后继，努力前行。

马耳山风景名胜区

□ 刘培珍

马耳山位于诸城西南面的桥上村与五莲县交界处，占地约 40 平方公里，主峰海拔 717.8 米，为鲁东南最高的一座山。主峰二巨石并举，远望状如马耳，故名。山势为东西走向，五老峰、松朵子峰、鸽崖峰等奇峰高峙竞秀，山间岚气霭霭，泉水淙淙。

山坡林木覆盖，荆榛遍生。山石嶙峋，山势陡峭，曲径通幽。这儿有仙人洞、龙王泉、隐龙寺、石龙寺、齐长城和桥上庄等胜迹。据唐代文学萧颖士《马耳山记》记载，仙人洞为东晋人葛洪隐居炼丹之地。隐龙寺、石龙寺为北魏正光时所建，至清末仍完好，今已废圮，仅存遗址。

山脊处有横亘绵延的齐长城。据郦道元《水经注》记载：“山上有长城，西接岱山，东连琅琊巨海，千有余里，盖田氏之所造也。”

马耳山上的“马耳”

马耳山的“马耳”在山的西面，西边的叫“西马耳”，偏东南的叫“东马耳”。

从五莲县松柏镇松月湖东望，可以看到其中的一只“马耳”，但从近处观望，却看不出一点“马耳”的样子，竟像从山顶处冒出的一根圆顶“柱子”。从松柏镇的张榜沟村沿山涧东行，就能看到两只“马耳”，它们之间的直线距离大约200米，一东一西、一高一矮，遥相呼应，它们更像是“天门”两边的柱子。据说从马耳山的西北方向远望，它们状如马耳。

从常山店子到郝戈庄之间的马耳山大道上向西南望，远处一匹“烈马”向西奔去，错开排列的两耳尖尖的，脖子上的“鬃毛”长得有些靠后，“脊背”后半部分坐了无数“人”……那就是马耳山，两只“马耳”栩栩如生。

靠近马耳山，反而找不到“马耳”了。“马耳”只可远观，不可近瞧。

泉湖成串

进入“马耳山风景名胜区”正门后，秋月湖、圣水湖、龙王泉、太公湖、神泉等几处湖水和泉水，似块块碧玉，点缀着通往山底的道路，也为这座山增加了不少灵气。

秋月湖处在罗圈崖子西侧，岸边绿树环绕，有一亭榭立于水中。蓝天白云、青山绿树倒映其中，别有一番情趣。这儿原本是一条普通的深沟，现在围水成湖，与上面的圣水湖成珠联璧合之势。

圣水湖西北角建有一放生亭，信男善女们可以在此放生。湖西侧的山坡处是永隆寺，进庙时，女人不可穿高跟鞋和裙子，也不可大声喧哗。

绕到圣水湖的南侧，沿路向北望去，便会看到两条石雕青龙相对而立，旁边就是有名的影龙泉，过去叫龙王泉。据说，这儿曾是一个 20 多户的小村庄，村民吃水、做饭的时候直接拿桶和水瓢从龙王泉处取水，家里根本不需要准备水缸，因为泉水一年四季喷涌不断。

穿过马耳山森林公园牌坊，前行十几米，路西侧有一指示牌，上写“太公湖钓鱼台”。跨过横在山边河沟的小石桥，沿石阶小路蜿蜒来到太公湖边。湖水悠悠，一汉白玉石拱小桥通往钓鱼台，姜太公头戴斗笠端坐其上，手执钓竿，好似口中念念有词：“直钩钓，负命者上钩来！”谈笑挥洒间，送来一个盛世强周。

太公亭位于太公湖上游，沿通往山里的小路前行便能看见。亭下有泉，名为“神泉”，又有回廊连接，来此取水的人络绎不绝，车行到此处就无法再上行，游人只能步行上山。

上山的路有北、中、南三条，沿中路拾级而上，直达松朵子峰下，顺着南去的羊肠小道前行几十米，便能听到水落山石发出哗啦啦的响声，那里便是松朵子峰下的滴水洞。流下的泉水顺流而下，流到悬崖边的“滴水观音”处，在此把水布洒到凡间。若登山口渴了，便可直接用手接滴水畅饮，顿觉清凉甘爽，身轻劲足，为登临其他景点备足精神。

松朵子峰

从五环亭处看松朵子峰，怪石林立，峰石千姿百态，其中有两处突兀的峰巅竟然也像一对马耳朵。五环亭处有三条路，分别是北路、南路和西路。

北边那条是从永隆寺上山的路，沿途有仙人台、聚仙亭、雹子石、情人松、光武亭等景观。

往南去的路，在探龙石处又分出三条小路：一条向西，从松朵子峰西侧绕到南侧，经过鬼打墙（单打墙），可看到三块板、长寿峰、一线天、仙人洞、东马耳、西马耳、五老峰等景点。往南去的路，顺着松朵子峰东侧蜿蜒而去，通往大门槛子崖，直达亲云亭。在此，既可赏围子里的景观，也可远望湖泊、村庄、田畴交相辉映的美丽景象。

中间那条小道，经过唐僧石，直通松朵子峰顶。沿途怪石嶙峋，山势陡峭，没有现成的路可走，全凭手攀脚探自寻前“路”。找对了“路”，相对就好“走”些，只要脚下踩实，双手把牢眼前的岩石，便可顺利登上峰顶；若误入“歧途”，就会遭遇惊险，小心应对方可通过。真可谓山重荆挡疑无路，柳暗花明又一景，只要登上峰顶，尽可看到西路的景点。

亲云亭和平安庙

亲云亭坐落在“马脊”的蘑菇头上，通往这儿的路主要有两条，一条从松朵子峰底下的羊肠小路而来，一条由太公坊西侧往南的一条窄小的山路而来。

走后一条山路的时候，先要上一小段陡坡，坡上平整处建有一座平安庙，此庙青瓦、白墙、朱红门窗。庙前有一棵“众子抱母”的高大古树，树干上缠满了人们祈福还愿的红丝带。

继续往山顶走，沿路荆棘、灌木遍生，植被浓密茂盛，沿途有很多景点，如龙树菩萨双塔、试剑石、鳄鱼石、观景亭、青蛙石、鹰居崖、鹰神洞、迎客松、啄木鸟石、蘑菇头、敞口望等。

登山时一路赏着景，不知不觉就到了峰顶的亲云亭。坐在亲云亭下，可以小憩一会儿，享受山风的吹拂，聆听山风发出的不同声响，远眺周围山峰的美丽景色，真可谓心旷神怡！

菩萨顶

菩萨顶，应该是马耳山的最高峰，望海楼建于其上。据说，晴天站在楼上能看到大海，让人有“浮天沧海远，去世法舟轻”的联想。

菩萨顶东南与另一山峰形成一道“V”形口，叫“风魔口”。相传，当初这儿并没有这道口子，一旦刮起北风，被山一挡，就在围子里形成旋风，轻则屋塌树倒，重则飞石伤人、牛羊被卷跑。二郎神奉旨下界巡访，听说此事，便抽出神鞭瞅准一处连抽两下，山上便出现了两道口子，两道风门顷刻开了出来。此后，无论刮多大的北风，村子都会安然无恙。大风门处后来成了东西交流的一条古栈道，古栈道东侧那块巨石，传说是老天打雷从菩萨顶上劈下的一块落石。

石人山与齐长城

石人山位于马耳山东侧，与秋月湖隔山遥遥相望。其实，它是马耳山的余脉，从围子里的山脉延伸过来，齐长城盘踞其上。

因山腰立着三块摞起来的石头，像一个站着的老人，所以就叫石人山。

马耳山上的齐长城遗址，西始于马耳山的鹁鸽崖村，过钓鱼台湖，经石人山，东延至皇华镇的龙湾头，再延至石门乡的马山后、桃园乡的台家沟南岭，然后入胶南，全长30多公里。

20世纪90年代初期，当地政府在石人山长城遗址上，修复了一段长城，长约两公里。永镇关西北一侧的长城，建在石人山上，雄伟壮观，是新建长城的主体部分，建在永镇关东南一侧的长城相对低矮一些。如果把这段长城比作一条巨龙的话，龙头就是石人山最高处的烽火台。2001年，此处齐长城遗址被国务院列入第五批全国重点文物保护名单。

据郦道元《水经注》记载："山上有长城，西接岱山，东连琅琊巨海，千有余里，盖田氏之所造也。"《竹书纪年》记载："齐长城"为周显王十八年（前351）筑建，至今已有两千多年的历史。今有些地段，残址凸出地面1米左右，宽10米左右，基础多以块石垒砌。其上以沙土夯筑。每遇沟壑以巨石填筑。曲折蜿蜒，高低绵亘，十分壮观。

现在，在石人山上修复了一段长城，蜿蜒起伏，蔚为壮观。

皇华观光旅游大道

□ 李晓

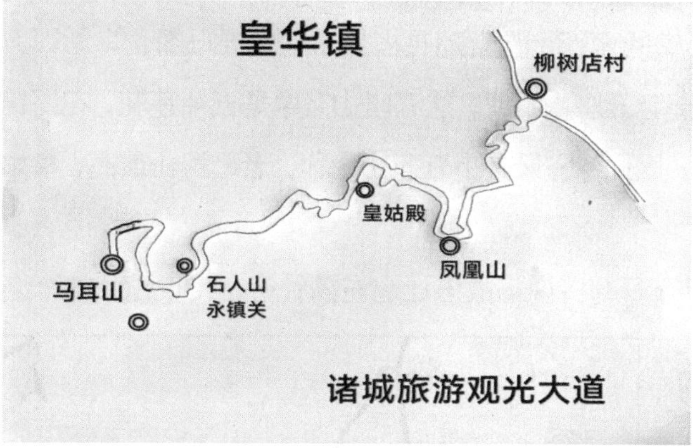

皇华观光旅游大道位于诸城市皇华镇南部山区，西起马耳山风景名胜区，东至平日公路附近的柳树店村，全长36.1公里，途经4个社区、13个村庄，道路沿途山林覆盖率达70%，马耳山景区、茁山景区、齐长城遗址、浦兰生态园、相谷山庄、皇龙沟恐龙足迹群等诸多旅游景点环绕道路两侧。

观光大道盘如同一条银带，旋于群山之中，沿途的凤凰山、七泉山、石人山、马耳山等山，峰回路转，林木苍翠。茁山皇姑殿、老母阁、齐长城遗址、永镇关等众多人文历史典故如无数珍珠点缀其间，美不胜收，让人流连忘返。更有石八盘段，九曲盘旋，山势险峻，驾车行驶其间，顿有上天入地之感，又被人称作“诸城天路”。

观光旅游大道与新平日路、皇郝路、诸王路、平郝路、环华山榛业田园综合体旅游路等，共同构建起“三纵两横一枢纽”六条休闲农业、乡村旅游“黄金走廊”。

茁山齐长城民俗文化观光旅游区

□ 李晓

茁山在诸城市皇华镇的南部，与五莲县搭界，它由老母阁、皇姑殿、石八盘、霹雳子、敞口子等五座山组成，这五座山又像是五朵莲花，花团锦簇，绽放在齐长城脚下，因此，它又有小五莲山之称。老母阁山最高，皇姑殿山最奇，石八盘最险。

它虽其貌不扬，但众多的传说与故事让它充满神奇，传说茁山这个名字还是女娲命名的。

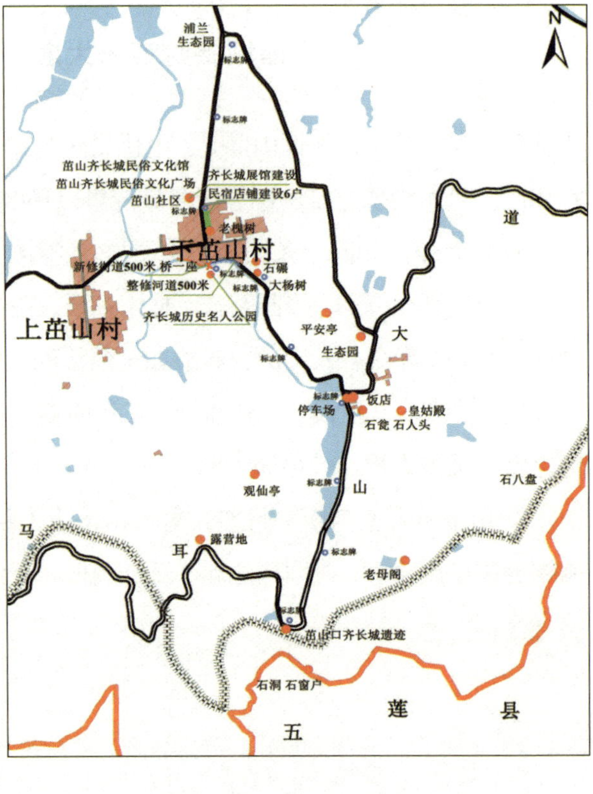

它水清山绿，一条小溪从口子山蜿蜒流下，半山腰处有一汪碧水，就像一块玉佩佩戴在它的胸前。

茁山人充分利用这里的绿水青山和丰富的山林资源，发展起了旅游、餐饮、民俗等观光旅游产业，不仅成立了农工合作社，还建起了茁山老母生态观光养生园、茁山文史馆、乡村影视剧拍摄基地等众多景点，茁山民俗风景区正在形成。

老母阁

五座山最西面的是老母阁山，山的顶峰有一座凉亭，凉亭是近年才修建的。

在山之巅，有一石峰，远眺似一座缥缈在云中的楼阁，近看却似立于峭壁之上的一户人家，此地就是传说中的老母阁。传说女娲老母曾在此住过。这个老母阁很神奇，待你攀岩而上爬到峰顶时，耸立于云霄的石峰却倏然不见，见到的只是一座花草茂盛、场地开阔、宽不足三米高不过一米的小土包。在山下看到的老母阁之景象已全然不见，然而当你回到山脚，再次仰望峰顶时，老母阁又隐约呈现在云雾中。

有人说，女娲老母是神明，只有抬头才能看见，因此茁山老母阁永远在人们头顶之上，凡人只能仰望。也有人说，隐约在云雾中的老母阁是茁山上的海市蜃楼，只可远观而不可亵玩焉。

老母阁坐落之处，许多景观都很奇妙，有着“老母窗外看千年”和“老母洞中小世界”等神奇传说。老母窗外看千年的说法是，峭壁之上云雾之中的老母阁有两个石窗，凡人攀岩登到石窗前，要是从石窗往里看，仅看一

眼，时光便立马如闪电般，很快就会过去一千年。一千年山下的世界将是何等模样，没人敢想，更没人敢冒险一看。

洞中的小世界说的是老母洞。老母阁坐落之处有个山洞，就是传说中的老母洞。这洞口坐北朝南，门仅留一缝，看似狭窄难入，却量人而开。传说中此缝可大可小，能伸能缩。幼儿要缩身而入，高大之人却照样能过。进入洞中，洞的空间也随人的多少而忽大忽小。一人不觉大，十人不觉挤，百人也能容得下。

老母洞里往东往西各有一个分洞，洞口大小也根据入洞人的大小而变化。洞内别有洞天，不仅有潺潺流水，还有奇石异草，让人流连忘返。可在洞中小憩，也可在洞中小住几日。这里“时间快慢无序，空间无规无矩”，据说即便在洞中住了几日，在洞外居然也不会超过一刻的时间。“洞中住三日，洞外只一时。”这就是老母洞“小世界”的由来。

皇姑殿

皇姑殿山在最东面，山前曾有一座宫殿，是用来纪念上古时期舜帝的妃子娥皇和女英的。娥皇和女英是尧帝的两个女儿，后来一同嫁给了舜帝，民间还有一段姐妹争位的传说。

尧帝年迈时，将王位禅让给德才兼备的舜，并把他的两个女儿娥皇、女英嫁给了他。可是她们姊妹二人谁做正宫、谁为妃子呢？娥皇为大，性情平和、大度，女英虽小，却聪明好强。姊妹俩各有千秋，一时让尧帝难以定夺。帝后见他闷闷不乐，心事满腹，就问他为何事发愁。尧帝叹了口气，就把这事对夫人说了。帝后也很感为难，都是自己的亲生女儿，手心手背都是肉，偏向谁都会伤害另一个。并且这事要是处理不好，还会让姊妹俩心生芥蒂，伤了姊妹间的和气。

她想来想去，最后想出了一个办法，那就是让她们两人前去拜见女娲老母，由她定夺。尧帝闻后大悦，便让她们姊妹两人从舜帝的家乡诸冯村赶往茁山。

尧帝一发话，娥皇与女英就开始赶往茁山。

娥皇心想，此次茁山之行，就是拜访一下茁山老母，只是家事，不必惊师动众。为了不惊扰沿途的百姓，她决定轻装独行。她骑上一匹骏马，独自一人上了路。

而女英却感到去拜见茁山老母可谓盛大之事，应该讲礼仪、重排场，既要表现对茁山老母之敬仰，又得彰显出帝家之风范。于是她选择了乘车辇前行，并且带着诸多物品和众多随从，浩浩荡荡朝茁山进发。

在行进中，为女英驾车的母骡忽然临盆生驹，耽误了一个时辰的路程。女英忙让随从打听姐姐娥皇的行程，随从报告说娥皇轻装而行，按照时间估计，她怕是已经快到茁山了。女英听罢，心急火燎，自己即使给茁山老母准备再多的礼物，如果落在姐姐后面，去晚了，也会让茁山老母感到自己缺乏诚意，这样一来，岂不会让老母觉得自己傲慢。她越想越气恼，这个骡子就是多事，早不生晚不生，偏这个节骨眼上生。她于是发号施令：凡是骡子以后一律不准受孕生崽。

这就是“骡子不受孕、不生驹”的来历。

接着女英让随从扬鞭奋蹄，疾行赶路。当女英一行赶到茁山山前时，遇到一条河的阻拦。

当时正值夏季，雨水旺盛，河水有齐腰之深，并且清澈凉爽。因骡子刚生产过，母子都不敢见凉，下不得水。再说女英乘坐的是木头车，车要是下了河，很容易被冲走。女英见她姐姐早已骑着骏马过了河，而自己却被困于河之北岸。她越想越是焦急，朝着随从和骡马不断发怒，让他们快想出过河的办法。随从们便急得在河边团团乱转。

此时，娥皇已经赶到了茁山。娥皇到

了茁山后，见妹妹女英还没到，她便下马，把马牵到旁边的清泉处饮马，自己坐在一块大青石上，等着女英。后来，她饮马之处便被称为饮马泉，她坐的那块石头便被称为见德石。

娥皇左等右等，却一直不见女英之踪影，她抬头望了望天，见太阳快近中午，要是再这样等下去，肯定要耽误了拜访，因为拜客都是在上午。要是晚了的话，就会失礼于人。她便决定自己先行拜访，并说明妹妹随后就到，以免老母错怪。于是她先上了山，在老母阁见到了老母，并说明来意，茁山老母欣然接待。

她们边说着话，边等女英的到来。可是等了很久，女英却迟迟未到，茁山老母便不悦地问：你们姊妹两个一同赶来，为什么你早到了，她却迟迟未到？

娥皇见老母这样问，就有些后悔，后悔自己没在山前等着妹妹一起上山。但事已至此，后悔也没用了。她只好想办法为妹妹开脱，以消除老母的不满。正当她绞尽脑汁想着找理由开脱时，茁山老母忽然指着山下说：你瞧，河边怎么聚集了那么多人？

娥皇忙朝山下望去，发现是女英一行被河水阻止在河边，过不来河了。她灵机一动说：老母，那就是我妹妹女英一行。他们是驾车来的，车上装了许多呈献给你的礼品。看来河水太深，他们无法过河了。

茁山老母说：这么远的路，还给我带这么多礼品干吗？你对他们说不用过来了，把礼品带回去吧。

娥皇在来之前就已对茁山老母进行了充分的了解，知道她圣心宽厚、爱护众生，生活俭朴、不图钱财。

娥皇忙解释说：女英带的并不是什么奇珍异宝，只是一些日常的生活用品，再说这些生活用品都是我们华夏族的最新发明，是父亲和舜帝让带的，如果好，就在此地推广。

茁山老母听了很是高兴，她说：只有不断发明，人类才会不断进步。当年正是由于伏羲氏发明了农耕、捕鱼，才让天下众生衣食无忧，得以生生不息。

茁山老母又说：我早就听说过你们的父亲尧帝，他很了不起，不但是一代明君，还发明了历法，深受众生拥戴。听说当今舜帝也是一代明君。茁山老母兴奋地说完，就吩咐身边侍从快去把女英他们接上山来。

侍从刚出去不久，就见河水一阵翻滚，接着河神金蟾冒出水面，它召集虾兵蟹将，很快就在河面搭起一座桥来。

这样一来，女英一行便过了河，拜见了茁山老母。

茁山老母并没有对她们姊妹谁做正宫发表意见，她只是讲了母仪天下之道和勤俭持家之事。

娥皇和女英听了老母的教诲，顿生感悟，她们明白了一个道理：做正宫的目的不就是好好辅佐舜帝，更好地为苍生谋福祉吗？只要她们姊妹同心，心系苍生，共同辅佐舜帝，更好地关心苍生社稷，谁坐正宫都一样。

想到此，她们都释然了，共同决定：把带来的锅碗瓢盆、车马钟瑟等物品全部赠送给茁山老母，并由她老人家分发给茁山村的黎民百姓。然后，她们又在茁山住了三天，进村入户教会了村民如何使用这些生活、生产物品。往回返的路上，她们姊妹执手并肩，率领随从徒步而归，一路上不断地了解民情。

家和万事兴，正因为娥皇与女英姊妹和谐相处、共同辅佐，才让舜帝逢凶化吉、大展雄才，治理天下、造福于民。

舜父顽，母嚚，弟劣，曾多次欲置舜于死地，终因娥皇女英之助而脱险。娥皇与女英姊妹俩不仅同心协力保护了舜帝，还为舜帝励精图治、改革吏制、治理水患等提供了有力的帮助。她们不仅有才有德，还对舜帝坚贞不渝、一往情深。后来，舜至南方巡视，死于苍梧。得知舜帝已死，她们抱竹痛哭，泪染青竹，泪尽而死。因此，后世称她们姊妹为潇湘竹，亦称潇湘妃。林黛玉居住的潇湘馆就是根据这一典故而命名的。

娥皇和女英茁山一行，给茁山留下了许多美好的传说。她们所涉过的那条河，后人就称为皇姑河。她们在茁山驻足之地就演绎成了大车场和小车场等名胜古迹。娥皇乘坐的骏马后来在大车场变成了山石，山石成骏马仰天长啸之势，故此，后人把这一景点叫作马啸石。还有她们带来的物品器具后来都化为峦山的不同的景点，点缀在峦山的青山绿水之间，让后人津津乐道，流连忘返。

后人为了纪念娥皇与女英的美德，弘扬她们不计个人地位、共同辅佐舜帝、以母仪天下为先、以服务天下苍生为重的优良品德，修建了皇姑殿。可惜的是，这座皇姑殿毁于清初战乱，直至今日，尚未重新修复，甚是遗憾！不过，她们高贵的品格和心系苍生的情怀已化为美好的传说，将永远流芳于世。

皇姑殿山已经开发成旅游景点，小桥流水，长廊轩榭，风景秀丽优美，让游人流连忘返。

石八盘

五座山之中最险峻最俊秀之处要属石八盘了，“不登石八盘，不算来峦山”。

石八盘与敞口子在南边，石八盘在东面，敞口子在西面。

石八盘从皇姑殿前的马啸石开始，就盘山而上，一直上至峦山风门口的齐长城前的小车场，绵亘五里之遥，垂直高度三百余米。要知峦山险，必上石八盘。

从石八盘上山至风门口，这里山势巍峨、怪石嶙峋，松石盘错、重峦叠翠。齐长城从这里蜿蜒而过，起伏于连绵群山之巅，放眼望去，如游龙盘旋，如彩带飘逸。站在此处，就像站在巨龙之背，腾云驾雾、心旷神怡，顿生欲乘风飞去之感。

往山南望，群山连绵，杵天林立，千姿百态，重峦叠嶂，如刀如枪如剑如戟。极目山北，平原沃土，广袤无垠，阡陌纵横，湖泊点翠，如银如翠如画如黛。

山山怀古迹，处处有故事，这是茁山的魅力所在。石八盘自然也有它的来历。

这石八盘原是为修建齐长城时开辟的一条上山之路，道路狭窄陡峭，后来就成了人们上山参拜的山路。由于道路崎岖，不仅老幼不敢行走，就是青壮之人也感到攀行艰难，经常发生摔伤之事。村民就去老母庙求助茁山老母，让她帮着想想办法，让百姓爬山方便些。此时，茁山老母虽然厌倦战乱，早已在山西老家隐居山林了，但她不忘旧情，闻听此事后，便设法相助。然而，她已年迈多病，很难经受长途跋涉之苦了。她忽然想起常年守候在皇姑庙前的马夫，于是，她就托付于马夫，让他想办法把山路修整得便于行走。那马夫不敢怠慢，来到石八盘脚下，倾尽全身之力，挥起马鞭打出一条八个弯的上山之路。

如今，站在山前远望石八盘，它就如一条银色飘带盘旋于山林之间。

老母庙

老母阁山前曾经有座庙，叫老母庙，是供奉女娲的。

女娲自从在茁山居住下来后，就开始观齐楚望中原，主抓众生平安之大事，关注对出行、驾车和在外游子的安全。她慈悲为怀，救苦救难，普度众生，庇佑百姓，赢得了众生的爱戴，人们从四面八方前来朝拜，求财、求子、求福、求官、求平安。人们从山下仰望山顶，只见老母阁隐约现于山崖之上、云雾之中。他们不辞辛苦，攀崖而上，想一睹女娲老母的尊容。可是登顶之后，老母阁却倏然不见，无奈之下，他们只好朝天烧香叩拜。因为山崖陡峭、山顶狭窄，容不下络绎不绝前来参拜之众。女娲老母见山上人多为患，又不安全，她考虑再三，就让本地的土地神在茁山山前建了一座庙宇，号称老母庙，供人们烧香祭拜。后来诸城各地建了许多老母庙，都在庙里供奉女娲老母像。为了区分各地的老母庙，人们就按地域分别对老母庙予以命名，如在常山的老母庙就叫常山老母庙，在九仙山的就叫九仙山老母庙，茁山的老母庙就成了茁山老母庙，还有城里西关的西关老母庙。由于西关老母庙位于城里，因此香火最盛，保存最好。茁山老母庙、常山老母庙、九仙山老母庙都先后毁于明末清初的战乱，西关老母庙虽保留到近代，最终也未能幸免。1938 年日寇攻打诸城，老母庙和超然台遭炮轰而毁。

在诸城所有的老母庙中，茁山老母庙建得最早。20 世纪 70 年代从其遗址出土的战国钱币证明它在战国时期就已经存在了，之后，历朝历代都有人供奉祭拜，香火不断，可谓盛况空前。茁山老母庙的庙址至今还在，具体位置在下茁山村村北约三百米处的一片开阔空地上，从现在挖掘出的地基来看，占地有十多亩，周围松柏森森。现在还有两棵松柏参天而立，已被当作重点保护树木。

“昔人已乘黄鹤去，此地空余黄鹤楼。黄鹤一去不复返，白云千载空悠悠。”虽然茁山老母已去，但她依然受人崇拜。因她而得名的茁山依然巍峨耸立，游人如织，世人已把这里当成一个寄托精神、祈福平安之地。

时光荏苒，沧海桑田，从古至今，社会发生了天翻地覆的变化，唯一不变的就是人们的虔诚，对美好生活的追求。茁山也在变，但不变的是历代人对茁山老母的爱戴。

茁山立村老槐树

明末清初，由于战乱不断，加上干旱以及黄河泛滥，导致山东等地数千里沃野之上，“自兵燹以来，尽化为蓁莽之墟，土著之民，流离军伍，不存什一”。茁山村也在劫难逃，村里只剩下几户人家。

《洪洞大槐树》一文中曾这样记述：正当中原大地战火蔓延、灾荒肆虐的时候，山西省却别有一番富庶景象，这是因为山西地理位置优越，东有太行，西有吕梁，南倚黄河，北靠长城，自古以来易守难攻，十分险要。再加上土地肥沃，气候温和，地下矿藏丰富，所以百姓生活比较安定……于是，山西人口和中原的人口相比，极不平衡。这时，朝中的一些具有远见的

大臣纷纷向皇帝奏本，提出从山西移民到中原。明洪武二年（1369），明政府开始实行移民，先从山西往山东迁移人口。据记载，当时移民机构设在洪洞县广济寺内，因为寺内有棵大槐树，树上有个喜鹊窝，移民临行前或在此相诉别恨离情，或采集槐种收藏，以作怀念之物。故而，山东各地谱牒碑碣中多有某某始祖自山西洪洞县“大槐树”“大槐树底”“老鹊窝”“老鸹窝”“老鸦窝”迁居的记载，这也是“问我始祖来何处，山西洪洞大槐树”民谚的由来。

如今，在下茁山村的村民庭院中，还生长着两棵古槐树。据村里的老人讲，这两棵古槐就是当年从山西洪洞县迁移而来的始祖们栽种下的，又称相思树，距今已经有六百多年了。

相家沟丁耀亢故里

□ 李晓

相家沟村位于皇华镇以南七公里处，三面环山，相谷河（原称象鼓沟，传说是一个如象的水怪受到惊吓，“鼓”出来的一道深沟）绕村而过，是清代文学家丁耀亢的故居。因山上橡树、檟树（楸树）居多，故名橡檟沟，历经演变，因“橡”与“相”、“檟”与“家”近音，为书写方便演为相家沟，明末清初形成居民定居村落。全村现 290 户，1008 口人。明末清初形成居民定居村落。

康熙八年（1669），丁耀亢病卒，葬于相家沟西黄豆山之阳。每年清明时节，本村及侨居加拿大、新加坡等地的丁氏后裔，在墓前聚首凭吊，场面宏大。

相家沟现在已成为白粉子沟社区驻地，当地政府部门正在以丁耀亢故居为名片，把它打造成文化旅游型的新乡村。现在，村里的住宅都已经统一改造成青瓦、白墙，具有一种江南乡村清新婉约的韵味。这里有野鹤桥、东溪书院、四百年的夫妻白果树等三处著名景点。

野鹤桥

相家沟村东是相谷河，溪水清澈见底，河上横跨着两座小石桥，南面的那座是新建的，北面的那座古老的就是野鹤桥。它粗糙的桥面就像老人满脸的皱褶，桥身尽显老态，长满了青苔，有些石块已见风化，呈现出岁月的沧桑。老桥的桥洞是单孔的，椭圆形，远望宛若一轮悬挂在碧波之上的明月。

野鹤桥桥身的石块大小不一、很不规整，显然是没有经过专业石匠的凿琢。为了让桥更坚固，建桥时还把石灰掺入豆浆做灰浆。不知石灰与豆浆混合产生的化学反应是否真的具有黏合力，经过四百余年的风雨，这桥依然坚固如初，却是不争的事实。

野鹤桥始建于天启三年（1623）。当时，丁耀亢（丁野鹤）在相家沟橡谷山庄隐居，因见村塾堂与村子之间隔一条小河，每年汛期到来，村里人就无法过河。于是丁耀亢就出资出力，在河上修建了这座石桥，相家沟村的人为感恩丁耀亢，给这座石桥取名为“野鹤桥”。今天，桥头南边还立着刻有“野鹤桥”的石碑。野鹤桥为拱形石桥，单洞，弦长 3 米，弧高 4 米，桥洞全部借助力学作用，共 34 层，由约 30 公分的长方形条石，一块块挤压而成，桥面长约 20 米，宽约 3 米。石桥的独特之处，是桥墩利用自然优势，建在溪水两岸裸露的岩石上，既坚固，又美观，还省工省料。遥想当年，丁野鹤带领村民和能工巧匠，一无钢筋水泥，二无大型机械，全靠人拉肩扛，真可谓匠心独创。据褚仁志老师介绍：当初建桥时村人用豆浆和大米汁子，掺上沙子、泥土和石灰浆等材料灌缝，使石块与石块之间相互粘连在一起。直至现在，看上去还十分坚固。

丁耀亢故居

丁耀亢（1599—1669），字西生，号野鹤。自幼饱读诗书，一生忧国忧民。明清易代，仕途坎坷，遂隐居于此。依山傍水建书院一所，远离尘嚣，教书为生，修书著作。六旬后病目，仍著述不辍。著作颇丰：诗集有《陆舫诗草》《椒丘诗》《江干草》等六种，传奇剧本有《化人游》《赤松游》《表忠记》等，小说有《续金瓶梅》等。其作品关注现实，思想丰富，影响深远。

丁耀亢的故居就在河东的一处北坡上。1660 年，丁耀亢以赡养老母为由辞去惠安知县，告归乡里，第二年就在这依山傍水之地建起了四亩的宅院，名曰“橡谷山庄”，山庄分为“煮食草堂”“东溪书院”两部分。草堂为全家饮居之所，书院是他读书之处。他在这里埋头著书，于 1662 年完成了《续金瓶梅》一书。现在的这处白墙灰瓦的丁耀亢故居，是近年来新建的，已经不复当年的模样。

当年的书院早已被毁，草堂也于 20 世纪 60 年代被拆除，丁耀亢在这里的遗迹荡然无存，唯有他种植的两棵银杏树还屹立在庭院之中。这是一对夫妻树，雄树高大，雌树相对矮小，它们相依为命，风雨同舟，携手走过

三百多年的风雨岁月，如今依然生生不息，让人感到了生命的强大与坚韧。正是出于对生命的敬畏，树上挂满了人们用来祈福的各种红色布条。也有资料说这两棵树是丁耀亢的父亲丁惟宁栽种的。至于是谁栽种的，已经不重要，它们因丁氏父子的名气而成为名胜古迹，并且造福一方，足以告慰埋葬于黄豆山南坡上的丁耀亢的英魂。

望海楼自然风景区

□ 李晓

臧家沟三面环山，植被茂密，环境幽雅，是一处自然优美、休闲观光的好去处。

臧家沟风景区主要在村庄的北面与西面，景区由望海楼、大花山、小花山组成，游观时一般从北面进入，可依次观看东坡庙、望海楼、镜月湖、白马饮等自然景观。

东坡庙

在早在宋熙宁年间，苏轼从浙江到诸城出任密州刺史的时候，他从浙江沿海北上，过了日照后，就是从现在的这条诸日公路奔向诸城县城的，那时诸城叫密州。

据说当时密州南部山区蝗灾肆虐，民不聊生，望海楼这一带也蝗虫成灾，当地老百姓就拿着扫帚、笤帚、簸箕等家什，把蝗虫尸体倒在路边、沟旁、树下、山边、村头，到处都是。苏轼被老百姓各种各样的灭蝗方式感动，暗暗发誓要让大小官员想办法，找策略，决心带领民众灭掉蝗灾。他上任不久，去掉挖坑填埋和露天晾晒的办法，改用火烧蝗虫的办法，很快就控制住蝗虫的泛滥，为此深受百姓爱戴。

他与灾民日夜灭蝗，曾在望海楼风餐露宿两天两夜。后来，当地乡民为了敬奉他，就修建了一座庙，叫东坡庙。

现在的平日公路其实就是过去的盐道，早在明初大移民时，从南方来

的移民大多就走这条道。在城南各村他们的祖先，大多是从海州当路村移民过来的，他们成群结队，一路往北，前往日照、五莲、诸城、高密、安丘等地，都必须经过臧家沟一带，于是臧家沟也就成了当时的移民驿站。据孔戈庄《祝氏家谱》记载：明朝祝姓移民到达诸城定居后，家族企业得到了飞快的发展，聪明的族人用多余的钱偷偷地做起贩卖私盐的生意。起初，城里并没有直通皇华的道路，而是从诸城城西门出，沿孔戈庄村西绕行。那时候，祝家人把诸城产的谷子和小麦一起贩到了南海，以此来换取鱼盐等海产品，然后再用车辆运回诸城分散到各地，高价售出，牟取暴利。

诸城《刘氏家谱》也有记载：早在清朝末年，刘家庄有几十座石碾，碾出的米全部被祝家人收走，然后贩运至南海，其生意规模巨大。后来祝氏族人围墙高筑，光村内存放海盐的房子就成排成片。祝家人为了盐路畅通，把桃林路两边的山地买了下来，派族人常驻臧家沟一带，美其名曰：维护此处“交通安全”，并打击劫匪侵扰。据臧家沟的褚书记介绍：臧家沟实际以祝姓为主，祝姓家族约占村人口的百分之八十，其先人最初都是来“管理”山地和臧家沟驿站的。

望海楼

望海楼不是楼，是一座海拔四百多米的山。站在山巅，可望见东面的大海以及蓝天碧海间点点白帆。

望海楼在臧家沟西面，齐长城从它上面经过，由西南往东北而去。

关于它名字的来历，当地人有几种说法，其中一个与丁耀亢有关。据说，丁耀亢辞官后，在望海楼北面的相家沟居住下来，他时常怀念当年与自

己一起抗击清军的兄弟朋友。为了躲避清政府的缉拿，他们有的早已漂洋过海去了国外。昔日一别，今后恐是无缘再见。他经常登上望海楼眺望大海，思念他们。有一次，不禁伤感吟诵：独上高楼，望断天涯路。

后来，有人就根据这句词，把该山称作望海楼。

镜月湖

在望海楼的前面，有一处湖泊，清澈明亮，仿佛镶嵌在大山里的一面明镜。秋季时，湖边上的芦苇摇曳多姿，随风而舞，给寂静的湖增添了灵动的气息。

“湖光秋月两相和，潭面无风镜未磨。”最美的时候应该是有月的晚上，有一次，丁耀亢邀请朋友在此泛舟赏月，只见湖波荡漾，清辉如水，在澄明的光晕里，明月在水中的倒影就像天上飞下来的一面镜子。

他被这种美妙的景色吸引，想吟诗歌颂，总是不如意，不经意间吟出李白“月下飞天镜，云生结海楼”的诗句。朋友闻听后说：“我们何不给这个湖起名镜月湖！”

这只是这个湖名字来由的一个版本。据看山人说，有人还叫它爱情湖。据说很久以前，臧家沟有青年去东海赶海，在退去海水的沙滩上，看到一条搁浅的金鱼，鳞片烁烁，光彩生辉。青年人心怀善良与慈悲，轻轻捧起金鱼放归大海。其实，这条金鱼是东海龙王的女儿，龙女感念青年搭救之恩，刻苦修炼，脱胎换骨，终成一绝世美女，随青年回到了臧家沟，过起了男耕女织的俗世生活，柴米油盐，人间烟火，小日子过得舒适滋润。但天有不测风云，龙王最终寻到女儿的下落，派虾兵蟹将把龙女捉拿回去，青年望着妻儿远去的背影，心急如焚，心如刀绞。从此，他天天跑到西山顶上眺望大海，目力不及，就在脚下垫层石头。天长日久，越垫越高，竟成楼状，名曰“望海楼”。最初的日子，青年还能看见妻子站在海面上频频招手，他倍感欣慰，盼着妻子能早一天归来。突然有一天，不见了龙女身影，之后更是杳无音信。青年心下凄然，以泪洗面，思念的泪水一滴滴流下来，天长日久，积泪成湖。后人为纪念青年对妻子的忠贞爱情，取名为“爱情湖”。

我们每次来这里，都会在这里拍照留念，把它的美丽与灵动一并留在我们的记忆与感受中。

邹家沟大众日报社旧址

□ 丁少玉

1943 年夏，我军滨海军区由战略防御展开了战略进攻，经过三关口等战役，扭转了滨北局势，在五莲山、马耳山地区建立了革命根据地，站稳了脚跟。虽然，太平乡处在根据地与敌占区的交界地带，但邹家沟、曹家洼等山区村庄和障日山周围的大片地区，基本上被我军控制。省委决定将大众日报社和新华社山东分社，从五莲山区秘密地转移到邹家沟村（即今诸城市桃园生态经济发展区邹家沟村）。

1939 年 1 月 1 日，山东省委机关报《大众日报》在沂蒙山区创刊，采编人员抓紧组稿、印刷、发行，揭露国民党的不抵抗政策，宣传共产党的抗日主张，对鼓舞我军士气，唤起全民族抗日发挥了一定的作用。

邹家沟村位于诸城南部山区，齐长城北一公里处，时属第六区太平乡管辖，有住户近 100 户，人口逾 400 人。当时的邹家沟村正东五公里的插旗崖村和山前的圈里村（今东红村），各驻有伪滨海警备军李永平部第六支队一个排的队伍，西部黄牛山上有日伪军的炮楼和驻军，周边敌情十分严峻。

据时任该村村主任殷云峰介绍：报社和山东分社有近 20 多人，设备和人员全部安置在村东头的刘洪鑫家。刘洪鑫（1928—1960），自幼读过私塾，受报社的影响，后来走上了革命的道路。新中国成立后，任胶河县第十九区马山乡乡长等职。其父刘锡颜（1888—1942），年轻时考中举人，后以开药铺为生。育有一男二女，是村里的富户之一，时有土地 15 亩，庭院一处。其中堂屋五间，南屋五间，西屋三间，东南角修筑炮楼一座，以防匪

患。1942年春，刘锡颜夫妇因伤寒双双离开了人世，撇下了时年14岁的刘洪鑫与19岁的大姐、17岁的二姐，姊妹三个相依为命。

报社和分社住进刘家后，电台和油印机安放在三间西屋里，人员则分别住在西头的两间堂屋和南屋里。为保密，只有刘家人和村干部知道此事，对外则封锁消息。同志们不分昼夜地采编稿件，写、刻、油印报纸，同时分社则及时向新华社传递稿件。

报纸印好后，由交通员化装成小商贩将报纸传送到各地。本镇蔡家沟村的袁乐堂（1930—1990），1942年参军，年仅12岁的他，在滨海支队27团当了一名小战士，之后，经过几年的战斗洗礼，逐渐地从一名小战士成长为一名富有战斗经验的革命军人。他被秘密地派回家乡，以货郎身份为掩护，传递、分发报纸。后来袁乐堂历任班长、排长、连长。新中国成立后，袁乐堂转业回乡，在诸城县城关公社党委工作，任分管工业的书记，后主管供销工作。他先后担任吕标供销社经理、枳沟供销社经理和贾悦供销社经理等职，1976年离休。

为防万一，区委安排民兵日夜站岗放哨，一有情况就紧急转移到东南沟的树林子里隐蔽。

1944年夏，我军发动了大规模的讨李战役后，大幅度压缩了伪滨海警备军李永平的地盘，先后摧毁了千秋岭、石门、插旗崖和圈里四个伪军据点，扩大了滨北解放区，报社的周边环境才有了明显的改变。

大众日报社和新华社山东分社，从1943年春至1945年秋，在邹家沟村的两年多时间里，从秘密到公开，出版报纸上百期，有力地宣传了党的方针、政策，为抗日战争做出了积极的贡献。

石河头村遗址

□ 丁少玉

石河头村遗址是一处距今约4500年的新石器时代古文化遗址，位于诸城市桃园片区石河头村北岭的南坡上。遗址西北距市区约30公里，南距黄海约25公里。东边濒临吉利河，南边紧靠小北河，地处两河交汇的台地上。遗址地形北高南低，表层为沙质黄褐土。南北宽250米，东西长400米，总面积约10万平方米。

20世纪70年代初，修筑桃园至桃林的简易公路，由北向南穿过遗址的西南角，破坏了部分文化层。从公路两侧的排水沟断面上，可以清楚地看出灰黑色的文化堆积层，厚1—2米，内含大量碎陶片和红烧土块。1980年秋，北京大学考古专业实习队对该遗址做过调查，在遗址西部的水沟中，发现了残存的新石器时代的石棺墓遗迹。1986年秋，山东省文物考古研究所和市博物馆的同志，在田野考古调查中，于公路东侧排水沟壁上，发现了两座因雨水冲刷而暴露出来的石棺墓。同年12月，市博物馆对两座墓葬进行发掘清理，共出土陶、石随葬品9件。这些随葬品的文化面貌较为特殊，既具有新石器时代大汶口文化晚期的特征，又显示出早期龙山文化的风格，引起了考古界的关注。

1997年秋，诸城市博物馆在配合下海公路拓宽施工中，在遗址的西部边缘区清理出新石器时代的居住遗迹一处，石棺墓11座。墓葬均为土坑竖穴，长1.8—2.1米，宽0.7—0.9米，墓口距地表深1.1米，全为单人仰身直肢葬，头向东南。石棺由附近山上出产的厚2—5厘米的石板组成，平面呈梯形，头部宽脚部窄，底铺石板。棺的四壁外侧紧挨墓坑壁，高0.3—0.8

米，顶部盖以石板。这种形制的石棺在其他地区极为少见，具有鲜明的地方特点。墓葬的分布很有规律，两座为一组，南北排列，逾向南间隔逾密。墓葬中共出土随葬品 50 余件，均为陶器。器形有罐、鼎、鬶、杯等 10 余种。陶质有夹砂灰陶、夹砂黑陶、夹砂褐陶、泥质黑陶和少量的夹砂红陶。这批墓葬中有一个极有学术价值的现象，在同一座墓中，既有属于大汶口文化晚期的陶鬶、陶豆，又有代表龙山文化早期的陶罐、陶壶。这一现象证明了龙山文化是由大汶口文化演变发展而来的。专家认为，石河头村遗址是一处反映大汶口文化向龙山文化过渡的典型遗址，其文化内涵是研究山东半岛地区新石器时代文化序列演变及文化类型划分的重要资料。新石器时代的石棺墓在我国发现较少，石河头村遗址的石棺墓，不仅为探讨当时的葬俗葬制提供了资料，也为研究我国东部沿海地区的东夷文化，提供了新的内容。

中共诸城第一届县委遗址

□ 丁少玉

1938 年 10 月，日寇占领诸城后，中共苏鲁豫皖边省委（后改为山东分局）决定成立诸城县委。由山东抗日军政干部学校（校址在沂水县岸堤村，故又称岸堤干校）选拔了部分诸城、高密籍优秀学员，组成中共诸城县委，隶属鲁东南特委（1939 年 7 月，改为山东分局第一区党委第五地委）领导。

县委组成人员是书记乔志一（1940 年在“肃托”事件中含冤去世，1950 年中共胶州地委报请上级批准为他平反昭雪，追认为革命烈士）、宣传部部长刘力一、组织部部长周建桥、统战部部长王圣舆。另外，于云光负责武装工作，张鲁东、牛启昶负责群众工作。

在建立中共诸城县委的同时，经边区省委和鲁东南特委批准，建立了八路军诸城独立营。独立营是由诸城五区青年牛孔硕、崔仁卿领导的一支青年爱国武装改编而成的，主要领导有营长牛孔硕、政治委员周建桥、政治处主任乔志一、宣传股长刘力一、副股长李建修。

中共诸城县委和八路军独立营建立后，随即离开岸堤村，于10月底进驻齐长城南面的诸城县第六区太平乡石河头村（今桃园区石河头村），开始领导抗战斗争。

独立营在石河头村首先收编了乡公所武装队，然后以石河头为中心创建抗日根据地。县委派出工作队，深入到各村宣传抗日民族统一战线和共产党的抗战路线，动员进步青年参加革命。这个地方的老百姓长期受国民党杂牌部队的骚扰，初次见到共产党领导下的八路军这样亲民爱民、做事公正、严守纪律，深受感动，纷纷参加八路军，独立营的实力得到进一步壮大。

11月，根据省委指示，由司令员刘涌（后任原济南军区副司令员，1955年被授予少将军衔）率领八路军山东抗日游击第二支队进军诸城，开辟诸胶边区。二支队进入诸城后，进驻石河头村南的劝礼村（今桃园区东红村），在诸城县委和独立营的配合下开展工作。

为了迅速扩大影响，诸城县委组织两支部队消灭了盘踞在瓦店和朱解两个日伪据点的敌人。

后来八路军向东发展，占领了诸城五区重镇泊里，诸城县委也随部队移驻泊里。独立营被编为二支队直属营。

移驻泊里后，诸城县委仍然组织工作团，在石河头一带开展活动，大力组织宣传群众，发动各村建立抗日救国自卫团，建立了农救会、青救会、妇救会、儿童团等抗日救国群众团体，组织群众站岗放哨，动员群众献枪捐款，建立抗日自卫武装，发展基层党组织，为壮大我党领导的抗日武装力量做出了很大贡献。

插旗崖北海银行印钞厂旧址

□ 丁少玉

插旗崖北海银行印钞厂旧址，位于现在的诸城市桃园片区插旗崖村中央文化广场南面约 30 米远的地方，小青河的北岸。临时印钞厂遗址共有民房 6 间，共长 14 米，宽 3.5 米，院墙是由石头垒砌而成。

北海银行是抗日期间山东根据地的金融单位，也是当时山东境内仅有的一家中国共产党政权行使国家银行职能的机构。其前身是 1938 年秋山东掖县（今莱州）县委创建的抗日政权所建立的“北海银行”。解放战争中，北海银行成为组建中国人民银行的三大银行之一。1946 年全面内战爆发，1947 年初，华中新四军北撤山东后，新四军的华中银行与山东根据地的北海银行合并，华中印钞厂也与北海银行印钞二厂合并为北海印钞二厂。

1947 年 5 月，为孟良崮战役的需要，北海银行印钞二厂转移至藏马县

桃园（今属诸城市桃园生态经济发展区）插旗崖村。7 月，受严峻战争形势影响，北海银行插旗崖印钞厂被迫转移。

1948 年 12 月 1 日，华北银行、北海银行、西北农民银行合并，在石家庄成立中国人民银行，北海银行改称中国人民银行山东分行，北海银行终于完成了它的历史使命，宣告结束。北海银行所发行的纸币在抗日战争时期是山东革命根据地的主币，在解放战争时期成为山东解放区乃至华北、华中解放区的本位币。在那时极其艰苦的条件下，建设地下印钞厂，对巩固根据地、稳定经济、保障根据地群众的利益发挥了积极作用。

为更好地担负起传承弘扬红色金融文化的历史责任，近年来，诸城市委党史研究中心、中国人民银行诸城支行与插旗崖村结成共建单位，积极保护好革命遗址遗迹，依托印钞厂旧址，深入挖掘革命精神和红色文化，讲好红色文化故事，用红色文化带动区域经济发展。

齐长城

民间故事与传说

民间故事与传说是活跃于民间的一种文学体裁，它来自民间乡土，来自百姓生活，带有当地方言俗语、生活习俗、风土人情、历史文化，具有鲜明的地域性与民族性。诸城境内的齐长城由于多经过南部的山区，因此这儿的民间故事与传说多是与它所经过的马耳山、苗山、七泉山、石人山、黄牛山、磊石山有关。山的秀美与奇异，让这儿的民间故事与传说充满瑰丽与神奇；绚丽多姿的民间故事与传说则赋予了这儿的山更多的人文色彩，让一座座山变成了一处处名胜古迹。

白马饮

□ 乔云峰

过了镜月湖，顺着山路再往前走，就是出山的路了，在出山之前要经过一座叫白马山的小山。白马山的半山腰，有一条清波潺潺的小溪流，小溪流的源头是一处泉眼，它一年四季水流不断，这个泉眼叫白马饮。

白马饮与一匹神马的传说有关。在古老的诸城大地上，在大舜那个时代，一场天崩地裂的自然灾难即将降临在这片土地上。随西王母参加玉帝宴会的大舜无意间探听到这个消息，就从巍巍昆仑向诸城飞奔而来。眼看天色已晚，如果天亮之前不能把这个消息告诉自己的部落子民，带领他们避开这场灾难，那将是天大的无法饶恕的罪恶。心急火燎的大舜顾不上吃饭，顾不上喝水，但即便这样，还是走得太慢了。眼看着暮云四合，黑夜已经覆盖了整个大地。

“苍天啊，大地啊，看在十几万百姓的分上，赐给我一匹神马吧！”随着一声深情的祈祷脱口而出，一匹高大无比的神马随着疾风出现在他面前。惊喜的大舜来不及多想，噌地蹿上马背，快马加鞭，向诸城疾驰而去。已经看到那条玉带一样横亘着的潍河了，看见矗立在诸城南面的常山了，那马忽然慢了下来，停在那儿。大舜这时才意识到，经过几千里的奔跑，这马饿了，也该吃些草了。于是，他下马站住，借着拂晓的微光，向诸城凝望。忽然，一阵震耳的嘶鸣响起，那马渐渐变得高了，大了，瞬间就凝固成了一座巨大的石头山。大舜这才明白，这是老天在帮助自己，让这方百姓躲过这场灾难。而那神马，永远地凝固在诸城西南部，两只耳朵竖着，仿佛在聆听潍水的流淌。人们为了纪念这神马的恩惠，就把这山叫作“马耳山”。

一转眼，到了春秋时期。在齐桓公还是公子小白的时候，为避乱不得不逃亡莒国。这一天，一匹英俊神武的白马，驮着又渴又饿的小白和随从正急急忙忙地向东行进，跟在后面的，是时远时近的追兵。在拐进一个山凹之后，小白渴得实在走不动了，眼巴巴地望向随从。大家明白主君的期望，可要在这山上找到水源，实在太难了。就在大家沉浸在失望之中时，只见白马慢慢地走向前去，停住脚步，对着一片乱石审视，忽地抬起蹄子，使劲跺了下去。众人抬眼细看，惊喜地发现那石窝里慢慢渗出水来。看着清澈的泉水，大家都感觉没有先前那么渴了。饱饮一顿之后，小白登上这这座并不高大的山，勒住缰绳，抬头四望，察看地形，观察追兵的情况。座下的白马也凝神西望，忽然，对着马耳山嘶叫了一声，那分明是对故人的呼唤。泪眼汪汪中，白马一下子把小白摔了下来，手下的人赶紧扶起小白，白马趁机咕噜咕噜地滚了下去，不见了踪影。随从们纷纷猜测，这白马肯定就是马耳山的神马现世，为公子小白建功立业助力。想到这匹白马已经跟随自己多年，经历了许多腥风血雨，而现在却在这儿抛下自己，小白实在伤感。他想知道这座山的名字，手下人连忙寻问附近的居民，最终却没有答案。小白想既然是野山，就叫“白马山”吧，以纪念自己一路走过的坎坷，那神马踏出的泉就叫“白马饮”，以此来纪念朋友般的白马和白马的贡献。

慢慢地，白马山的名字就传开了。那条山路，在老百姓嘴里，也就成了“跌死马子”。而神马经常深入民间，了解百姓疾苦，力所能及地帮助大家解决困难。后来，据说人们还经常看到那神马到东边河里和海边洗澡呢。于是就有了“白马河”的名字。有一次，神马在白马河里冲凉，上岸舒服地睡了一觉，大家觉得那是神马在晾身，于是那地方就被叫成了“晾马”，慢慢演化成了叫“亮马”的村子。还有一次，神马无意中遇见了一只老虎，它悄悄地情地躲进一片山中，于是就有了“藏马山”的名字。

就这样，有关白马的故事在臧家沟附近流传至今。

李小头的故事

□ 张秀珍

横长竖长

杨家山里出了个杨家庆，黑王家沟村出了个李小头。据说，李小头出生的时候，跟个枣核差不多大小。李小头他娘性子倔强，从来不肯在人前低头。但是有一件事，却让她抬不起头来，自从嫁到黑王家沟来当媳妇，五年没开怀。虽然婆婆和男人没说什么，可在那个年代，女人不生孩子，自觉就低人一等。好歹到了六年的头上，才得了个遗腹子李小头，按说，这可是天大的喜事，可是李小头刚出生三日，就挨了他娘一擀饼轴子（诸城方言，擀面杖）。

这是为什么呢？

这事还得从李小头他爷（诸城方言，指父亲）出事那天说起。这一天，李小头他娘和往常一样，去山上送晌午饭。到了山上才听说，自己的男人已经死去多时了，就连尸骨都被夯进了正在修筑的城墙里。

看着夯得又高又长的城墙，李小头他娘眼泪抹了一把又一把，自己劝慰自己说：“黄泉路上没有回头路，就是哭死，男人也回不来了。若是再哭出个七病八灾，撇下了家里那八十多岁的婆母娘谁来伺候？”

虽然是这样想，可眼泪不听使唤，还是一个劲地往下吧嗒。李小头他娘怕婆母娘看出事来，上了岁数的人可经不起惊吓。她想，还是哭够了再回家吧。

这么一想，她哭得就更厉害了。李小头他娘跑到龙骨山上，在一棵枣树底下，数黄瓜道茄子，数落一会儿男人的好，又数落一会儿男人的坏，她越哭越伤心，索性就放开了悲声：“狠心的夫呀，你这一撒手，我可怎么活呀？从今往后，哪怕枣核大小的孩儿也生不出了呀……”正数落着，枣树上最大的那颗枣，吧嗒一声，掉进了她的口里。李小头他娘没有防备，咕噜一下咽到肚子里去了。

说来也怪，枣子进了肚，李小头他娘心里一下子踏实了。十个月后，李小头他娘生下了一个枣核大小的男孩。

枣孩儿小是小了点，可鼻子嘴眼看上去怪喜庆的，婆媳两个都很高兴。

李小头出生三日这天，婆婆看着小枣孩儿说：“孩他娘啊，老人有句古话，说肉里长不如席上长，这孩子肯定是不忍心叫你受罪，这么孝顺的孩子来咱家了，怎么也得请左邻右舍来庆贺庆贺？”

李小头他娘说：“可不，以往左邻右舍的喜面汤咱也跟着吃了不少。要不，咱也请人家吃一碗喜面汤？”

婆婆拍手说：“中，你在炕上歇着，我去和面，擀上几轴子面汤，别的请不起，就请人家吃一碗喜面汤吧。”

李小头他娘说：“娘啊，生枣孩儿也没费多大劲，面汤还是我擀吧。”

婆婆想了想说：“也中，那我就去邻居家报一报喜吧。”说完下炕穿上鞋就走了。

李小头他娘也不怠慢，赶紧下炕和面擀面汤。一轴子面汤还没擀完，就听到炕上有人拉呱，她以为是听斜了耳朵，也没当回事，又低下头接着擀面汤。擀着擀着，又听到炕上有人在拉呱，她心下奇怪，提溜着擀饼轴子到里屋一看，吓了一大跳。炕上的枣孩儿嘴里嘟囔着：“横长了竖长，竖长了再横长。”身子鼓涌一下，长大一圈，鼓涌一下再长大一圈，眼看着从巴掌大小的孩儿长成了半大小伙子。

李小头他娘心里想：“啊，这是什么东西在俺儿身上作怪？我叫你横长了竖长，竖长了再横长！”照着头给了枣孩儿一擀饼轴子。这一下可好，枣孩的身子在炕上，没碍着长，还是鼓涌一下长大一圈，只是头长不动了。就这样，李小头嘴里嘟嘟囔囔，身子鼓鼓涌涌着，不一会儿就长成了铁塔一样的汉子。

只是，这个铁塔一样的汉子的头太小了。

李小头长成铁塔大汉后，一骨碌从炕上爬起来，对着他娘磕了三个响头，说：“娘啊，请您给孩儿赐个名字吧。”他娘心里寻思着：这孩子头这么小，起个什么名字好呢？不觉就说了声“小头”。李小头听见娘说“小头”，忙不迭地答应道：“哎，娘，这个名字好，孩儿就叫小头了。”

不打不相识

这一天，李小头他娘正在家里馇猪食，就听墙外有个人粗声大气地喊道：“李小头，你给我出来！”李小头他娘心想：这是谁，找事来了？又一想，不能啊？李小头孝顺，看着做好事娘欢喜，就光做好事不做坏事，自从有了李小头，黑王家沟里的人家，日子一天好过一天。大家感激还来不及，哪里还有来找碴的？李小头他娘正暗自思忖，只觉眼前一黑，一截子黑塔堵在了家门口。看着那横竖都有的大块头，李小头他娘有点害怕，可一想起儿子李小头，就又硬气了，心里想：俺家孩子不就是头小点吗？论起行善积德，谁能赶上？这样想着，她就不害怕了，不慌不忙地仰起脸来对视那黑塔的眼睛。谁知那黑塔竟是个怪人，见了李小头他娘，二话不说，身子一矮，先咚咚地磕了三个实实在在的大响头。响头磕完，李小头他娘还没弄明白怎么回事，那黑塔大眼珠子骨碌碌在院子里撒眸了一圈，转身把猪圈里那头三百多斤重的老母猪，一把提溜起来，轻轻一抡扛在肩上，瓮声瓮气地说：

“明人不做暗事，要想找回你家的老母猪，叫李小头去找杨家山里的杨家庆！”说完，就一阵风似的走了。

好不容易养到三百多斤的大母猪，就这么被人扛走了，李小头他娘心里那个疼啊，就别提了。可她知道李小头孝顺，只要她做娘的一句话，就是天上的星星，儿子也会想办法给摘回来。看那杨家庆也不是善茬，她是既怕李小头惹事，又怕儿子吃亏，就叹了口气，自言自语道：“这事可不能作声，咽到肚子里吧。唉，可惜了，那可是三百多斤的大母猪啊！”

这时候，李小头正好赶王家大村集回来，还没进门就听见他娘说的话了。刚想问，又一想，不行，这喷香的香油果子一放就不好吃了，天大的事也得等娘吃完香油果子再说。

于是，李小头就假装没有听到娘说的话，伺候他娘喝水，等她一口一口吃完香油果子，又等了一袋烟的工夫，估摸着他娘吃进肚子里的饭也实落了，才问起老母猪的事。他娘一看瞒不过去了，就把杨家庆扛走老母猪的事一五一十告诉了李小头。

李小头听完，顿时火冒三丈：“吆！好你个杨家庆，千不该，万不该，你不该欺负到俺娘的头上来！”

李小头这一火不要紧，腾腾腾一路扬尘踢沙，眨眼工夫就奔到了杨家山。未进庄门，呼喝之声，已声声穿透杨家庆的耳背。杨家庆一听，心里乐开了花：这招真灵，可算把你李小头给激出来了。

原来，这个杨家庆也是一身的好功夫，在这一带行侠仗义，也是出了名的孝顺。可是有一样，杨家庆贪吃，还在他娘肚子里的时候，就管不住自己，一个劲地猛吃，把他娘折腾的，在鬼门关上转转悠悠往返了三七二十一个来回，才生下他这又黑又壮、整整九斤九两的一坨子胖肉来。在这个事上，杨家庆觉着没法和李小头比。还有一件事就更没法比了，自己是喝着娘的奶水，是娘一把屎一把尿慢慢拉扯大的，人家李小头可是见着风，欻一下子就长大了。杨家庆一想起这事就觉着输了李小头一大截。可他不服气，孝顺比不过你，我苦练了十八年的武艺，总不会输给你这不过百日的新生孩子吧？杨家庆存着这样的想法，见天价找李小头的碴，想痛痛快快比试一场。

可是，李小头牢记他娘的教训，无冤无仇无恨的仗不打，不奸不恶不坏的人不除。因此，不管杨家庆怎么挑事，就是不接他的招。万般无奈下，杨家庆才想出去李小头家扛老母猪这一出。

两人见了面，话没说上两句，就踢踢打打地干了起来，这一仗竟整整三天三夜也没分出个胜负。

开始，李小头怀着一腔的怒火，杨家庆装着满肚子的不服气，两人都使出了真本事。可是，仗打着打着，就变成了切磋，从原来的招招狠辣变成了点到为止，越往后打，对对方的武艺越是服气，两人最终握手言和，结成了一对行侠仗义惩恶扬善的好兄弟。李小头和杨家庆这段不打不相识的趣事，在黑王家沟一带口口相传，一辈辈流传至今。

九转连环梅花山

在很久很久以前，黑王家沟这一带的山上修了一道长城。长城的这边是一个国家，那边又是另一个国家，这两个国家的皇帝也不知道是怎么想的，邻居和邻居不团结起来搞好生产，整天价想着打仗，生气了打个仗消消气，高兴了打个仗消遣消遣。赢了，抢钱抢物抢地盘抢女人；输了也不打紧，反正皇帝住的地方离着这里大老远，可住在长城根底下的这些老百姓的日子就不好过了，整日价提心吊胆的。

自打黑王家沟出了个李小头后，这一带老百姓的日子才好过起来。

李小头斗大的字不识一个，也弄不明白那些什么家国情仇的大道理，看见欺软怕硬的要管，路见不平了他要拔刀，反正是看谁被欺负了就护着谁。队伍上打仗的事他也跟着掺和。长城这边的队伍打仗输了，李小头就护着输了这边村庄里的老百姓，坚决不让赢了的队伍踏进村庄一步；长城那边的队伍输了，李小头就护着那边村庄里的老百姓，不让他们的村庄被赢了的队伍糟蹋。

这样，李小头不但把附近村庄里那些坏人恶霸得罪了，连两边队伍也都得罪了，队伍上发出捉拿李小头的悬赏告示。可李小头艺高人胆大，再加上老百姓们又都向着他，所以只要一打仗，李小头还是外甥打灯笼，照旧来掺和。尽管队伍上的那些人恨得牙根痒痒，却拿李小头一点办法也没有。

打仗捞不着好处，当官的不干了，问手下人李小头是不是一个人，手下人回答说是。当官的又问：既然不是神鬼仙怪，那他有没有害怕的事？手下人回答说：没听说李小头怕什么，只知道他最听他娘的话，他娘叫向东走，他从来不上西，他娘说声打狗，他坚决不吓鸡。当官的一听，高兴坏了，拍着大腿说："快快快……快去……去把他娘给我抓来！"这一兴奋，说话都结巴了。

他们这里刚说到要去抓李小头他娘，正倚着龙骨山路旁那棵大枣树打盹的李小头，忽觉后背一空，差点仰倒。他迷迷糊糊地睁开眼，呀，眼前一个白胡子老汉正推他，说："还睡，还睡，抓你娘的人快到你家门口了。"李小头听说有人要抓他娘，一个激灵就醒了，也不问青红皂白，一个鲤鱼打挺，跳起来就往家里跑。白胡子老汉一把抓住李小头，说："不要管那些人做什么说什么，你只管回家背上你娘，说一声'枣树枣树开开门'，就进了我摆下的这个九转连环梅花阵。只要你娘进了这个梅花阵，就再也没人能伤她一毫一分。我摆的这个梅花阵，阵眼就是这老枣树，只要它好好的，就无人能破得了这个阵法。"

李小头回到家里，见他家已经被一些士兵里三层外三层围了个水泄不通。李小头心里着急，纵身一跃，硬生生踩着士兵的头，跳进了自家院子里。李小头一落地，二话不说背起他娘，按照白胡子老汉的吩咐，说声"枣树枣树开开门"，外面那些人还没反应过来，就见眼前一道青光，嗖的一声，落进了龙骨山里。

紧接着，以龙骨山为首的那几座山峰，山体由黛青慢慢转红，显示出一朵朵梅花的形状。

人们数了一下，不多不少，正好是九朵。因为这个典故，黑王家沟周边的这些山峰，又被人们称为"九转连环梅花山"了。

孝顺女有福

□ 刘培珍

从前，山东马耳山下有个闯关东多年回乡的老汉，以挖参为生。他有两个女儿，在去闯关东之前，因生活所迫，他把两个女儿分别卖给村子里两家有钱人家做了童养媳，一个住在村东，一个住在村西。

有一年，老汉在长白山大森林里挖到一棵罕见的人参而发了家。这时他跟老婆子年龄也很大了，俗话说得好，人老思故乡，鸟老思巢穴。只有两个女儿的老两口，想回山东老家投奔女儿。可几十年过去了，也不知女儿和女婿能不能收留他们老两口，于是老汉让探亲的同乡捎话探问探问。老乡带回消息说，两个女儿都争着要养他，他跟老伴高兴得一夜没睡着觉，连夜收拾包裹准备回家。

一路上，老两口不敢张扬，穿得破破烂烂，赶着小毛驴走走停停，风餐露宿，沿路乞讨，把钱压在要来的各种干粮下面。他们这样做并不是不舍得花钱，而是怕“树大招风，财露惹祸”。在家的两个女儿天天到村口张望，盼望爹娘早点回来。

老两口一路上遇到不少惊险之事，好在都有惊无险，走了整整三个月，终于回到了自己的家乡。老汉先让老婆子在村外等着，自己用破布袋装上些乞讨来的干干巴巴的干粮，背着进了村。他老远就看见两个女儿等在村口，老汉心里十分激动，恨不得两步并作一步走，不禁加快了脚步。

两个女儿见到回家的老爹，快步迎向前。大女儿穿得花枝招展，抢先一步来到老汉身旁，脸上堆满笑容，那一声声甜甜的“爹”，喊得老汉心里乐开了花。再看二女儿，穿着朴素，人又木讷，老汉便在心里打定主意，打算住在大女儿家。

大女儿见老爹穿得破破烂烂的，便问道：“您不是发财了吗？怎么穿成这样？也不雇辆车。”还没等老汉回答，她看到老爹身上的布袋，一把接过来，“爹，我替您背布袋吧。”说着就从老汉身上拽下布袋，放到地上翻找起来。她翻了半天也没翻到想要的东西，脸色就像六月的天，说变就变：“爹，银子呢？”

“什么银子？”

“您不是在关东发财了吗？银子去哪儿了？”

老汉收起刚才的兴奋之情，蹲下身子哭丧着脸说：“我是挣了点银子，本来想带回来养老，可坐船过黄河的时候船翻了，还好有人把我和你娘救了出来，只是所有的包裹都沉到河底冲走了。唉——”老汉叹了口气，“我和你娘是一路要饭回来的！”

二女儿见状，赶忙上前搀扶起老汉，急切地问：“爹，我娘呢？”

“你娘受了惊吓，生了一路的病，硬撑着到了自己的家乡，在离家二里的地方再也走不动了。让我先回来见你们，然后再把她接回来。”老汉说道。

大女儿听到这里，急忙说：“爹，我家里还有事，先回去了，你先去妹妹家吧。”说着，逃也似的走了。

二女儿把老汉接回了家，又让自己淳朴的丈夫去村外接回母亲。老汉见二女儿家没有原来富有，感到奇怪，就问缘由。二女儿说，因为婆家是大户，自家公婆和丈夫老实憨厚，其他几家都很强势，吵着要分家，把最差的一块地给了他们，房子也只分得几间破旧的，自此日子一天天艰难起来。

老两口陪女儿落了一会儿泪，安慰道：“会好起来的！会好起来的！”

老两口在二女儿家待的那段时间里，二女儿总是把最好的饭菜给爹娘吃，自己吃差的，有时没东西吃，就跟爹娘说吃过了。

老婆子每次见到这种情况，就让老汉拿出银子来给女儿。老汉并不理会，被说烦了，就会说：“我心中有数！你知道个啥？”

转眼又过了几个月，有一天老婆子听到女儿跟女婿在嘀嘀咕咕地说事，就隔着门帘侧耳细听。原来，女婿看好一桩生意，正在为没本钱犯愁。

老婆子回到屋里悄声骂起老汉："你这个死老头子，你怎么这么狠心呢？眼看着女儿受苦，你就高兴了？女婿想做生意连个本钱都没有……"

老汉听老婆子这样一说，就隔门把女儿和女婿喊到跟前，说："我身上还有一点银子，你们先拿去用吧。"他沉思了一下，又补充道，"不过日子得细水长流啊！"

自此，女婿从小本买卖做起，生意越做越好。老汉跟女婿说："遇到穷人能接济就接济些吧。"女婿点头称是，他时常拿出钱接济穷人，出乎意料的是他挣的钱反而越来越多，生意也越做越大。

他们一家的小日子过得风生水起，有滋有味，一家人其乐融融。而大女儿怕爹娘成为负担，再也没来见父母。她那本来比较厚实的家底，反而越来越差，最后落魄到给妹妹一家打工的份。

马耳山的传说故事

□ 张秀珍

在马耳山一带，流传着一个马儿舍身救主的故事。据说，这匹舍身救主的马的主人，是一个武艺超群的道士。道士姓周，有一天傍晚，奉师命济世救人的周道士，在四处云游时，看到一群人都朝着一个方向赶路，他心下奇怪，找人打听，众人说什么的都有。周道士知道打听不出实话来，心下暗想：这么多人往一个地方去，这里面肯定有事。他爬上前面不远的一个高土墩子，撒眸了一圈，发现人群涌向的那个地方祥云缭绕，似有宝贝要出世的征兆。他想，逢宝必遇妖，这事肯定不简单！周道士思虑至此，忙打马紧赶慢赶，在有祥云缭绕的那附近觅了个人烟稀少的沟岔子，运用五行八卦进行推算，发现了一个天大的秘密。

周道士的腿上功夫很厉害。可有一样，他在运功推算的时候，不但武功使不出来，身体脆弱得跟个婴孩差不多。正推算到紧要关头，忽觉有破空之声，躲避已经来不及了，说时迟那时快，身旁的马儿忽地纵身一跃，用马身挡住偷袭者的致命一击。马儿的这一挡，给周道士腾出调整恢复功力的空档。周道士一边和偷袭者周旋，一边思忖：这事瞒得过我便罢，既然让我演算出个端倪，不管你是何方神圣，就怪不得我多管闲事了！思虑至此，周道士下手便不再留情，一通扫堂腿，下狠劲把偷袭者制伏了。

他刚想歇口气，只见烟尘滚滚处，千军万马裹挟着血腥的杀气奔涌而来。

周道士回看一眼还在源源不断往这聚集的人群，心下悲凉，哀叹了声："上天有好生之德呀！"随即拍了拍马儿，骏马领命一声悲嘶，腾空而起，稳稳落身祥云缭绕的地方，化身成一座险山，既压制住了将要破土而出的宝物，又把杀气腾腾的队伍和将要大难临头却又蝼蚁一样无知无识的民众阻挡在山的两边，及时化解了一场杀戮。后来，有个国王就在这一带高山峻岭上修起了阻挡其他国家进攻的防御工事，这些防御工事被人们叫作齐长城。

这座马儿化成的山，据说是鲁东南最高的一座山：马耳山。山的主峰上有两块并举的巨石，远望酷似骏马竖起的两只耳朵，警惕地护卫着这方水土，这方人。

马耳山的半腰里，有一天然石洞，洞底直通东海。当地说摊子的老人说，这个石洞就是当年马儿舍身救主时留下的伤疤，洞里汩汩涌流的泉水，就是这匹神马受伤时流出来的血。有一位天上的神仙被这匹忠心护主的神马感动了，他想，虽说化成石头山了，可伤口这样暴露着，该多难受啊？神仙就翻出那最轻薄最柔软的白云，拿起剪刀，咔嚓剪下一段，轻轻覆盖在马儿的伤疤上。风一吹，白云就像雾纱一样缠绕在马耳山的腰部飘呀飘，飘出了诸城八景之一的“马耳腰云”。这个洞也因此被叫作“仙人洞”。

马耳盖帽，大雨将到

□ 张秀珍

马耳山这一带自古就流传着一句谚语：“马耳盖帽，大雨将到。”关于这句谚语，还有一段“穷女婿智斗富丈人”的故事。

穷女婿住在马耳山东的围子里村，富丈人家在马耳山后的尚庄村。两家定的娃娃亲。定亲那会儿，富丈人家还没富。富丈人和穷女婿的爹是撮土为香的拜把子兄弟。富丈人的爹和穷女婿的爷爷都是在石人山上修长城时累死的。两位老人累死后，当官的说，爹爹死了还有儿子，儿子死了还有孙子，都死光了，就是从坟里爬，也得爬出来把长城修完！谁叫你们天生是穷人命呢！命的事，能怨得了谁呢？两个准亲家只好顶替爹爹的位置，也上山修长城了。

在修长城的时候，富丈人想起小时候玩泥巴时掺上的一种东西，这种东西掺和在泥巴里，干了后的泥巴比石头还结实。富丈人心里琢磨着，若是在夯筑长城的泥土里掺上它，肯定既结实还不长草。富丈人就把这事报告给当官的，当官的一听，乐坏了，马上赏赐给富丈人数不过来的金银财宝，准许他们家不用再服徭役。从此，富丈人熬出了头。可是，穷女婿的爹还在石人山上累死累活地修长城，因为富丈人说的这种东西并不是像泥土那样遍地都是，所以还得从修长城的这些人里，分出一拨人去弄，好不容易弄来后，还得把它和泥土掺匀和。这样，修长城的人干的活就更多了。后来，穷女婿的爹也累死在石人山的长城垛子上了。

而成为富人的富丈人，用那些赏赐的钱买下了一座座山、一片片土地，雇上长工短工替他干活。他自己则每日里穿着明晃晃的绫罗绸缎，戴着金灿灿的金链子、银镯子，天冷了就到处晒太阳，上午去东屋山墙头，下午去西屋山墙头。天热了就摇着把麦秸草编成的大蒲扇坐在又大又密实的大树荫底下凉快，不用淌一滴汗，顿顿吃香的喝辣的。这样的好日子越过，富丈人就越害怕以前的穷日子，想起这些，又想起了给闺女定下的那门娃娃亲，真是悔青了心肝肚肠。

自古以来，富人有富人的烦恼，穷人也有穷人的快乐。单说住在围子里村的这个穷女婿，自打他爹累死后，失去顶梁柱的孤儿寡母并没有倒下。为娘的热心勤快，是个闲不住的人，不论谁家遇着难事她都去帮忙；当儿子的聪明好学，村里的人也都愿意帮衬他，穷女婿今天跟着房前的学习种豆，明天跟着屋后的学习栽瓜，跟着年轻人学新事，跟着老人长见识。慢慢地，穷女婿学出了一身的好本事，成了这一带屈指可数的小能人。

男大当婚，女大当嫁。转眼，穷女婿也到了该娶媳妇的年纪啦，村里人就撺掇着穷女婿去富丈人家提亲。穷女婿早就打听好了，和自己定娃娃亲的那个女孩，不但模样长得俊，心眼还和自己的娘一样好，心里早就暗暗发下一百个非她不娶的誓愿。

话说这年芒种节过后，收完了小麦，天旱，一时又没法耕种，穷女婿就跑到村后瞅马耳山，看了多日后对他娘说要去拜访富丈人。他娘一听非常高兴，忙仔仔细细把儿子打扮了一番，高高兴兴地送儿子出门。

也不知道是怎么了，这几天富丈人的眼皮子一个劲地跳，跳得他心惶惶，半夜里从炕席上掐席篾，沾口唾沫贴眼皮上压，一连压上三四块也无济于事。好不容易熬过鸡叫三遍，他迷迷糊糊打了个盹，又被梦给气醒了。富丈人翻来覆去地睡不着，随便披了身半新不旧的衣裳，出了大门，从庄东溜达到庄西，又从庄西溜达到庄南，在南三河河沿坐下来。眼瞅着夏至也过去了，原本该查苗补秧忙得脚不沾地的时候，老天却瞪起了眼，好不容易翻涌上几块云彩，一阵风又给刮跑了。种子撒干土里一点也不见动静，麦茬白晃

晃地扎人眼。富丈人越想心里越憋闷，脸前又没个人供他撒气，随手抓起一块石头，使劲撇了出去。说来也巧，那块石头不偏不倚，刚好砸在一个匆匆赶路的小伙子头上。莫名其妙被石头击中的小伙子不但没为挨打恼怒，还头顶着大包，向打人的富丈人行礼问好。富丈人心想：坏了，碰上笑面虎了，指不定得怎么讹我呢！看来，不是个好应付的主。

富丈人不敢大意，仔细观看小伙子，只见他浓眉大眼，衣服穿得干净利索，不像那一年三百六十天在庄稼地里干活的穷光蛋。他心里虽然戒备，却也忍不住赞叹："好精气神的小伙子！"说完又不自觉地想起自家那没见过面的穷女婿，不免连连摇头：怎可拿着穷酸比相公！

小伙子也在观察富丈人，见他虽然面色白白胖胖，身上的衣服却是半新不旧，即没穿金也没戴银，不像是富人的做派，心想：何不向他打听打听富丈人家的事？

两个各怀心思的人，你问我答，你答我问，一番对答下来，富丈人从小伙子的问话里听出道道来了。他脑门里灵光一闪：莫不是穷女婿找上门来了？这样一想，他再打眼看脸前的年轻人，先前暗存的那点赞赏早没有了，只有厌恶，怎么看怎么别扭，难怪这些天眼皮子老跳！他把脸一抹，指着小伙子道："婚姻这种事从来就是好对好赖对赖，弯刀对着个瓢切菜。癞蛤蟆想吃那天鹅肉，也不撒泡尿照照？”

穷女婿一听，知道这是歪打正着，问茬上了，不急也不慌，向前一步，按照女婿拜丈人的礼节，拜了几拜，说：“老丈人，您说什么好对好赖对赖，别看我空着手来求亲，我可是会给您带来好运的。”

富丈人听了，心里更来气了，他嘲讽道：“净说那没用的，我这会儿就想来一场及时雨，有本事，你下给我？”

穷女婿一听，心里暗暗高兴。他又对着富丈人拜了一拜，开口说道：“您敢不敢和我打赌，不出三天，上天定会降下一场透雨。”

富丈人心说：“这有什么不敢的？睁着眼拉胡话，这么毒的太阳，你说下雨就下雨，当你是那东海的龙王？”

两人当即立下赌约：要是这三天内天降大雨，富丈人就准备上丰厚的嫁妆，风风光光地把闺女嫁给穷女婿；若是没雨，穷女婿就得乖乖退掉婚约，男婚女嫁从此互不相干。富丈人怕穷女婿反悔，穷女婿怕富丈人赖账，于是把尚庄和围子里两个村的人都找来给他们做证。

谁知，证人的红手印刚刚按完，东南角上的云彩，忽然翻着个地往上涌，不一会儿，天空就堆积成了灰蒙蒙的云彩山，雨点噼里啪啦地落下来。这一场雨，整整下了三日两夜，下了个沟满壕平。

这下，富丈人回不过脖来了，只好倒贴上许多好东西，把闺女嫁给了穷女婿。

新媳妇过了门，两人说悄悄话，媳妇埋怨女婿：“你就这么笃定三日内准下雨？要是老天不帮你该怎么办？”穷女婿嘿嘿一笑，说：“其实是马耳山帮了我。这些年，我瞅着马耳山琢磨出一件事来，只要马耳山戴帽，大雨肯定会来到，特别灵验。不信你也瞅瞅看。”媳妇听说后就留心观察，果然，只要云彩罩上马耳山顶，不出三日，真会下大雨，每次都灵验。

“马耳盖帽，大雨将到”这句谚语和穷女婿智斗富丈人的故事就这么一传十、十传百，在当地流传开来。

观音滴水

□ 张秀珍

马耳山上有一座山峰，叫松朵峰。松朵峰的半山腰里，有一眼山泉，现已成为人们津津乐道的马耳山旅游景区的一道名胜：观音滴水。从这里淌出来的山泉水，虽没有唐僧肉那样吃上一口就可以长生不老的神奇功效，但山泉水本身所富含的矿物成分以及经此而衍生出的一些神奇故事，让来到此地的游客都为之心动。因此，哪怕是最不贪心的人，每逢此泉，也会把手边盛水的器具装满，间或器具不凑手，便用手掬一捧，装进肚子里带走，才觉得不枉此行。

桥上村村民郭凤燕说，在“观音滴水”还没有被开发前，这眼山泉细小得根本不能称其为泉，大概是山体深处的一些水汽在经过山体的层层渗滤后，慢慢凝成晶莹剔透的水珠，集聚在岩石上，等隔段时间这块岩石上集聚的水珠大得盛不下了，就滚落到它下方的岩石上，水珠落地时会迸溅出类似和尚敲击木鱼的声音。夏天水滴冰凉，冬天也不上冻，不管旱天涝雨，从来没有间断过。

关于这“观音滴水”也有很多传说故事。据说，在很久很久以前，村里有一对夫妻，老来得子，添了对双胞胎。就在全村都在为他们欢喜的时候，两个相邻的国家，不知道为了什么事，动手打了起来。结果，喜事变坏事，村里人躲的躲，藏的藏。这对夫妻跑到松朵峰半山腰时，碰上两支队伍追逐，前面的队伍拼命地跑，后边的队伍使劲地追，路窄不好走，老汉一个躲避不及，趔趄着朝队伍倒下去，老婆一看急了眼，伸手去拽，却连带着自己也摔倒被踏在马蹄下。这时恰好被一个仙女看见，她赶忙运功搭救，不承想，却力不从心，勉勉强强救出了两个还在月窝里（诸城方言：还没出满月）的比巴掌大不了多少的小孩。

神仙在凡人的世界里不都是法力无边吗？怎么还有力不从心的时候？其实，仙女身上的法力早在天庭时就被玉皇大帝下令贴了封条，不允许她私自使用。这个仙女是个大大咧咧的性格，她一看见人命关天的事，就把自己被贬的那点小破事给撂爪哇国去了。她这里刚一运功救人，玉皇大帝就知道了，玉皇大帝那个气呀，摔了银盆，砸了金碗，胡子吹得老高，眼睛瞪得滴溜圆，众仙一看玉帝真的生了气，也顾不得情面了，忙不迭地画咒使符，硬生生把个娇滴滴的仙女化成了一块腿不能走、口不能言的大石头。

石头就石头，仙女在心里和玉皇大帝抗着，不过是块皮囊，人皮和石头皮有什么两样？不过抗归抗，望着眼前这两个哇哇大哭的小孩，仙女却犯了难。别看她是个神仙，却还是个什么事都没经历过的大闺女。她撒眸了一圈，看见在自己化成的这块石头旁边，有一窝小兔正围着老母兔吃奶。仙女心想，小孩子和小兔是一样的，都需要吃奶才能长大。她想，自己也有奶，反正自己是神仙，又不打谱和凡间的女子那样，给人家当媳妇生小孩，干脆跟母兔学习学习，用自己的奶喂养这两个小家伙吧。仙女这样想着的时候，心里很高兴，等她想起自己现在是块不能动的石头时，才明白这个办法根本行不通。

仙女没有办法了，只好觍着脸求玉皇大帝。玉皇大帝见仙女服软，以为她是为自己所犯的错而后悔了，心里正得意。谁知，仙女的情压根就不是为自己求的，当初为凡人而忤逆他才遭贬，现在竟然还想自己奶凡间的小孩！真是想出一出是一出！玉皇大帝心里那个气就别提了，他竖着两把扫帚眉，黑着个煞风脸，恨声怨气地对仙女说："这么有能耐还求人？难道你忘了还有一瓶可保仙家万万年不死之躯的琼浆玉露了吗？"仙女听了，心想：对呀，怎么把这茬给忘了？

玉皇大帝这话一出口，唬得众仙们齐刷刷跪了一地，磕头如捣蒜，都知道修仙的路千辛万苦，现在是真心实意恳求玉帝放仙女一马。

仙女却不管这些，她高高兴兴地谢过玉皇大帝后，就开始运用功力，把珍藏在自己身体最深处的琼浆玉露一滴一滴逼出来，滴进两个小孩的嘴里。小孩喝着仙女的琼浆玉露，成长得很快，一天比一天强壮，而仙女的玉露宝瓶盖子一启开，她身上所有的感知就消失了，成了一块不时有水滴滴落的石头。这便是马耳山胜景“观音滴水”的来历。

北山堡阻击战

□ 宋新明

齐长城曾是古代齐国抵御外来侵略的重要屏障，在诸侯纷争的年代起了非常重要的作用。两千多年之后的抗日战争时期，在齐长城脚下依然发生了许多可歌可泣的抗日故事，其中的北山堡阻击战，至今在周围一带村庄流传甚广。

1944年10月，一百多名日本鬼子和二百多名伪军开始对常山区进行第三次扫荡。他们所到之处烧杀抢掠，实行惨无人道的“三光政策”，老百姓苦不堪言。

为迅速摸清日伪军第三次扫荡的动向，打击日伪军的嚣张气焰，区大队派熟悉情况的侦察员王刚和李玉华到日伪军的据点指挥村搜集情报。他俩先到指挥的地下联络员袁山处接上了头，三人分析形势，商议如何从敌人口中获取情报，最后决定从汉奸安培文身上下手。安培文是六村人，他爹是六村有名的大地主。前几年安培文到青岛去读书，他在学校里不正干，被学校除名，回来后便投靠了日本人，跟着日本人没少干坏事，现在已经当上了伪军的副大队长。他有一个相好的叫翠红，在指挥村外住，每周安培文都去翠红那里幽会。这天晚上，王刚和李玉华蹲守在翠红的门外，眼看着安培文走进了翠红屋里，约莫好时机，一脚踹开门冲了进去。王刚先从炕上收起了安培文的枪，用一块破抹布塞住了翠红的嘴，以免她大喊大叫，然后用枪指着安培文的头，让他说出扫荡的路线。安培文一开始还装硬汉，不肯交代，被李玉华一拳打掉两颗门牙，才老老实实说出扫荡的时间和村庄。得到情报后，王刚和李玉华决定迅速离开翠红家，临走时他俩把安培文捆起来，并警告安培文："今天的事对谁也不能透漏，否则杀了你全家。"安培文连忙点头："是，是。"

王刚和李玉华连夜赶回区里，向区领导汇报了得来的情报。区领导经过分析，觉得情报比较可靠，便把人员组织起来，一部分人埋伏在敌人必经的要道，另一部分人组织群众撤离。天亮以后，组织人员撤离的一组除留下几个人维持秩序外，其余的全部赶回北山堡共同阻击敌人。

第二天，日伪军大队人马从指挥村出发了，他们见人就杀，见粮食就抢，见房屋就烧。从指挥村到常山区的朱村、高庄、陈家胡同等村有三十多里，其中有二十多里看不见一丝炊烟，听不到一声鸡鸣、狗叫，更看不到一个人影。田野里满是枯黄的蒿草，村村全是残垣断壁。日伪军一路浩浩荡荡，直扑向朱村和高庄。

朱村和高庄被周围村庄的老百姓称为红色村庄。因为这个村不但有好几个人在八路军的部队里当干部，区委里的两个干部也是这个村的，村上还有十几个区队队员。日伪军早就对这两个庄恨之入骨，几次扫荡都空手而归，这次他们满怀信心，誓要抓几个共产党的干部回去。当他们恶狠狠地扑向这两个村庄时，村里却空无一人，只是偶尔有鸡咯咯地叫着飞过，这鸡也没逃脱被枪杀的命运。在高庄，日本鬼子碰到了一个疯女人。这个女人的丈夫被日本鬼子抓去修炮楼时，被日本鬼子活活打死了，女人痛不欲生，哭了几天几夜，后来得了精神病。就连这样披头散发、满身污垢的疯女人，几个日本兵也不放过，他们糟蹋了她之后，又残忍地用刺刀挑死了她。

日伪军在朱村和高庄没有抓到一个人，也没有得到一粒粮食，气得嗷嗷直叫，把这两个庄子放火烧了之后，又向陈家胡同扑去。

北山堡就在陈家胡同和朱村之间，位于朱村南面、陈家胡同北面。这是一座小山包，因地势不高，陈家胡同的人都叫它北山堡，周围村庄的人也跟着这么叫。北山堡朝朱村的一面地势略微陡峭一些，是这一带打狙击比较理想的地方，朝陈家胡同的一面相对陡一些，又有一片树林子，撤退时比较容易，区大队便在这里设下了埋伏。

日伪军浩浩荡荡地向陈家胡同扑来，完全没有想到会遇到抵抗。当他们靠近北山堡时，区队长一声令下，一颗颗带着仇恨的子弹射向了敌人，日伪军完全被打蒙了，急急退后了一二里。当他们弄清楚伏击他们的不是八路军正规部队后，便组织日伪军向北山堡发起了冲锋。区大队一连打退了敌人的三次进攻，眼看就要支持不住了，区队长便下令向陈家胡同撤退，想凭借村庄的优势再痛击一下敌人。区大队刚刚撤到村里，便碰到了八路军第七纵队的先头部队，先头部队共有一个连的兵力，当他们得知区大队和日本鬼子打起来后，便决定和区大队一起痛击日本鬼子。区大队正面迎敌，先头连从侧面包抄过去。日伪军一路号叫着冲向陈家胡同，大有要把区大队彻底消灭的阵势。没想到从侧翼冲出一股八路军，日伪军慌乱中抵挡一阵，支持不住，便狼狈逃回了据点。这一战，消灭了日伪军一百多人。

从此直至缴械投降，日本鬼子再也没有敢来扫荡过。

崔斌打官司，一夜白了头

□ 张秀珍

诸城城南的齐长城根下，有个崔姓人家居住的村庄，叫崔家沟，这个村子是明洪武年间大移民时，崔姓从山西的洪洞县大槐树底迁出，辗转到此立村。

崔斌是清朝康熙年间生人，三十八岁时被推选为这一支崔姓族人的族长。崔斌在当族长的第九个年头上，做出了一件鸡蛋碰石头的冒失事——带领全族老少大闹公堂，硬是逼着县长老爷把已经铁板钉钉的官司改了个样。

都说民不与官斗，可那也得分什么事。兔子急了还会咬人呢，何况是人？不过，咬人的兔子，虽然逞了一时口舌之快，却不会有好结果。同样的道理，崔家虽然仗着家族团结，让县官做出了违心的判决，但是，这样的先河一开，官家的威严还要不要？官老爷的脸面往哪里搁？往后的官司还怎么断？县官老爷受的这口窝囊气吐不出来那还了得？

于是，县官上蹿下跳，一张状纸把官司闹到了济南府，府衙大人听了县官的一面之词，气得吹胡子瞪眼，惊堂木拍得山响：这等刁民！这等刁民！速速提来见我！

提人的公文，一路加急，传到崔家庄，这一下，庄里人都害了怕，从来没有出过远门的崔斌，也吓得不轻，他嘴上不作声，心里犯起了愁：原先仗着户门大，人口多，才敢与县官老爷较真，现如今他单枪匹马上济南府，庄户人家原本就笨嘴拙舌，有理也讲不到点子上，再加上当官的肯定向着当官的，弄不好，这一趟恐怕就是那肉包子打狗，有去无回。他翻弄来翻弄去，越翻弄越愁，一黑夜没眨眼也没想出个应对的好法子来，好歹挨靠到鸡叫三遍了，才把心一横随着差人上了路。一路上自己宽慰自己：船到桥头自然直，衙门不就是说理的地方吗？我不欺不瞒，照实了说。若是运气不好，碰上个浑官，大不了就把这趟买卖提前交代几年，怕什么，十八年后，不又是一条好汉！

俗话说软的怕硬的，硬的怕不要命的，崔斌死都不怕了，他还怕什么。到济南府后，和府衙大人一番对答下来，没承想，居然把官司打赢了。

这事，还得从头说起。崔家沟村的上任族长有个儿子叫“崔小胆”，崔小胆是崔家的长房长支还是长子，按正理应该是族长。可崔小胆天生胆小怕事，是个走路都怕踩着蚂蚁的主，无论他那当族长爹怎么教导，崔小胆的胆就是大不起来。老族长过世后，任旁人说破天崔小胆也不肯接任当族长，族里人只好推选了有才能有担当的崔斌当族长。

崔小胆没有旁的本事，守着祖上留下来的这片山田，采些野果、中草药，捡点山货什么的，拿到马趟子边下，跟去南海担鱼贩盐的商贩换点零花钱，日子过得不穷也不富，反正养活老婆孩子是绰绰有余。

崔小胆就只有一个闺女，起了个名字叫花兰，老族长还在世时就给花兰和石牛店上刘掌柜的三儿子定下了娃娃亲。要说这崔刘两家，那可是老交情了。最早的时候，石牛店还不是个村庄，只是花兰家祖上的一块田产，有一年，刘三的老爷爷流落到此，饥寒交迫之际，被花兰的老爷爷收留，相处了一段时间后，花兰的老爷爷崔老族长觉得这个刘老汉虽然穷困潦倒，却不是那没见识的人，就给了他三亩四分田地。这块田地正好挨着一条去南海的马趟子，刘老汉勤快，在这三亩四分地上种粮种瓜，粮食自家吃，瓜果卖给南来北往的商贩解渴。慢慢地，刘老汉的日子好过了起来，除了一家人的吃穿用度，还有了点闲钱。

手里有了俩钱，刘老汉就开始为以后的日子盘算，当然，不管怎么算，也绕不过崔老族长的情谊，只有先还了人家的恩情，才好为下一步做打算。

于是，一天傍晚，刘老汉先在自家瓜田里挑选了一背篓又大又甜的香瓜，抱上一坛子地瓜烧，找崔老族长来了。崔老族长见刘老汉登门，也不怠慢，嘱咐老婆子炒上四碟小菜，又烫上一壶烧酒，俩人对坐着边喝边拉起呱来。

刘老汉喝酒上脸，两小盅下肚，脸就像蒙上了一匹红缎子，感恩的话絮叨了一遍又一遍。刘老汉平时不是个多话的人，都说酒后吐真言，听了他的一番絮叨，崔老族长更明白了刘老汉是个懂得感恩的人，心里很是高兴。

两盅再下肚，刘老汉的嘴上就失去了把门的，说到后来，完全变成了自说自话。

原来，这个刘老汉是个活络的人，他在拾掇那几亩地的时候，见这条马趟子是北乡人通往南海的必经之路，诸城北半天的鱼贩子、盐贩子们经过长途跋涉，赶到这里的时候大多是人困马乏，往往不约而同地选择马趟子边下的石牛沟旁歇脚，喂牲口，顺便啃上几口自带的干粮，冬天迎着刺骨的北风，夏天顶着烈日骄阳，如果碰上雨雪天气，更是遭罪，这些商贩手头虽然不缺钱，在这荒山野岭的地方却也没地方花。因此，刘老汉就想在石牛沟旁盖上几间房屋，开一家客栈。

崔老族长不接话茬，也不打断他，只是一个劲地劝酒，刘老汉一边喝一边颠三倒四地拉呱，直至醉倒在炕上，呼呼睡去。崔老族长才一仰头，喝干了杯中的酒，他单手捋着胡须，哈哈笑着说：“大哥这脑门子真不是一般活络，有这想法您早说呀，咱这穷山薄岭的，别的没有，盖几间房子的地方还不现成？”

有了崔老族长的帮助，刘老汉从此就在石牛沟这里扎下了根，因为靠着石牛沟，沟里有许多像牛的石头，这个客栈就被人们叫成了“石牛店”。后来，又有几户人家搬过来，慢慢聚拢成一个小村子，这个村就叫石牛店村了。石牛店到了刘三他爹这一辈上，不但店开得红火，后辈子孙们考取功名的也不少。

崔家沟和石牛店隔着不远，也就三四里路的脚程，因为都靠着一条马趟子，路也好走，乡村小户没有官宦人家的那些讲究，因此，花兰和刘三小的时候经常一块玩耍，俩人非常要好。这个刘三长相很讨人喜欢，细眉俊目，嘴巴甜礼道也好，崔家沟的人见了没有不夸赞的。崔小胆和他的老婆对这个女婿也很满意，因此在刘三和花兰刚到十六岁那年，两家就男聘女嫁给他们圆了房。

可惜的是，花兰过门不到一年，刘三的爹忽然得了个急病，一句话没留下，就撒手归了西。

在那个时候，媳妇过门不出三年就死了公爹，这女人就会被看作是丧门星，何况还不到一年！家里一下子失去了顶梁柱，刘三的娘王氏把所有的怨恨都算在了儿媳妇花兰头上，逼着儿子写休书。刘三是个孝子，虽然舍不下小两口的恩爱，可又架不住他娘寻死觅活，就写了份休书，哄他娘说：“这份休书，娘先藏好，等慢慢寻着花兰的不是，再拿出来休了她。”王氏得了这份休书，嘴上答应得痛快，等儿子刚转身离开，立马喊儿媳妇过来，逼她按手印。花兰一句话不说，跪在婆婆的面前，只一个劲地磕头，死活不按手印。王氏气坏了，也不管那三七二十一，随手抄起一个铜香炉子，就朝花兰砸去，没承想一下子就把花兰给砸死了。王氏这才害了怕，慌忙把刘三叫过来，娘俩把花兰的尸体摆弄来摆弄去，半天也不见喘气，兰花真的死了。

人命关天的大事，刘三不敢马虎，前寻思后掂量：报官吧，娘肯定得下大狱，搞不好，连命都得搭上，天底下哪有儿亲手把娘往那断头台上送的理？不报官，活蹦乱跳的媳妇就这么一下子没了，怎么向丈人家交代？刘三又一想：媳妇没了可以再找，可娘没了上哪再找去？再说，崔小胆那人，就是借他十个胆，估摸着也闹腾不出什么事来！思虑至此，刘三便把心一横，着手处理花兰的后事。他先找人去棺材铺买了口薄棺材，把花兰埋了，这才找人去崔家沟报丧。他们寻思着崔小胆胆小怕事，十拿九稳好糊弄。谁知道崔小胆胆量小是真，可疼闺女的心却是一点不掺假，听报丧的说闺女死了，一口气没提上来，扑通一声倒在地上，人事不省。这一下可急坏了花兰的娘，撕扯着报丧人不算完。这报丧的也是个暴脾气，他想，我就一个报丧的，你闺女死了关我什么事？也犯不着和我算账啊？就推搡着花兰娘，要她撒手。

他们这边一闹腾，很快就有人把事告诉了族长崔斌。崔斌觉着这样闹腾也不是个办法，人已经没了，还是处理后事要紧，不都说入土为安嘛。就叫人把浑身筛成糠的崔小胆扶炕上躺下，又让几个妇女好好地劝慰花兰的娘，自己才向报丧人打听情况：人是怎么没的？下葬的日子选定了没有？可谁知这报丧的人对花兰的事一问三不知，只说刘三让捎信，说是怕媳妇的爹娘看到心里难受，就别来奔丧了，人他们已经埋了。崔斌听他这样说，当时就不乐意了，脸耷拉得老长，咬着牙根问报丧人："生命本无常，这事谁也怨不得，可人走了总得让娘家人看一眼吧，这么着急忙慌地下葬是什么意思？人怕不是枉死的吧？"说完，崔斌又和缓了一下语气说："我知道这些事与你无关，可刘三既然差你来报丧，我也有话捎给他们，你只说，我们崔家嫁出去的闺女不是泼出去的水，人呢，活我们要见人，死了，我们要见尸，如果办不到，那只好对簿公堂了。"

报丧的人回去一说，可吓坏了刘三他娘俩，王氏慌忙把刘三的大哥、二哥叫了回来商量对策。兄弟几个都埋怨娘俩办事欠妥当，可事到如今，也没有旁的办法，只好花钱买通县官，无论如何不能让崔家赢了官司。

都说钱能使鬼推磨，县官看着白花花的银子，立马找人给刘三编了一套说辞，刘三本来也是能说会道的主，不出半天工夫，就说得比真的还真了。

这样的官司，崔家怎么会赢？崔斌也就小山沟沟里的一个族长，别说跟人打官司，就是见县官也是第一次。上了公堂，还没等明白过什么事来，官差就让刘三和他都在一张写满字的纸上按了手印，按完手印，刘三又叽里呱啦一顿说。当时，崔斌光顾着紧张害怕了，耳朵旁嗡嗡的，刘三说了些什么也没听明白，突然，啪的一声脆响，把崔斌吓了一跳，定睛看去，原来是县官老爷拍的惊堂木，紧跟着有人喊了声退堂，崔斌就被衙役赶了出来。到这时，他才明白，原来官司已经打完了。

结果不用说也知道，当然是他们输了。崔斌回去一想，不对呀，无论说书唱戏，人家那官司可不是这样打的。他寻思了一晚上，第二天领着合族老少，在县衙前击鼓鸣冤，上了公堂，不管对方说什么，他们就只喊一句话：请求县官老爷准许开棺验尸！县官不答应，喊声就不停歇。

官差少，崔家族人多，再加上看热闹的百姓也跟着起哄，县官被逼无奈，只好同意开棺，棺盖一打开，什么也捂不住了。

收人钱财，没能替人家消灾，县官心里那个气、那种憋屈就别提了，这口恶气不出，这帮人不惩治，堂堂一县之长，往后还怎么为人？

于是，县官就千方百计托关系，找门路，终于成功在济南府府衙大人面前告上了偏状。

再说，这个府衙大人原先听诸城县官的一面之词的时候，就在心里认定崔斌是个刁民，等崔斌在堂下一跪，府衙大人发现下面是一个颤颤巍巍的乡下白发小老头，怎么也和县官控诉的刁民崔斌对不上号，心里的火气就先消下去了三分，问起话来，语气上也不那么严厉了，济南府的大堂上，也没有衙役们的呵斥声。崔斌便把事情的原委一五一十、原原本本地诉说了一遍，府衙一听，心里想：好你个县官，居然想告偏状，糊弄本官。不过恼归恼，为了官家的颜面，当着崔斌的面，他还得想办法，在口头上给县官挣点理出来，压一压“户门族长”的气势。这样想着，府衙大人就问：“我看你满头银发，少说也得有七十了吧？这么个岁数的人了，行事怎么也不掂量掂量，你以一个草民的身份，竟然敢逼迫县官大人，公堂怎么可以任尔等随便胡闹？”

这个时候的崔斌也不知道害怕是什么了，就直接就顶了回去：“老爷，如果是您家的孩子被谋害了，您逼还是不逼？”

府衙大人为官五六十年了，还从来没有人敢这样顶撞他，一句话倒把他问住了，他认真思量了半天，才说：“好，好，问得好，这官司你赢了！”

听说赢了官司，崔斌一直绷着的弦啪的一声断了，身子就像被抽了筋一样，瘫软在地上，好半天没爬起来。

苏醒了好一会儿，崔斌才谢了府衙大人的恩典，又回复说：“不敢欺瞒大人，草民崔斌今年四十有七，也是听说府衙大人要亲自审理俺们的官司，才一夜吓白了头的。”

蒺藜无辜背骂名

□ 刘培珍

蒺藜，也叫蒺藜狗子，焦绿的叶儿，焦黄的花儿，长得十分可爱。它的种子成熟后满身是刺儿，扎到身上可疼了。

20 世纪六七十年代之前，农村到处可见这种植物。那个年代，比较贫穷，小孩子夏天一般不穿鞋，常常光着脚丫到野地里玩儿，一不小心就会被蒺藜扎到脚。那时小孩子也经常拿着它玩，你丢到我的头上，我丢到你的衣服上，粘住就很难拿掉。虽然这样，小伙伴们没有一个生气的，大家嘻嘻哈哈地追逐打闹一番，又去玩别的了。

蒺藜是一种常用的中药，性微温，味辛、苦，有平肝解郁、活血祛风、明目、止痒的作用，兔子可爱吃它了。这么可爱又这么有用的草药，为什么会有如此难听的名字？这一段历史传说有关。

战国时期，庞涓和孙膑是同学，都跟鬼谷子学艺。俩人学成下山，先后去辅佐魏国国王。孙膑的本领比庞涓高强，庞涓有些嫉妒，就在魏王面前说孙膑的坏话。魏王起先不信，后来架不住庞涓反复唠叨，就听信谗言，找了个理由，把孙膑治了罪，让孙膑受了刖刑，挖去了他的膝盖骨。受刑后的孙膑经过千磨万难，终于逃到了齐国，转而辅佐齐王排兵布阵。

公元前354年，赵国攻打魏国盟友卫国，于是魏国派兵救援卫国。随后，赵国向齐国求救，孙膑使用“减灶诱敌之计”，把轻敌冒进的庞涓引诱到狭窄的马陵道附近的埋伏圈里，乱箭射死了庞涓，报了刖刑之仇。

庞涓死后，恨他不义的人很多，人们就把他的尸骨剁碎了，爬到马耳山最顶部抛撒，想让他尸骨无存。说来也怪，他的尸骨被一阵南来的大风全刮到北坡去了，南坡一点也没留下。

过了几年，在抛有庞涓骨头渣子的马耳山北坡，长出了一种谁也不认识的植物。这种植物开小黄花，结的种子干燥后非常像砸碎的骨头渣子，人们都说这是庞涓的骨头变的。要是人踩到了这种浑身是刺的植物种子，就会被狠狠地扎一下子，被扎的人就会骂上一句：狗东西！

后来，在酸枣丛里又生出一种人们从未见过的奇怪虫子，它从胶囊似的硬壳房子里钻出来的时候，嫩黄嫩黄的，跟人的指甲盖差不多大，身上长着一层稀疏的毛。如果不小心碰到它，就像被马蜂蜇了一般疼，可难受了。人们于是会狠狠地骂道：狗屁东西！因为这种虫子皮肤黄黄的，让人疼痛难忍，人们就说它是庞涓的皮肉变的。

庞涓活着的时候，又奸又坏，死后还祸害人，人们就给这种结的种子像白骨渣子扎人的植物起了个名字——蒺藜，给讨人厌的虫子起了个“喇毛夹子”的名字。

这个传说无非是告诫人们不要做庞涓那样的无义小人，否则，就会遭受千古唾骂。

其实，蒺藜在世的时间不知要比庞涓早上几万年，说它的种子是庞涓的骨头渣子变的，肯定是后人附会的传说。所以，蒺藜是无辜的，该骂的是庞涓，是蒺藜替庞涓担着千古骂名。

鹁鸽崖的故事

□ 张秀珍

大概是因为鹁鸽崖山有鹁鸽的缘故，当地流传着很多个版本的传说故事。下面这个，只是其中的一个。

据说很早的时候，这个地方还没有鹁鸽崖山，是一望无际的大荒原。这边的桥上村里有一户姓范的人家，家里三辈单传，传到范老汉时，媳妇倒是能生养，自从嫁进范家门，赶着趟地生，不出十年的工夫，一连给范老汉生了九个大闺女。生下第九个闺女后，他老婆的肚子塌塌着再也不见动静了。十年过去了，范老汉眼巴巴地盼着的儿子没有来，倒是眼前有了九个花骨朵一样俊俏的大姑娘，水灵灵娇滴滴个个出脱得心灵手巧，樱桃样的小嘴巴一张一合，喊一声爹，叫一声娘，那声音软乎乎、甜糯糯，伺候得老两口整日价比喝了蜜水还甜。范老汉憋了半辈子生儿子传宗接代的那股子劲头也就日渐消散下去。

有一句话说得好，有心栽柳柳不活，无心插柳柳成荫。世上的事就是这样，有时候你一心想着做一件事，事不一定能成，当你不去在意它的时候，事情反而容易做成了。这一年的三月里，范老汉家竟然又添了喜，这次可是换了样，是一对带把的大胖小子。范老汉那个欢喜劲呀，就别提了。他在家门前搭起喜棚，把远亲近邻连着宴请了三日。

这一请不打紧，“范老汉家有九个比天仙还俊俏的大闺女”这句话，扎上翅膀接上腿，被一传十、十传百，十里八乡就没有不知道的了。从那以后，范老汉家安稳清净的日子过到了头，每日价都有来提亲说媒的。范老汉不是那糊涂的人，他知道闺女大了不中留，留来留去留成愁。可是来提亲说媒的人也太多了，还都是些有钱有势吐口唾沫能钉死人的主，应承这家那家不算完，应承那家这家恼了大花脸。老两口掂量来掂量去，真是犯了难，眼前莫说有九个闺女，就是有九十九个也应承不过来。

范老汉心里憋得慌，这一天好容易应付到天黑，说亲的队伍都各自休息去了，他就想着去坡里沟边地头上喘口气松散松散，正溜达着，打眼瞥见前面模模糊糊一团黑影。范老汉来不及多想，抬腿就朝黑影走去，走到近前，才看出是个道士打扮的人，趴在地下人事不省，血把衣服都浸透了。范老汉仔细查看，却看不出伤在哪里，道士身侧跪卧着一匹骏马，骏马两眼哀伤地看着道士，肚子上有个洞，鲜红的血正汩汩地往外流淌。

范老汉顾不上别的，忙掠些萋萋茅草，搓揉出汁水，一把一把堵在骏马的伤口上，好歹止住了血。范老汉这才又查看道士的身体，见确实没有伤处，心想先把他弄醒再说，就对着道士捶背按心口掐人中，一顿忙活，道士终于吁出一口长气，悠悠醒来。不承想，道士醒来的第一句话竟然是：范老汉，快带着老婆孩找个旮旯躲灾吧，这次，你们家可是大祸临头了。唉，不只你们家，这个地方的人家都要遭殃了！

道士又对着一头雾水的范老汉说：闲话不及细说，黑压压的大军眨眼就到，都是些杀人不眨眼的魔鬼。你快回村，吆喝着乡邻一起逃命，我和马儿在这里给你们挡一挡。唉，上天有好生之德，能多逃出一个是一个吧。

道士边说边爱怜地拍了拍身旁的骏马，骏马似乎听懂了道士的话，一改先前的哀伤，两眼射出决然悲壮的神色。两只马耳，庄严肃穆地挺立着。

也不知为什么，对一个陌生道士的话，范老汉连想没想就信了，他一边往村里跑，一边扯着嗓子喊：“魔鬼的队伍快要进村了，大伙拾掇拾掇逃命去吧！”

范老汉一路喊着跑回家，把褥子一裹，抱起月子里的孩子，和老婆一起带领着九个闺女，就往外跑。

村里的人听到范老汉大呼小叫地吆喝，开始不知道是怎么回事，最早跑出来看热闹的，听清楚范老汉说的话，都说他是叫好事烧坏脑子了。还有人恋着炕头上暖乎乎的被窝，拽着老婆往家走，更多的人不回家，也不跟着范老汉一家跑，嘁嘁喳喳地说着看范老汉出丑。范老汉见没人相信，心里火烧火燎，然而，更让他焦躁的是，这边的动静，早就惊动了那些前来提亲的人。这会儿这些人倒是统一了想法：这不在找借口逃跑吗？

"好个你范老汉，也不买上二两棉花访听访听，我们家的婚事，也是你这等小民说逃就逃得了的吗？"

有那粗鲁莽撞的，不由分说，拽住范老汉不放，更有那些心术不正的，对着姊妹九个动起了手脚。看着眼下这阵势，别说带着乡亲们逃，恐怕自己一家想脱身也难！众人推推搡搡，范老汉一家被冲散了，花骨朵一样的闺女被一群无赖追过来赶过去，眼瞅着自家的孩儿被人欺负却没法解救，范老汉只觉一团急火攻上心头，身体暴涨，他朝着西南方向猛地大喝一声："请道长搭救！"把怀中抱着的孩子奋力一扔，挥手拨拉开一众色徒，把九个闺女揽进自己巨大的臂弯里。

等众人明白过来发生了什么事的时候，范老汉已经石化成了一座山，而他的胳膊，则石化成一块近三十米高的陡峭竖立的岩石，岩石下留有宽阔的缝隙，像一间大房子，给闺女们遮风挡雨。据说，后来闺女们长出了翅膀，变成了九只鹁鸽，飞进飞出的，想把平安的消息传送给她们的娘和双胞胎弟弟。

石人山的传说

□ 郝敬友

在诸城市皇华镇西南方向，马耳山东侧，有一座小山，当地人叫它“石人山”，因山腰有一尊如一位老人站立的石像和一盘没有下完的棋局而得名。山不算高，却很陡峭，山上树木茂密，山下泉水汩汩流淌，山间鸟鸣雀叫，景色秀丽。

相传很久以前，八仙各显神通，渡海去瀛洲与仙界三老相会，返回时路过此地，听说马耳山中有一位守山老人棋艺不凡，无人能敌，八仙中的吕洞宾就想会会这位棋艺高手。于是，他告别众仙，独自前往马耳山，向老人讨教棋艺。

守山老者鹤发童颜，身体虽然清瘦，两眼却炯炯有神，白髯飘逸，颇有些仙风道骨，吕洞宾见了也不觉心生三分敬意，随向前揖手相见。老人将吕洞宾让至山间茅棚下落坐，用山泉水沏上自制的香茗，吕洞宾品了一口，只觉一股清香沁入肺腑，连连赞道：“好茶，好茶！”二遍茶后，吕洞宾委婉说明来意，守山老人逊让不过，就在茅棚旁边的山石上摆开棋局。

一招“阳春白雪”，再行“双马饮泉”，双方你来我往，吕洞宾应付自如，觉得老人棋艺也不过如此，并没有人们传说的那样神乎。渐渐地，吕洞宾脸上露出轻视之意。

守山老人看在眼里，并不动声色。一局过后，棋局再开，老人招数一变，棋面顿时风云变幻，吕洞宾心中一沉，暗叫不妙。果然，在接下来的对弈中，吕洞宾有些力不从心，从日中直杀到日落西山，也没能解开的棋局。

第二天，第三天，吕洞宾始终未能破解棋局，最后，他只得向老人请教。老人说，此局名为“雪拥蓝关”，看似平和，实则暗藏杀机，弈起来如在百万雄师中冲杀，有胆还要有谋，丝毫不可轻心。

守山老人视吕洞宾为知己，邀吕洞宾留山中数月，观景谈棋。山中幽雅、秀丽的景色深深吸引了吕洞宾，他便与老人相约，三年后再来破解棋局，观赏山中美景。

吕洞宾走后，守山老人一边牧牛看山，一边期待着吕洞宾的重访。也不知过了多少年，吕洞宾始终没有再来，不知是吕洞宾忘了还是没有找到破解棋局的良招，而守山老人却天天站在半山腰翘首盼望地等待着。久而久之，老人化作一块巨石，永远立在那里。从那以后，山上不仅留下了老人化成的石像，还留下了一盘千古未解的棋局。

后来，人们为了纪念这位棋艺高超而又挚情不改的老人，就把这座本无名字的小山称作“石人山”。

石人山上的望夫石

□ 张秀珍

齐长城永镇关北面的山体上，有一状若女子远眺的山石，因为这块山石，这座山便被人们命名为“石人山”。关于石人山，还有一个凄美的传说故事。

在很久很久以前，城南的石人山北有一个村庄，叫尚庄。尚庄的庄主姓姜。因为姜是国姓，所以，姜庄主很为自己的姓氏骄傲，同时让他骄傲的还有他那三个如花似玉的闺女。大闺女孟姜知书识礼，二闺女仲姜温柔贤淑，小闺女少姜聪明活泼。这里说的就是尚庄庄主大闺女孟姜女的故事。

话说孟姜女长到十三四岁的时候，姜庄主家的门槛，就快被十里八乡慕名前来说亲的媒婆们踏坏了，姜庄主择婿不看贫富，只注重人品，还有一样，姓氏要高贵。东挑西选的，最终将孟姜女许配给了诸城北乡娄家庄上的杞梁为妻。

姜庄主非常满意这桩婚事，除了杞梁人品才智是上上选之外，杞姓可是一个非常古老的姓氏。大家都知道杞姓是夏禹的后代，杞姓的祖上曾经以不惜灭族失国的代价帮助少康打败寒浞恢复了夏王朝的统治，少康复国后，为了报恩，就把他们搬迁到了一个土地肥沃、经济发达、交通便利的地方，封为娄国。这个地方就在现在的诸城市内。夏朝灭亡后，商汤为了绵延夏禹香火，就把杞姓中的一部分人迁到了河南的杞县，封为杞国。等到商朝灭亡时，河南的杞国早就没了，后人也不知去了那里。周武王又从娄国找到被少康分封的杞姓后裔东娄公，封他到河南，重新建立了杞国。后来，东娄公的后代在河南杞县待不下去了，就不断地举国搬迁，今天到这里明天至那里，最终把杞国又搬回了娄国，国都就在今诸城内的牟娄。有一次，它的邻居莒国攻打杞国，结果杞国战败，连国都牟娄也被莒国占领了。杞梁这一支的祖辈就带领家人搬迁到北乡居住，庄名就叫娄家庄。这个庄名一直沿用至今，现在属石桥子镇。

杞梁和孟姜女成亲后，齐国的国王齐庄公想要攻打莒国，就在两国的边界，招募攻打莒国的勇士，被选中的杞梁，得到了和一个叫华周的勇士共同使用一驾马车出战的权利。

杞梁非常勇猛，以一当百，杀死了莒国很多官兵，最后战死在莒国。齐国有这样的勇士，莒国的国王非常害怕，就赔给齐国很多宝贝，又用华丽的车辇送还了杞梁的尸体。孟姜女听到丈夫杞梁战死的消息，就一路哭哭啼啼上莒国边界走去。

齐国的队伍在往回走的时候，碰上前来迎杞梁棺椁的孟姜女。齐庄公听说，就差人向杞梁妻孟姜女行吊唁之礼。孟姜女哭着说：如果说夫君有罪，怎敢接受国君的吊唁？如果夫君没罪，那么在这荒郊野外行吊唁之礼又如何说得通？齐庄公听后，非常惭愧，回到国都后，为杞梁举办了非常隆重

的葬礼。

杞梁的墓地选在国都的郊外，被安葬后，孟姜女日日在杞梁的坟前痛哭，她的哭声悲切哀凄，连城墙都坍塌了。齐庄公一看，这样不行，就让人通知姜庄主，让他们把孟姜女接回尚庄娘家。

回到尚庄后，孟姜女因为思念丈夫杞梁，便日日爬上村南的大山，往杞梁墓的方向眺望，一天，两天，一年，两年……慢慢地，孟姜女就老了。当孟姜女最后一次爬上大山的时候，已没有力气下山，就化成了一块眺望远方的石头，这座山就被人们叫作“石人山”。

后来，因为齐长城从石人山上经过，又有很多人累死在长城上，因此，孟姜女哭倒城墙的这件事，经过人们的口耳相传，演绎成了孟姜女哭长城的故事。

伯夷父开河

□ 张秀珍

你别看尚庄村南的南三河现在不大，故事却不小，据说还是大禹时代赫赫有名的治水功臣太岳伯夷父亲手刨挖的。

很早很早的时候，尚庄人还不住在这里，而是在现在这个村后的小北岭上。那个时候，小北岭南边有一个大湾，从天上下来的雨水，在湾里积着，淌不出去。湾里住着一只水妖，水妖心曲不坏，就是年少轻狂，爱喝酒，还逢喝必多，喝多了就胡乱折腾，有时还唱歌跳舞。水妖的嗓子不好，每当它张开嘴巴，窜出喉咙的，不是叫人心情愉悦的美妙歌声，而是轰隆轰隆的雷鸣声；它跳的舞蹈也不好看，它丑陋的胳膊胡乱一扒拉，地面上的东西，呼啦啦飞向天空；它的两只大脚一扑打，湾里的水也不安分了，呼呼呼四下里乱窜。水妖这样折腾了好多年，吓得这个村子里的人藏的藏，躲的躲。

后来，水妖发现了自己的这个坏毛病，心里非常愧疚，他积极改过：天旱的时候，把湾里的水送到庄里人家的陶罐里，以免村里人渴死；天涝的时候，把湾里的水装到肚子里，跑到大河里再倒出来。它为了让住在这里的人们都过上有吃有穿的好日子，就动手在湾里养上鱼虾。

自打养上鱼虾后，水妖见天价瞅着，恨不得眨巴眨巴眼的工夫就把它们养成鲜香肥美的大鱼活虾。可是，好多天过去了，鱼虾们都蔫儿吧唧的，不但不长，还摆出一副很憋屈的样子给水妖看。水妖知道人是最有本事的，它想向人请教让鱼虾长肥长壮的办法。于是，它天天蹲在湾崖上，逢人就问，见人就打听。可是好多年过去了，一直也没碰上个明白人。

这天，从北面来了一个身披蓑衣、头戴苇笠、胳肢窝里夹着一张耒锸的人。这个人看着水妖一副没精打采的样子，觉得很奇怪，就走过来问它是不是碰上难事了。

水妖就把事情的原委，一五一十原原本本告诉了来人。这人听了水妖的话，打眼四下里一撒眸，便围着大湾左三圈右三圈地转悠，一直转悠到水妖头晕眼花时，这人才举起手里的耒锸，东边三下，

把大湾刨成了三道河岔子，让湾里的积水哗哗地流淌出去，西边三下，让山上的泉水汩汩汩地淌进来。这一下，湾里的鱼虾们可高兴了，它们在哗哗流淌的河水里撒着欢地长。

这个人又把湾旁边高低不平的土地，用耒锸平整平整，弄成了一块块田地，人们在上面种起了庄稼。这个拿耒锸的人，就是被舜帝封为掌管四岳之祭的太岳伯夷父。这就是尚庄村前这条南三河的来历。

姜尚搬庄

□ 张秀珍

周武王自打拜“师尚父”姜子牙为周国军事统帅后，仗打得特别省心，没怎么费事就把纣王打败了。打赢后，活着的人都过上了好日子，姜子牙想起那些在打仗时候死去的人，心里不是个滋味，就请示上天，把他们一个个都封成了神仙。

封神大典是在琅琊台上举行的。神仙们各归各位后，姜子牙自己也觉得该歇息歇息了，他早就听说，舜帝出生的这个地方山好水好，被舜帝教化过的人更好。虽然离着不是很远，以前也没机会来这里四下走走逛逛，领略一下这边的好风景。姜子牙心里正盘算着，忽然没来由的，一连打了好几个大喷嚏。接下来，他手里的打神鞭一抖，指向了西方，姜子牙心随鞭转，身子飘忽飘忽地飞了起来，不多时便在马耳山后的一个村庄前停下来。这个庄子的前边有条小河，河两岸是平平整整的田地，姜子牙看到满眼绿油油的庄稼，心里很是高兴，再转眼看向河里的水，这一看不打紧，一下子就把姜子牙的钓鱼瘾勾上来了。他心里痒痒的，自言自语道：“如今我姜尚也活成七老八十的白胡子老汉了，什么时候遇着这么肥美的鱼虾过？”话音还没落

地，从河里咕咚一下子冒出个千年水妖。水妖见了姜子牙，二话不说，倒头就拜。

姜子牙可不傻，活了这么久的妖怪要不是有千难万难的事，会磕头拜他？可老祖宗传下过老话让礼尚往来，姜子牙也不怠慢，一边屈身还礼，一边想拿话敷衍两句，好赶紧抽身走人。

姜子牙这么想，水妖可不这么想。水妖对着他左看右看前看后看，看完了，问：“你就是姜尚？你还认识一个叫伯夷父的人？”

姜子牙听水妖说出自己祖先的名号，吓了一大跳，不敢再马虎，先恭恭敬敬对着上天拜了三拜，这才毕恭毕敬地和水妖说起话来。水妖大概是上岁数了，话说得唠唠叨叨，姜子牙自己在心里归拢归拢，大体弄明白了事情的原委。

原来，再过三个时辰，上天就会降下一个关乎水妖生死存亡的大劫难，这一次若顺利渡过了，它便能入列仙籍，若渡劫失败，便会灰飞烟灭。幸好，千年之前，姜子牙上数十三辈的祖宗伯夷父，在辅佐大禹治水时，曾在这个地方歇过脚，并且帮助水妖疏通了南三河，临走的时候嘱咐水妖，说某年某月某日某时，会有个自称姜尚的人来帮它渡过妖生中最大的一个劫难。

老祖宗都留下话了，姜子牙哪还敢推诿，就痛痛快快地把水妖列入了仙班。

办完这件事，姜子牙在这附近转了转，发现人们住的那庄子，地势一点也不平整，老人爬坡费劲，小孩下坡打滚，十分不方便。他心想，好事做到底，送佛送上西，于是就施展法术，把村子从小北岭上挪移了下来。这么神奇的事，当然瞒不住，姜尚搬庄的故事被人们一传十、十传百，传来传去的，干脆就把村名传成了“尚庄”，原先的庄名就被忘记了。这就是传说中尚庄庄名的来历。

茁山的传说

□ 李晓

茁山上古来

混沌初开，天玄地黄。

大地苍茫、天宇浩瀚，混混沌沌、寂寂寥寥，女娲孑然一身感到十分寂寞，百无聊赖之际她便想着造些有生气的活物来。

她游走八极，行至黄河之畔，只见黄河惊浪滔天，她不禁驻足山巅眺望探看，只见惊涛澎湃，掀起万丈波澜，浊流宛转，结成九曲连环，从昆仑山下，奔向黄海之边，把中原大地劈成南北两半。

这是何等之气魄啊！她在惊叹之余，忽然发现其身影竟然盈动于其中，如出水芙蓉，玉树临风，手如柔荑，肤如凝脂，齿如瓠犀，螓首蛾眉。

她惊喜万分，感悟顿生，便想以己为形，捏造生灵。她趋至岸边，汲水取泥，以水做镜，依照其形，用泥造人，吹气成灵。一个个泥人经过阳光雨露之后，便能行走，便能言语，便有了七情六欲，便成了一个个生龙活虎的精灵。她把这些精灵称作人。

造人成功，让她圣心大悦，干劲倍增。她呕心沥血，昼夜劳作。夜为阴，造之女儿身；昼为阳，造之男儿身。人分男女，男女又性情万种，相貌不同。究其原委，只因月有阴晴圆缺，日有气象万千。

她沿河东行，劳作不停，不到一年，黄河沿岸的生灵已成千上万。为

了让人类生生不息，世代繁衍，她祈天为媒，牵缘续姻，男女交媾，通婚联姻，很快人类便在黄河之畔、黄海之滨繁衍起来。

有了人之后，鱼虫鸟兽、花草树木也应运而生。世之万物既相辅相成，又相克相争，既相互共存，又好强争胜。狼虫虎豹便开始作凶，蚕食众生。她为了让自己好生繁衍的人类免于灾祸，便骑着坐骑神马，奔走于黄海与黄河之间，杀恶龙，降恶魔，救众生于水深火热之中。其坐骑神马不堪劳累，累死于黄海之滨，其尸化为山石，山石累成连绵群山。女娲把马头之处命名为马耳山，马鞍之处，因山势平缓、草木茂密，如同浓密的马鬃，她便为此地取名为茁山。茁，乃健壮、旺盛之意。她想让茁山成为茁壮之山，把这里视为适万物生长、利人类繁殖之风水宝地。

她的坐骑化成了连绵的群山，屹立在泰山之东、黄海之岸。群山从马耳山始，由头向尾分别是石人山、七泉山、茁山、拔地盘、黑溜顶、摘星楼、马山、磊石山等，群山连绵，如同一匹目视中原、双耳耸立、扬蹄飞奔的骏马，巍峨而立。

女娲留恋与自己朝夕相处的神马，不忍离去，便在山顶择一处山洞住了下来，这处山洞被称为老母阁。

烽烟齐长城

现在在峪山的山顶还有一个土墩子，经考证，这是齐长城城墙垛子的一处遗址。虽经历了几千年的风雨，早已面目全非，但它残破的躯体上依然留存着历史的痕迹。

齐长城是齐国为了抵御楚国入侵，在国境南部依山修建的。其始建于春秋，完成于战国，距今已有2500多年的历史。有关它的最早记载见于《管子》："长城之阳，鲁也。长城之阴，齐也。"司马迁在《史记·楚世家》中记载："（齐宣王）乘山岭之上筑长城，东至海，西至济州，千余里，以备楚。"齐长城源于济南长清孝里街道广里村，古代吉水河东岸，从大峰山山顶通过，蜿蜒千里，直达青岛市黄岛区东于家河村北入海，全长618.9公里，共跨越1518座山。

齐长城横亘于齐鲁大地。它西起黄河，东至黄海，东西绵延千余里。齐长城多是沿着沂泰山脉依山而建，它从马耳山进入诸城境内后，又经过马耳山、石人山、七泉山、峪山、拔地盘、黑溜顶、摘星楼、马山、磊石山等，至台家沟进入胶南地界。齐古长城是古代最早的长城，其古迹有着极其重要的历史价值，诸城境内的齐长城已于1979年被定为县级重点保护文物。由于年久失修，以及人为破坏，诸城境内的齐长城几乎荡然无存，峪山的齐长城遗址是保存尚好的为数不多的遗迹了，现在文物保护单位已经在此树立标志予以保护。

关于峪山齐长城的修建还有一个传说，这个传说与峪山老母有关。峪山老母阁就坐落在山顶，为了不惊动老母，人们在修建长城时决定绕开它修。明明看着是绕开了，可建着建着，却又冲着老母阁了。虽然路线几经变换，却总也绕不过老母阁。这可如何是好？当负责修建的官吏一筹莫展之际，当地一个老者就建议说，在这里动一草一木都要事先与峪山老母打招呼，何况修建长城这么大的事情。

官吏就问如何找老母打招呼，老者回答说，去山前老母庙烧香祷告

便可。

官吏就去了茁山老母庙烧香叩拜，可是叩拜之后，还是绕不开老母阁。官吏以为这老者在成心耍弄他，就把他抓来斥责道：“庙我也拜了，香我也烧了，怎么不管用？你是不是在成心捉弄我？”

老者说：“你们官府是在为百姓做好事，我一介草民怎么敢欺骗老爷啊？”

那官吏问：“那你说为什么会不管用？”

老者自言自语道：“不对啊。我们要是求老母办事，只要在庙里烧香叩拜下就有用。你有没有把为什么要修长城，以及修长城对老百姓有什么好处说清楚了？”

官吏说：“我都说了。我说这些年群雄并起，战乱不断，民不聊生。为了抵御外寇侵犯，保一方百姓平安，我们齐王命令在此修建长城。”

老者听了，更是困惑不解。他说：“你说得对啊，修建长城确实是为了百姓平安啊！可是茁山老母为什么不同意呢？她最关心的就是苍生的平安啊！她最痛恨官吏欺压百姓了！”说到这里，老者忽然豁然开朗，高兴地说，“我明白为什么老母不答应了。”

还没等这官吏问他明白了什么，这老者便跑进村里，很快把全村人召集到老母庙前。他对全村村民大声说：“你们说官府让我们在山上修筑长城，是不是为了保我们平安？”百姓高声说是。老者就说：“既然大家都这么想，那么我们就到老母庙里把我们的这个想法对老母说明白了。”

然后，老者就率领村民一起去庙里叩拜，说来也怪，村民拜完后，茁山老母很快就把路让开了。

人们感慨道：“女娲老母是天下黎民百姓的老母，她心里向着老百姓，不相信官府。”

当齐长城修好后，在茁山山顶再也见不到立在悬崖之上、云雾之中的老母阁了。

也有人说茁山老母本想留在这里保一方平安，但是到了春秋战国时期，诸雄群起，战乱不断，她已经无力制止战争了，也难以保护天下苍生的平安了，她就归隐家乡了。

韩家沟九龙山的传说

□ 张秀珍

齐长城从茁山山脉继续东行，经过韩家沟村村南的大山，过户部公路，从拔地盘进入了龙湾头村南的凤凰山山脉。韩家沟村被大小十五座山峰环绕，村北有一巨石劈成的山门，非常独特，是一处罕见的山村景观。与山门隔路相望的山叫九龙山。据说，“韩家沟”这个村名的来历还与生在这座山里的一户人家与一只母猴子的恩怨故事有关。

放猴归山

在很久以前，九龙山里住着一户人家，老两口靠打猎为生养大了九个孩子。孩子们长大后，一个个都像翅膀硬了的小鸟，飞出去再不回来了。

当最小的一个孩子也要离开家的时候，老汉看着通向山外的道路上长满了蒺藜，他怕蒺藜扎着即将远行的小儿子的脚，就把路上的蒺藜一个一个抛向山沟里，当抛完最后一个蒺藜，老汉弯着的腰就再也直不起来了。老婆婆寻思着，从来没有离开家的儿子，一旦到了外面，天冷了得穿棉，天热了得换单，衣服破了没人补，身上冷了没人暖。她就没日没夜地赶着给小儿子缝衣服，等缝完最后一件衣服，两滴血从老婆婆的眼里淌出来，滴到了小儿子的新衣服上，就像两颗鲜红鲜红的心。老婆婆的眼睛从此再也看不见东西了。

小儿子看到爹爹那弯成对虾一样的腰，再看看两眼瞎了一双的娘，一只脚朝前一只脚朝后，不知该走还是该留。老两口知道孩子的志向，叹了口气，挥挥手，撵着最小儿子快走。小儿子明白爹娘的心意，双脚一跺，说了声："爹，娘，你们等着，我在外面闯好了，一定带着媳妇回家接您老享福去。"送走小儿子，老头拾掇起打猎用的家把什，弯着腰上山打猎去了。这天，老头猎到了一只猴子，老头和老婆婆商量："老婆子啊，我打算把这只猴子牵到集市上卖给耍猴的，换些米面好过冬。"

老婆婆说："老头子啊，也不知道孩子们在山外过得怎么样，咱们打猎也有一辈子了，以前得养活孩子们，那时没有办法，猎杀了那么多的生灵，现在家里就咱两个老东西，有口吃的填饱肚皮就行了，往后就不要再打猎了，还是把猴子放回山里吧，多少给孩子们积积德。"

老头子觉得老婆婆说的有道理，就解开绳索，放走了猴子。

母猴报恩

再说这个小儿子，出去两年后，入赘到一户财主家里当了上门女婿，小夫妻俩成家后非常恩爱，小日子过得滋滋润润，第三年上又添了个大胖小子。按说这么好的日子过着，应该心满意足才对，可是媳妇却发现自己的男人时常在背人处唉声叹气，在她的一再追问下，男人才道出实情，原来是挂挂（诸城方言，牵挂的意思）住在南山里的爹娘。

媳妇非常通情达理，埋怨男人道："哎呀，你看看你，还拿我当外人，也不早说，这么大的事还瞒着我！我看接爹娘的事是赶早不赶晚，明早咱们就回南山把爹娘接来吧。"这个小儿子听媳妇这么一说，心里非常高兴。于是，第二天天不明，小两口就拾掇拾掇，套上驴车，抱着奶窝里的孩子，有说有笑地往南山赶去。赶到南山里的时候，天已过了晌午。小儿子推开自家的院门，喊爹爹没答应，喊娘娘没声。小儿子伸手摸摸炕席，炕席热乎乎的，揭开锅盖看看，锅里熬着一锅香喷喷的野鸡肉，小儿子很久没有吃到山里的野味了，心想，大概爹娘又去山里打猎了，我先吃饱了再去山上找吧。于是，他和媳妇饱餐一顿，边吃边和媳妇讲些小时候做的那些淘气事。媳妇从来不知道自己的男人还有这么调皮的一面，被他惹笑得前仰后合。

都说乐极生悲，就在这个时候，薄薄窗户的纸上，被一条湿红的舌头舔破，一根芦苇管悄没声息地伸了进来，不一会儿，欢声笑语的屋子里就鸦雀无声了……

原来，在老两口放走猴子不久，就双双病故了。老两口死后，从山林里下来一群猴子，他们学着人的样子，刨个坑把老两口埋了。

再后来，久不住人的房子就被一伙山贼占领了。其实，这小夫妻俩还没进山，就被踩点的山贼盯上了，他们见这小两口的衣服光鲜，驴车漂亮，就一路跟踪，不承想小夫妻不但直奔到他们的贼窝里，还一点没把自己当外人，把他们的晚饭给吃了。于是山贼就用迷魂香把两人熏晕打死，又把尸身抬出去挖坑埋了。等他们处理好这些，再想起还有个孩子的时候，赶紧回屋找，哎呀，孩子早就没影了。斩草没有除根，山贼们很害怕，七嘴八舌商议对策，公说公理婆说婆道，连着商议了三天两晚上，也没商量出个结果，就施展各自的本事，哄抢了劫掠来的财物后，散伙了。

九龙山上活埋母，寒了世人心

五年后，凤凰山的学堂里，来了一个奇怪的小孩，这个小孩跟在一只母猴子身后，躲躲闪闪的，不肯近前。母猴子很是着急，先对着教书的先生磕头作揖，又牵着小孩的手，让小孩学它的样子，给教书先生磕头。

这个教书的先生虽然是个见多识广的人，这样的事却是第一次遇上，一时弄不明白母猴子要干什么。母猴子见先生没明白自己的意思，就把小孩推到书桌旁，抓书又抓笔的，这次，先生明白了母猴子的意思，原来它是想让这个小孩拜自己为师，进学堂学习。教书先生心想，一只猴子都能为这个小孩来求人，何况我这个教书育人的先生呢？于是，教书先生就很痛快地收下这个小孩做学生了。

先生教这个孩子认识的第一个字就是“母”，小孩学会后很高兴，对着母猴叫：“母。”母猴听后高兴地流下了眼泪。

一晃五年过去了，小孩长成了俊美的小书生，每年选士，小书生都是第一名，先生就推荐小书生到更高的学堂里去学习。临走的那天，先生亲手扎了朵大红花，挂在母猴子胸前。母猴和小书生高高兴兴地辞别先生，上路了。

小书生又有了新的先生和同窗，渐渐地，小书生发现自己的母和同窗们的母都不一样，见同窗们每次见着自己的母都是围上来说说笑笑的样子，觉得受到了很大的羞辱，恨不得找个地缝钻进去。母猴子看到小书生这样，非常难过，就独自回到了九龙山。母走了后，小书生才又和同窗交往起来。

后来，小书生在三年大比中又考取了第一名。人怕出名猪怕壮，小书生是被一只母猴子抚养长大的这件事，传到国王耳朵里去了。国王非常好奇，就下令叫小书生回乡把母猴子接来一起受封赏。马上就要当上大官的小书生既兴奋又纠结。兴奋的是，十年寒窗终于换来了无量前程；纠结的是，国王的命令不敢违抗，但是，他的那个母呀，怎好再带到人前丢人现眼？

“唉，母啊，你若是个人该有多好啊！”小书生这样哀叹着一路回到九龙山，还没等他进山，远远地，就看见一只老猴子蹲坐在最高的山头上打盹。小书生心下一酸，他快步跑过去，把母轻轻地抱了起来。

回归到九龙山的小书生，闭口不提回来做什么，只是像小时候那样，拽着母的猴爪，爬树摘果子，下水抓鱼，陪着母玩闹了七天。第七天的早晨，天刚蒙蒙亮，母猴找到正在用手挖坑的小书生，母猴迷惑地看看深坑，再看看小书生血肉模糊的十根手指，小书生扑通一声就跪下了，像每次做了坏事一样，低着头不敢看母的眼睛。母猴一个激灵，它明白了小书生的意思，眼里竟然流出泪水来，但它什么也没做，只是哀伤地看了一眼小书生，便跳进坑里。

说书人蹭热点，韩信背锅

天下没有不透风的墙，九龙山上活埋母这件事，传到小书生的第一个先生耳朵里。这个时候，先生已经很老了，小书生是他最得意的学生，竟干出这等丧尽天良的事，让他怎能接受？他不断地摇头，逢着人就说：“活埋母？寒心哪，寒心！”先生后来落下了个摇头的毛病，到老也没治好。

很多很多年过去了，一天，九龙山下来了个到处游走的说书人，听到当地老百姓说起这件事后，灵机一动，就把“寒心”改成了“韩信”，借着韩信智斩龙且的名气，编成一段韩信活埋母的故事。经他这么一传播，这个故事就流传下来了，九龙山前的这个小村子，也因此而得了“韩家沟”这个村名。

树中之王

□ 刘培珍

相传西汉末年，外戚王莽篡权。刘秀率兵同王莽作战，刚一出兵就遇天旱，刘秀的兵马一连赶了几日路，走到野外一个地方，早已是人困马乏，饥渴难耐。可附近没有村庄，无处寻得食物。时值五月，正是桑葚成熟的时候。刘秀官兵正在饥渴难忍之时，突然发现山坡上有棵树，上面长满紫红色的果实。官兵甚是欣喜，来到树下一尝，果实无比香甜，便饱餐一顿，解了燃眉之急。刘秀便发誓说，如果此次出兵胜利，定封此树为王。

过了几年，刘秀果然当了皇帝。一年深秋，刘秀路过当年那棵大树所在的地方，想起过去解救过自己的果实，便到处寻找，欲报深恩。他派人找呀找，终于在猿猴峪山下的大寨村东头，看到一棵树上结了一些红色的果实。深秋时节上没有桑葚，刘秀皇帝以为这就是原先吃的那种果实，摘下来一尝，味道却又苦又臭又涩。怎么和原来吃的味道不一样呢？他想了半天，恍然大悟地说：俗话说人饥甜如蜜，饱了蜜不甜。是自己当了皇帝，吃得好了的缘故。随即下旨，封该树为树中大王。

被封了王的臭椿树，无论长在哪里，总是枝繁叶茂，很快就超过周围的树，什么树都会被它压在下面，真的成为树中之王。

这下可把桑树气坏了，埋怨皇帝忘恩负义，没几天就把肚子气破了。所以至今的老桑树棵棵都破肚子。小河边的柳树在一边看得清清楚楚，忍不住笑出了声。皇帝听见笑声，看了柳树一眼，柳树怕皇帝降罪，不笑又忍不住，就赶快把身子扭过去捂住嘴偷笑。所以现在柳树的主干都拧着长。

二郎神担山赶太阳

□ 台见新

话说很久很久以前，八面洪荒，天上有十个太阳，晒得大地寸草不生。为了拯救黎民百姓，玉帝赐给神箭手后羿十支神箭，令他射掉天上十个太阳，解救黎民百姓于水火之中。后羿奉旨，于是拉弓搭箭，嗖嗖一连射出九箭，结果箭无虚发，九个太阳应声坠地，另一个太阳吓得不知躲到哪里去了。后羿搭弓在手，闪目四处搜寻，可是怎么也寻不到太阳的踪迹。正在这时，女娲娘娘来找后羿要借一支神箭，后羿拼命一射，谁知竟凭空射出了一个山东半岛来。

原来上古之时，华夏大地上，根本没有山东半岛，渤海、东海是连成一片的。

话说有一次，玉帝召开仙家大会，东海老龙王竟大言不惭地说：“吾精通弈棋，普天之下，谁敢与吾对弈！”此言一出，惹恼了众位仙家，他们一个个气愤不已，侧目而视。然而大家都知道，东海老龙王可不是等闲之辈，所以一个个敢怒不敢言。看到龙王这么嚣张，女娲娘娘忍不住了，她开口说：“世事变化无常，谁敢说天下无敌，老龙王你也太口无遮拦，怎敢说此大话？”东海龙王闻言，心里一百个不服气，用轻蔑的口气说：“女娲娘娘，你敢与我对弈吗？”女娲娘娘闻听此言，心想：好一个狂傲的东海龙王，人类的智慧会战胜世上一切的，我就趁机灭灭你老龙王的威风，长长人类的志气。于是女娲娘娘就与东海龙王展开对弈。神仙弈棋可是有赌注的，女娲娘娘赌的是一颗补天的五色彩石，东海龙王赌的是一座海上仙山。老龙王大摆长龙之阵，气贯长虹，女娲娘娘则彻地通天，疏而不漏。结果两位仙人弈了三天三夜，东海龙王以微弱的劣势输了。老龙王十分惭愧，对女娲娘娘说：“女娲娘娘，我既然输了，愿赌服输，绝不会食言，请问您要海上哪座仙山呢？”女娲娘娘哈哈大笑说：“老龙王，我不要你的什么海上仙山，只想向你讨一块菜地就行了。”东海龙王一听，心里特别高兴，心想一块菜地也就巴掌大的地方，就满口应承说：“好！好！好！那我就借给你一箭之地吧！”女娲娘娘说：“此话当真？”东海龙王说：“一言既出，驷马难追！”于是二人当着众仙家的面击掌为誓。

原来女娲娘娘看到山东沿海是一片平原，海水一个劲地侵蚀海岸，尤其是东海巨浪，汹涌澎湃，成片的陆地被海浪吞没，照这样下去，过不了多久，山东就会成为一片汪洋。于是，女娲娘娘悄悄地找到后羿，说：“后羿，我向东海龙王要了一块菜地，老龙王答应借给我一箭之地，我与你商量一下，借神箭一支，射出一片净土，把渤海与东海隔断，扩大陆地规模，加固沿海海岸，你说行吗？”后羿说：“女娲娘娘，你知道玉帝赐我十支神箭，让我射掉天上的十个太阳，如今只射掉九个，仅剩下了这一支神箭，那怎么行呢？”女娲娘娘笑了笑说：“后羿，你真是个死心眼，要知道凡事不可做绝，十个太阳，射掉九个，还得留下一个照明啊！”后羿一听，觉得女娲娘娘说的有道理，于是就按照女娲娘娘的吩咐，用尽力气，拉开巨弓，把神箭射向了东海。那神箭嗖的一声飞快射向东方，箭飞过的地方，海水急速退向两侧，露出一块平整而光滑的大地。且说那神箭不停地向前飞去，东海龙王闪开龙目一看，大吃一惊：啊呀，不得了啦！一箭之地，这箭也神了，怎么始终不落下来呢？他又转念一想：不好，这肯定是女娲娘娘借了后羿的神箭，照这样下去，这不是要把我的大海变成陆地吗？那我的龙子龙孙还怎么活呀！想到这里，东海龙王立即从海上遣了一座仙山，挡在了神箭前面，那神箭一下子穿透了山角，这才停了下来。后来这座山就被称作成山角，人们都误以为那里是天的尽头呢。

东海龙王原本答应借给女娲娘娘一箭之地，没想到，这一箭竟射出了一个山东半岛。横空出了这么个半岛，把渤海和东海分割开来，鱼鳖虾蟹往来都要迂回，十分不便。那些虾兵蟹将就到东海龙王那里提意见，东海龙王十分后悔，心想不该答应女娲娘娘的要求，可是话已出口，木已成舟，无奈只好吩咐下属，趁涨潮之际，把山东半岛一点点吞噬。于是龙子龙孙鱼鳖虾蟹赤膊上阵，原本光光亮亮、平平滑滑的一块新大陆，被海浪冲刷得犬牙交错，千疮百孔。女娲娘娘睁开凤目一看，心里顿时明白，这是东海龙王反悔了，这样不行，得想个办法把山东半岛固定住。

事有凑巧，剩下的那个太阳仍不知悔改，不知从什么地方又跳了出来，照样毒晒着大地，黎民百姓叫苦连天。玉帝责备后羿为什么不用箭把它射掉。后羿因神箭被女娲娘娘借了去，一时语塞，只好向女娲娘娘求助。女娲娘娘就启奏玉帝，说明原委，玉帝闻听，觉得留一个太阳照明可以，但是不能让它毒晒大地，要把太阳赶得远远的。于是，玉帝就下御旨派遣天兵天将从全国各地担山前往山东半岛，并派人驱赶太阳。众仙平日里在天宫养尊处优惯了，吃不了这份苦，于是大伙就推举德高望重的太白金星出面，向玉帝建议，让杨戬承此重任。

杨戬是什么人呢？他就是二郎神。二郎神是天上仙女与人间凡人结合的私生子，他的母亲是玉皇大帝的亲妹妹，玉皇大帝是他的亲舅舅。玉帝因为妹妹私自下凡，觉得她做出有辱门庭之事，有失天庭尊严，恼羞成怒，不顾兄妹手足之情，竟恶狠狠地将她囚镇在山下作为惩罚。二郎神长大成人，方知母亲遭受磨难，为了救母，他拜师学艺，历尽千辛万苦，开山救母，可是母亲刚被救出，却被恶毒的太阳暴晒致死。古语说“杀父之仇不共戴天，杀母之恨天理难容”，从此，二郎神恨透了玉帝。玉帝也自知理亏，便封二郎神为“英烈昭惠显灵仁祐王”，道号“清源妙道真君”。但二郎神始终对这个舅舅不理不睬，坚决不在天庭居住，而是在下界享受人间香火。他帐前有梅山七圣相伴，麾下有一千二百草头神，对于玉帝是“听调不听宣”。

相传二郎神长着三只眼，会七十三般变化，还有一条哮天犬伴随左右，使他更如虎添翼，连当年大闹天宫的齐天大圣孙悟空都怕他三分呢！所以他列仙班嗣仙籍却不住在天庭，而坐灌江口享受人间香火。

玉帝心里也一直愤愤不平，于是就借此机会，一则有意试试二郎神的本事，二则给他点苦头尝尝，于是就下旨令二郎神当此重任。

且说这一天，二郎神正在灌江口神庙闭目养神，忽然闻到一阵仙香扑鼻，接着传来仙乐之声。他闪开神目一看，一群仙女捧着御旨从上天飘然而至。仙女见到二郎神微微一笑，说：“二郎神，请接旨。”二郎赶紧起来跪迎，仙女宣读了玉帝的旨意，令二郎神担山赶太阳，一则加固山东半岛，二则把最后一个太阳赶得离地球远远的。二郎神领旨，哪敢怠慢，急忙奉旨先去了山西，挑选了两座玄色大山，用神扁担一气挑至山东。二郎神张开神目一看，啊呀，不得了，只见山东半岛三面环海，海面上波涛汹涌，小山似的巨浪排山倒海，不停地冲刷着半岛，鱼鳖虾蟹也兴风作浪，大有不把山东半岛荡平决不罢休之势，如不及时加固，随时都有被吞没的危险。二郎神正观看间，东边沿岸“哗啦啦”猛然塌了一大片，形成了一个巨大的海湾，这就是现在的胶州湾。二郎神心想，照这样下去，过不了多久，山东半岛就会被海浪全部荡平。二郎神觉得加固山东半岛刻不容缓，于是毫不犹豫地把担在前边的那座山放在东海岸，起名牢山，牢牢地把住东海岸。后人把这座山改称崂山。他又把后面的那座山稳稳地放在山东半岛腹地，起名泰山，取三阳开泰之意，有稳住美好的寓意。说来也怪，这两座山落地见势就长，不一会儿就深深扎根大地，顿时稳住了山东半岛。二郎神刚安顿好两座大山，忽然觉得有些热，脸上流下汗水，抬头一看，那颗太阳正在头顶上，发出炽热的光芒。二郎神猛一扬扁担砸向太阳，太阳一看不好，急忙躲避，可还是慢了半步，被神扁担砸了一下，那太阳怕疼，一溜火线，急忙逃走。也就是从那时候开始，太阳身上有了伤痕，你若仔细看，就会发现太阳身上有黑斑，那就是当年被二郎神用扁担砸后留下的伤口。太阳经此打击，对二郎神十分惧怕，倏地就不见了踪影。

二郎神顾不上歇息，又赶忙去了四川。这一次他肩挑着两座大山，举起神鞭，驱赶着驼峰山。驼峰山是昆仑山老祖帐下一座专管运输的大山，外形酷似骆驼，长着四条腿。昆仑老祖见二郎神担山十分辛苦，心生悯怜之心，于是派驼峰山帮着二郎神运山。那驼峰山领命欣然前往，驮着许多小山，后面还跟着一大群山。那群山，大小不一、高矮各异，在二郎神神鞭的驱赶下，迤逦而行。来到山东半岛，根据需要，二郎神把大小不等的山放下，到了半岛东南腹地，那驼峰山见这里水草茂盛，风景如画，便停止不前，要在这里安居，而它身上驼着的大大小小的山也分散在四周拱卫。

话说二郎神见驼峰山不再前行，念它驮山有功，也就不再驱赶。二郎神便站在驼峰山上，用神鞭驱赶着其他山继续前行。行不多久，远远望见前面一条黑龙正吞云吐雾，残害众生。二郎神大怒，大声断喝："畜生，找打！"举起神鞭刚要暴打，话声未落，猛然一座大山冲了上去，一下子把恶龙镇在山下，二郎神扬鞭赶那山前行，那座山却不再挪动半步，二郎神有点不耐烦了，扬鞭就"啪啪啪"一连抽了三鞭，那山负疼，仍纹丝不动。二郎神见状，便说："你还挺仗义的。"至今那山顶上巨石上还留有三道神鞭抽过的痕迹，云雾天气人们还会看见恶龙探出身子觅食的情景呢。后来人们称其为仗义山，以后逐渐演化成障日山。

二郎神肩上担着山，手握神鞭赶着群山，继续前行。由于连日来不停地担山，劳累过度，这一天走着走着，二郎神觉得后面担子有点沉，于是他腾出右手从后面挑担里扒出一些土，结果那土堆落地立马变成了一座山——巴山，后来就有了诸城"银相州，金巴山"之说。二郎神刚要迈步，又觉得前面扁担有些沉，不经意一个踉跄，谁知扁担一晃悠，前面那座山便猛地撸了下去，人们就叫那山为撸山，后来就变成了鲁山。这一下二郎神身体失去了平衡，扁担又一晃悠，后面的山又直接竖了下去，又形成了一座竖山，这就是诸城境内鲁山、竖山的来历。二郎神十分恼火，手握扁担正在生气，突然，太阳不知从什么地方又冒出头来张望。二郎神一见更是怒火中烧，大喝一声："呔！看打！"说时迟，那时快，二郎神扬起扁担就猛地砸了过去，那太阳滴溜溜地往下坠，眨眼间又不见了。二郎神正在运目四处搜寻，忽然听得地底下传来了"吱吱吱，太阳在这里，吱吱吱，太阳在这里"的声音。二郎神闪目一看，原来是一只曲蟮，一个劲地朝着二郎神叫唤着，曲蟮不远处，有一棵马齿苋，太阳正躲在那下面呢。二郎神一下子明白过来，原来这只曲蟮是在给他报信呢。他立即抡起扁担朝马齿苋砸去，二郎神大喝道："太阳太阳本来照亮，怎敢荼毒生灵，今天我要捉住你为正义伸张。"太阳一看不好，急忙躲避，霎时又不见了踪影。也就是从那时起太阳与曲蟮结下了血海深仇，后来太阳只要看见曲蟮，就恶毒地要晒死它，因此直到现在曲蟮的后人只能生活在黑暗潮湿的地下，只有阴雨天气才敢到地面上透口气。而太阳也知恩图报，从不晒马齿苋，不信，你把马齿苋放在太阳下面晒，怎么也晒不干呢。

二郎神就这样不断地担山。这一天他又去担着两座大山行走，太阳不知从哪里又跳了出来。二郎神大怒，担着两座大山大步流星地赶了上去，想用两座大山把太阳压住。太阳一见，拼命地逃跑，二郎神在后面紧追不舍，起初太阳发出炽热的光芒，想把二郎神烤焦，二郎神一面用前面的大山遮挡阳光，一面睁开额头怪眼，把太阳的光辉尽收眼里。太阳见一计不成，又生一计，立即施展逃跑的本领，快如闪电；二郎神毫不示弱，肩担两座大山，快如流星，紧追太阳不放，哮天犬也一直尾随着二郎神朝着太阳狂吠不止。太阳在前面滴溜溜地逃，二郎神担着两座大山大步流星地赶，哮天犬尾追在后面一个劲地狂吠，这就是"狂犬吠日"典故的由来，至今四川一带的狗见到太阳还会狂吠不止呢。这时天空中一逃一赶犹似一道七色彩虹一般，形成了一道靓丽的奇特景观，这一奇观惊动了天上众神，他们拉开天幕一看，不由得一个个高声喝彩。玉皇大帝见二郎神有如此本领，也不由得点头赞许。黎民百姓远远望去，见到这样奇特壮丽的天象，禁不住手舞足蹈，欢呼雀跃。

就这样，太阳在前面拼命地逃，二郎神担着山，带着哮天犬在后面一个劲地赶，一气赶了九九八十一天。且说这一天，二郎神追赶着太阳来到胶南地界，眼看差个脚前背后就要赶上啦，这时太阳已经筋疲力尽，吓得脸色苍白，急忙回过头来苦苦哀求二郎神放它一马。二郎神不肯答应，突然觉得脚底下有什么东西硌脚，稍微一停，脱下鞋一看，原来鞋里塞满了土。于是他就脱下鞋来磕了磕，磕出右脚鞋里的土，谁知竟变成了一座山——东神，磕出左脚鞋里的土，变成了另一座山——西神，至今这两座山，仍坐落在胶南地界。如今你到胶南去观光，就会看到东神西神两座奇形怪状的山。不信你去问问胶南人，现在胶南正努力把东神、西神两座山建设成一处风景如画的美丽公园呢。

二郎神急忙穿上鞋又担着山追了上去，太阳趁机逃到东海上，一头栽进海里，顿时整个大海沸腾起来。鱼鳖虾蟹受不了，老龙王立即将太阳驱逐出境。太阳实在没有地方躲藏，万般无奈下只好再一次向二郎神哀告，此时二郎神正在气头上，大喝一声："呔，那里逃！"话音未落，只见一座大山飞奔而来，眼看就要将太阳压在山下。太阳吓得瑟瑟发抖，不知该怎么办。说来也巧，女娲娘娘正好从此路过，太阳一见，马上跪着求女娲娘娘救它。女娲娘娘见此情景，立即一手托住望海楼，一手招呼二郎神说："二郎啊，万物生长靠太阳，黎民百姓还需要留着一个照明。"二郎神见是女娲娘娘，连忙上前请安说："女娲娘娘一向安好，我是奉玉帝旨意在担山赶太阳啊。"女娲娘娘说："二郎啊，玉帝让你担山赶太阳，把太阳赶得远远的就行啦。只要太阳改过自新，从此以后造福人类，你就饶了它吧！"太阳表示今后一定按规律运行，造福人类。二郎神看在女娲娘娘的面上，也就答应了。但是二郎神规定，从今以后太阳要远离地球十万八千里，每天从东海升起，傍晚到西山瑶池隐没。太阳哪敢不从，从此太阳每天就东升西落，昼行夜伏，于是这才有了太阳每天东升西落，一年四季春夏秋冬分明。

王公子打鱼

□ 祝金霞

从前，有位姓王的公子，因父母双亡家境贫寒，万般无奈只能靠打鱼为生。有一天，王公子正在东响水西面的桃林河里打鱼，忽然看见一只老鼠在水面上挣扎，眼看快要淹死了。王公子心中不忍，赶紧用抄网把老鼠捞出来放在岸上，并对老鼠说：逃命去吧。老鼠在岸上停留了一会儿，前爪立起合并，好像在连连作揖，而后快速跑远了。王公子把船划到河中央又开始撒网打鱼，竟又看见一只大蚂蚁淹在水里。生性善良的他又动了恻隐之心，就用手捞起大蚂蚁放在了岸上。之后他又在打鱼的过程中救了一只大蝎子、一只大蜂子，还救了一只大蜘蛛。由于连番施救，时间不知不觉就过去了，看着天色已晚，王公子决定再打最后一网。他撒网后慢慢收网，感觉网特别沉重。他心中大喜，以为是有大鱼被网住了，就使出吃奶的劲把网拉上来。不料看见网里的东西，他大吃一惊：原来网里竟然是个人。王公子知道这是落水者，就赶紧探了探这人的脉搏，感觉还在微微跳动，忙把这人腹部朝下搁在船帮上控水。忙活了好大一会儿，落水者才醒过来。王公子大喜，把这个人背起来带回家中。仔细询问，才知道他姓张，也是位落难的公子。因为两人有相似的经历，就感觉格外亲近，因此拜了兄弟，彼此起誓要同甘共苦。

一天，王公子打到了不少鱼，在去卖鱼的途中，忽然狂风大作，飞沙走石。在大风过后有个闪闪发光的东西滚到了王公子脚下。惊魂未定的王公子将那东西拾起来一看：原来是颗硕大的珠子。王公子喜欢这珠子，就揣在怀里带回家中。夜里，王公子将这珠子拿出来把玩，这珠子发出耀眼的光芒，照得屋里如同白昼。张公子一见，连忙询问珠子的来历。王公子就将拾珠子的经过和盘托出。此后每到夜里，王公子家就用此珠照明，不点油灯了。

又过了些日子，王公子在城里卖鱼时看见张贴的皇榜：说皇宫里丢失了夜明珠，这夜明珠是镇国之物，乃无价之宝。谁若寻回献上就赐高官厚禄，还要将公主许配于他。王公子急忙回家和张公子说起此事，两人都觉得家里的珠子可能就是皇宫里丢失的夜明珠。经过商量，两人决定进京献宝。

第二天，两人包好夜明珠急匆匆赶往京城。不料在赶路途中，王公子忽然腹痛如绞，无奈只好寻找茅厕出恭。几次三番过后，王公子已虚脱，再也无法赶路。张公子就提议：为了不耽误献宝的日子，由自己先赶去京城献宝，待王公子身体稍好再赶去，这样两人共享荣华富贵。王公子天性单纯，不疑有他，就将宝珠交给了张公子。张公子大喜，急急忙忙赶到京城献上珠子。原来这珠子正是皇宫的夜明珠。皇帝见宝珠失而复得，龙颜大悦，就给张公子加官晋爵，并将公主领出，要给张公子和公主完婚。此时的张公子，在利益面前早将自己的恩人、结义的兄弟王公子忘到了九霄云外，就隐瞒了王公子的事。过了几天，王公子也赶到京城，正遇上张公子得意扬扬身着官袍骑着高头大马在京城里游街。王公子一见，想要上前与他相认，却被张公子手下的兵丁乱棍打走。这时王公子才如梦初醒，知道是张公子冒领了自己的功劳。王公子失魂落魄，竟不顾生死拦了皇帝的轿子喊冤。皇帝让张公子和他当面对质，张公子一口咬定宝珠就是自己所拾，与王公子无关。皇帝一时不能决断，就将王公子关进监狱，要饿他十天。王公子在监狱里唉声叹气，后悔救了张公子这个白眼狼。正当他昏昏欲睡时，一只大老鼠出现在他身边，这大老鼠口吐人言：恩人恩人你别怕，只管宽心等着吧。此后大老鼠不断把珍馐美味拖进监狱，王公子就靠着这些食物度日。过了十天，皇帝来监狱一看：王公子不仅没饿死，面色比以前还红润肥胖。皇帝不禁暗暗称奇，又出一计试探王公子：他让兵丁拿来一斗白黍子米，一斗黑黍子米，将这两斗米倒在地上掺和，让王公子一夜挑出来。正当王公子哀愁之即，监狱里忽然钻出一只大蚂蚁，大蚂蚁也口吐人言：恩人恩人你别怕，只管宽心等着吧。大蚂蚁说完，就领来成千上万只蚂蚁，这些蚂蚁分工明确，一队捡白黍子米，一队捡黑黍子米，很快就将两斗米捡完，白的一堆，黑的一堆，分得清清楚楚。第二天皇帝又来，一看黍子米都已捡好，更加好奇，又吩咐兵丁把榆木大枷抬来给王公子戴上。这榆木大枷有几百斤重，要四个人才能抬起来。王公子看见这枷，心下害怕，寻思自己要被压死。正当他害怕时，忽然看见那四个抬大枷的兵丁扔了大枷倒地哀嚎，原来他们都被大蝎子蜇了，又换了四个人抬枷也是如此，一连几次，把皇帝看得目瞪口呆。联想到前两次之事，王公子知道这是自己救的蝎子来报恩，想起狠毒的张公子，不禁感慨万分。经过了几次试验，皇帝明白了王公子是有神物相助，就对张公子起了疑心。为了查明真相，皇帝又生一计：扎了七七四十九间彩棚，将公主藏在其中一间，让王、张二公子寻找，谁先找到公主，谁就是真正的献宝人。正当王公子担忧之际，忽然听见耳边有蜂子的声音：嗡嗡嗡，嗡嗡嗡，恩人跟我走就中。王公子知道是自己救过的大蜂子来报恩了，于是他就跟着蜂子走。到了一间又小又破的彩棚前，蜂子停在王公子的肩头说：嗡嗡嗡，嗡嗡嗡，公主就在这当中。王公子一看这间彩棚，门前有一只大蜘蛛正在上面结网，整个门都被它所结的网网住了，就知道是蜘蛛也来报恩了。他自信满满地对皇帝说，公主就在这间彩棚里。随后而来的张公子不知其中缘由，看见彩棚的门被蜘蛛网住，寻思公主断不能在这间，就去别的彩棚寻找了。皇帝见王公子认定这间彩棚，就打开了门，公主真的在里面。经过查证，皇帝弄清楚王公子才是真正的献宝人，张公子只不过是个贪图荣华富贵的小人。于时皇帝下令将张公子点了天灯，将王公子招为东床驸马，加官晋爵。就这样，王公子和公主过上了美满幸福的好日子。

黄牛山下殷家店

□ 丁少玉

黄牛山后面的殷家店，有一个优美的建村传说。

传说当初来此立村的人叫殷德山，是从皇华殷家林来的一名年轻猎人。他生得虎背熊腰，身强力壮，有一身好武艺，尤其擅长射箭。有一天，殷德山来到黄牛山脚下，发现一巨石形同卧牛，周围长满了平柳树，有一搂多粗。柳树前面是一土崖，上面绿草如茵，开满了鲜花。殷德山非常喜欢，不禁叹道：好一处宝地！就在这里建了一处草屋栖身，以狩猎为生。日子久了，虽然衣食无忧，逍遥自在，但是这里地处偏僻，人迹罕至，殷德山心中总觉得缺了点什么。

这一天，他来到西沟，转了半天，也没见到一个猎物。正在灰心之际，忽然一阵腥风扑面而来。殷德山心知有异，急忙定睛观看，只见山坳处踉踉跄跄跑出一个美貌女子，后面一只大虫咆哮着追随。眼看着就要被追上，女子慌乱中跌倒在地。那大虫张开血盆大口，纵身扑去。说时迟，那时快，殷德山迅速抽出一支箭，拉弓急射，嗖的一声，射中大虫，大虫负痛而逃。被救的女子向殷德山磕头谢恩，看到殷德山身强体健，一表人才，就羞红了面颊，流露出爱慕之意。殷德山仔细端详，见那女子肤白赛雪，貌美如花，更是喜不自胜。二人一见如故，依依不舍，于是就携手来到草屋，天做媒地为证结成了夫妻，过起了恩爱日子。他们后来生下一儿一女，生活更加幸福美满。

十年后的一天，殷德山狩猎归来，却突然不见了美丽的妻子。年幼的儿女对母亲的去处也茫然不知。殷德山找遍山前山后角角落落，却了无音信，悲痛欲绝。当地人都说，殷德山的妻子是黄牛山上的狐仙变的，为他生儿育女，是为了报答殷德山的救命之恩。限期一到，她不得不忍痛割断与殷德山的尘世情缘。后来殷德山感念妻子之德，不再狩猎，在村周围开荒种地，将一双儿女抚养成人，终生没再续娶。

岱家山山名的来历

□ 张秀珍

在诸城的南山里，离着齐长城不远，有一座山，叫岱家山。据说，这山名，还是皇帝封的呢。岱家山的南边，有一个叫万家庄的村子，别看村子不大，史书中记载的万贵妃就出生在这个村子里。

这事发生在明朝时候，据说，万贞儿刚进皇宫不久，皇宫里就换了皇帝。待新皇帝和皇宫里的娘娘们见到万贞儿时，都觉得很好笑：怎么还有这么小的小孩子呀？万贞儿进宫这事被人们当成了一个大笑话。新皇帝的娘，也就是刚刚成为太后的孙太后听见人们说笑，就把选贞儿进宫的人叫过来，一五一十问了个明白。孙太后对这个小女孩产生了兴趣，心想：小女孩就好比嫩树苗，自然是怎么教导怎么长，教导个七年八载，还愁她不听话？于是就把万贞儿留在自己的身边，按着自己的喜好教导。

转眼，万贞儿就长到了十九岁。这年，皇帝出去打仗，不巧被人家活捉，皇帝被人家扣押着回不来。那么大一个国家没个主事的还行？没办法，孙太后和大臣们商量了又商量，先把被扣押皇帝的儿子，也就是太后那刚刚才断奶的亲孙子立为太子，又临时从皇帝同父异母的兄弟中找了一个人代替皇帝。

都说枪打出头鸟，一旦被立为太子，事就多了起来，尤其是皇帝还不是自己的亲爹。孙太后在皇宫里混了这么些年，还能看不透这点事？儿子被扣押着回不来， 孙子再有个三长两短，岂不是要了自己的老命了？于是，孙太后就把小太子交给亲手教导出来的贞儿姑娘守护。

代替皇帝的这个人是太子的叔父，开始，叔父还有个叔父样，对太子照顾得挺好。又过了几年，叔父腚底下的宝座越捂越热乎，越热乎就越不想挪窝了。他不只是不想自己挪窝，还打谱让自己的子子孙孙都坐上来享受享受，于是就寻了个不是，废了太子，连带着把贞儿姑娘一起撵出了皇宫。

也该着万贞儿有当娘娘的命，又过了些年，太子那被扣押的亲爹不但被人家送了回来，而且还夺回了皇位。不用说，老子的江山当然要传给儿子，老皇帝百年之后，继承皇位的自然是太子。太子当上皇帝后，第一件事就是张罗着把贞儿姑娘变成皇后娘娘，要给她千般宠万般爱。不过，皇帝也有自己说了不算的时候，他一心想封贞儿姑娘做皇后，可是那些爱管闲事的大臣们却是死活不让，这让皇帝心里很不好受，他想，封不了皇后，那就封贵妃吧，封完贵妃，又把贵妃家的爹娘兄弟、远亲近邻封了个遍，但皇帝还是觉着欠着贵妃的。

有一次和贵妃娘娘闲聊的时候，说起贵妃老家的山。皇帝说，我知道，他们不都说贵妃是障日山下的贞儿姑娘嘛。万贞儿叹了口气，说：“唉，外面的人就只知道个障日山，其实障日山隔着俺村还有十好几里的路，可惜，俺村跟前的山连个名字也没有。”皇帝一听，说：“这还不好说，我给封一个，就叫岱家山吧。”

“万年白”的传说

□ 祝金斗

在山东省诸城市桃园的崔家沟一带，有个几乎无人不知无人不晓的“万年白”的传说。

万年白到底是什么，谁也说不清道不明。有人说，它是一只白鹅，有人说它是一只白兔，还有人说它是一只白狐，也有人说它是一团雪白的绒球……

明朝洪武二年（1396）的一天，经过长途跋涉来到崔家沟的祝氏族长彦良正望着一片荒野发愁。都说这里有人居住过，但却不见一间草屋，也没有一个人影，难道这里是不易居住之地？他在这一片荒野中一边观察，一边慢慢地走着。看这水脉是好，可……他思忖着，是不是要回禀县太爷另选封地？

这时，一阵清风吹来，他抬头一望，只见北边从岭头上流下的小河潺潺欢歌，而南边的大河却无边无际，波光粼粼，一只洁白的大鹅在水中嘎嘎叫着向他游来。这时，祝彦良如梦初醒，嘴里连说好着地方，下定决心要和族人在此定居。

自古以来，迁徙是最苦的，殊不知迁徙后的生活更苦。祝氏在浙江常山是富家大户，到了山东密州，该从哪里赚钱呢？祝彦良坐在油灯下不住地思索着。这一大家子吃可以靠地，可人情世事没有钱也是不行的。

一天深夜，祝彦良坐在油灯旁思索着生计问题，他有些疲惫，眼睛几次闭下，又几次睁开。又过了一段时间，他坐在油灯下竟然睡着了，不多时，就进入了梦乡。一只洁白的狐狸从远远的草丛中来到了他的面前，它先是站了起来，和蔼地盯着祝氏族长，两只前爪一抱，连作三揖。祝氏族长正襟危坐，惊中带喜："先师，您……"白狐不慌不忙地说："我乃万年白狐。你们祝氏家族为黄帝后裔，封为国姓，历代一心向善，温良恭俭。在祝国，当北方蛮族入侵、朝廷腐败无能的时候，是我带你们南迁。在南方，你们祝氏家族分支很多，我们兄弟几个各保你们一支……""这……"祝彦良略一点头。"这几天你为何痴痴地待在灯下，如此苦思冥想？"白狐语气缓和地问。"我……"祝彦良不愿说出心中所想。"老爷……"白狐梳理一下毛发："我知道您心中所想。这里是一片荒野，确实没有赚钱的门路。可您老难道忘了你们在浙江常山老家是干什么的吗？""浙江常山老家？"祝彦良恍然大悟："那是……""老爷，那白花花的盐……""盐，盐……""你们是浙江的大盐商，富可敌国，您还是重操旧业吧！""仙师，您，您……"祝彦良一边说着，一下子醒来。

于是，他就把全家人召集起来，讲明了自己的梦境，并计划从明天起就造车修路，到南海（现在的日照海）运盐。祝氏家族一下子热闹起来，负责造车的，找到了千年古木，伐倒，烘烤，凿锯卯榫，组装；负责修路的丈量，硬生生地劈开了南门外的大崖，向南，直通马耳山古道。为了存盐，在祝氏家族祠堂的正西面开垦出一片停放盐车的场地，又盖了几排大屋。从此，祝氏家族一天天富足起来。

有人说，万年白在夜间总是以一团雪白的绒球出现。谁家缺什么，它就会送什么，还为祝氏庄园站岗放哨。一天深夜，万年白在西围墙上飘来荡去，见远处有一伙盗贼正欲靠近围墙，进入盐店，盗取海盐。这时，万年白发现了盗贼，滚下围墙，来到祝彦良的房门前，连碰几下，待祝彦良打开门后，万年白就急匆匆地向前飘去。祝彦良大惊，知道万年白是来向他报信的，一定是盗贼又来了。他一边跟着万年白跑，一边和家人一起跟随。当万年白跃上围墙的时候，劫匪正欲往围墙上攀爬。祝彦良和家人举起猎枪震慑，盗贼们纷纷逃走。在孔戈庄，祝氏家族盐店大门夜里总是嘎吱嘎吱作响的事情几乎代代相传，那就是万年白在吓唬盗盐贼。

直到今天，崔家沟村里那些年长的老人，还经常谈起万年白的故事。他们说，自清朝末年徐氏家族投靠祝氏家族入住村里，那万年白经常在夜深人静之时出入祝、徐两家的深宅大院，保佑着他们。祝氏家族的四个举人进京赶考，都是万年白一路暗中相送，保佑他们中举为官。祝家的外甥徐会沣之所以官运亨通，更是得益于万年白的鼎力相助。

万年白何许物也？关于它的故事，还有很多很多……

万贵妃入宫

□ 张秀珍

明史《万贵妃传》中记载：恭肃贵妃万氏，诸城人。四岁选入掖廷，为孙太后宫女。及长，侍宪宗于东宫。宪宗年十六即位，妃已三十有五，机警，善迎帝意，遂谗废皇后吴氏，六宫希得进御。帝每游幸，妃戎服前驱。成化二年正月生皇第一子，帝大喜，遣中使祀诸山川，遂封贵妃。《明宪宗实录》记载：成化二十三年丁未，春正月辛亥，万贵妃薨，明宪宗震悼，辍视朝七日，谥曰“恭肃端慎荣靖”，葬天寿山西南，凡丧礼皆从厚。八月宪宗过于悲痛而驾崩。

这个万贵妃就是万贞儿，她出生于山东诸城南山的万家庄村，父亲万贵在县衙当差，后因亲属犯法遭株连，被充军发配。

诸城南山里的万家庄出了个娘娘这件事，在诸城南山里这一带喜欢把瞎话的老人都爱说。下面这个故事，说的是万贞儿被选入宫的事。

老皇帝眼看着不行了，黑日里做了个梦，梦里一个叫花子老头告诉他，你这病要治好也不难，不乘车，不驾辇，只需徒步到民间，爬荒山过野岭，心诚意坚把那苍耳开花的过程亲眼观。实在不想费那个事，选一个见过苍耳开花的民间女子当妃子也凑合。皇帝寻思寻思：哎，有理！不都说见着苍耳开花之人有福嘛。皇帝越思越想觉着这是个好药方，一高兴果然觉着身上轻快了不少。

老皇帝有三个儿子，这三个儿子一见皇帝突然精神好转，又是喜来又是欢。

大儿子对着下属悄悄使个眼神，那意思是：老皇帝怕是回光返照了吧？关键时刻可马虎不得。二儿子也不怠慢，眼珠骨碌骨碌那么一转，他的下属立马打起二百分的精神，揪着耳朵听结果。唯有岁数小的三儿子，盼望着皇帝老爹多活几年。

大儿子瞅着老皇帝腚底下那个金灿灿的宝座，心里急得火烧火燎的，仿佛一刻也等不得，嘴上还不能说。

二儿子瞅瞅老皇帝腚底下那个金灿灿的宝座，百爪挠心，恨不得一屁股坐上去，嘴上还是不能说。

三儿子打量打量老皇帝腚底下那个金灿灿的宝座，满打满算都隔着自己大老远。听说皇帝要从民间把妃子选，真是又是喜来又是欢。喜的是，皇帝龙体安康，自己还能在他的翅膀底下安安稳稳躲两年。欢的是，再过几年，自己长成威武壮实汉，到那时，争也罢，抢也好，自己总还有三分胜算。

选就选吧，皇帝发了话，谁敢不麻利儿的？

大儿子下了朝堂往那民间转，口里不说心里想：我要是给找到个贤惠淑良女，调理得他气儿也顺，颜也欢，活开没个头了可怎么办？大儿子来到民间，他丑不选来俊不看，专找那狐的媚的看，心眼正当的一脚踹得大老远。

二儿子下了朝堂往那民间转，嘴上不作声，心里一直拨弄着小算盘：我要是给找着了那贤惠淑良女，调理得他气儿也顺，颜也欢，活开没个头了可怎么办？二儿子来到民间，善不看来良不选，专找那狠的毒的辣的，黑心肠烂肝肺的最受待见。

三儿子岁数小，也争着抢着为皇帝老爹把妃子选。三儿子求得圣旨，一心一意在那民间转，三转两转就来到了诸城的障日山。三儿子在障日山这一带，见人就打听，碰着个男的叫大爷，碰着女的叫姐姐。都说皇天不负有心人，还别说，真叫三儿子给找着了。三兜两转跟人来到了一个山洼地，三儿子抬眼四下里一撒眸：没有别的，青青的苍耳地里，坐着一个四岁的丑娃娃。

三儿子一看急了眼，这领路的大爷是不是耍我？心里想恼，嘴上问出了声，领路的大爷忙上前一步把这女娃的身世讲。他说，你可别小看这个脏女娃，她爹可是正儿八经的官老爷，万家庄上的万贞儿就是她。

万贞儿生来命运奇，她喊一声娘，娘死，叫一声爹，爹爹头上的乌纱被叫跑了。万家庄再容不下她，从此，这个山洼地就成了万贞儿的家。天若下雨了，苍耳花就开开，苍耳花开得奇大奇好，把个万贞儿遮挡得严实实，一点也淋不着。天要刮风了，苍耳花就开开，苍耳花开得奇俊奇美，把个万贞儿遮挡得严实实，一点也吹不着她。

皇帝的三儿子一听，心下又见着了希望：这么说，见着苍耳开花的，肯定还有别的美女啦。他里嘀咕着，嘴上又问出了声。领路的大爷再次把话答：实话跟您说了吧，见过这事的人，也就是给你领路的我这个老人家。皇帝的三儿子一听，没戏了，只好抱起这个又脏又臭的丑女娃向皇帝老爹复命啦。

这就是流传在诸城南山里，四岁女娃万贞儿被选入皇宫的传说。

天书石的传说

□ 郝敬友

障日山南面有一座山叫磊石山，山上有两个洞，分别叫白龙洞和黑龙洞。白龙洞里住着一条白龙，黑龙洞里住着一条黑龙。两条龙素来不睦，常常为一些小事交战，每当这时便电闪雷鸣，搅得山中乌烟瘴气。每次交战，黑龙总也斗不过白龙。

一天，两条龙又打了起来，黑龙又战败退回洞中，抚弄着伤痛处懊丧不已。它寻思着如何长些本事打败白龙，也好出出心中的恶气。它想来想去，觉得玉皇大帝的外甥二郎神本领高强，若拜他为师学点本事，打败白龙定是小菜一碟。它转而又一想，不行，一来听人说二郎神脾气古怪高傲，从不对外授艺；二来自己私自下界已违天条，怎敢自讨没趣，说不定还会被他擒上天去呢。

反复思量后，黑龙觉得拜师是行不通了，但二郎神那里一定有许多武功秘籍，不如设法偷几本书回来自己慢慢研习研习。

几天后，黑龙身上的伤好了，就起了个大早，按想好的计划驾黑云往二郎神的住处——灌江口而去。不一会儿就来到大海边的灌江口，按落云头，黑龙心里就像揣了只兔子噔噔地跳个不停。它随即变作一个草头神，小心谨慎地向前打探消息。巧得很，这几天，正逢王母娘娘开蟠桃大会，二郎神作为玉皇大帝的外甥，又是一路大神，自然也去了。最让黑龙窃喜的是，二郎神那条精灵无比的哮天犬也随着去了。黑龙暗自庆幸自己的运气好，悄悄摸进二郎神的书房，顾不得挑选，从书架上胡乱拿了一些书揣入怀中，就急急忙忙离开了灌江口。它驾云回到磊石山洞中，立即拿出偷来的武功秘籍，边看边舞，不几天，倒也学了个三拳两脚。待练累了，随手把书一放就酣然睡去。

一觉醒来，黑龙伸展一下筋骨，想再研究几招功夫，伸手摸书，心里暗叫不好。原来洞中有水，刚才不小心把书放在了水边，书被水浸湿粘在了一起。黑龙懊恼不已，有心拿到洞外晾晒，又怕让白龙看见，坏了大事。于是第二天天刚亮，黑龙就悄没声地起床，带上湿漉漉的武功秘籍来到磊石山上。

磊石山虽不高，却极具仙气。山上古松翠柏，挺立峭壁之上，鹰鹞翔于山间；西面更是千峰壁立，怪石嶙峋，刀劈斧砍一般，山间烟雾缭绕，十分险峻。向阳处有一陡崖，崖顶平展着一块地方，一棵粗大的奇松傍崖而立，既险峻又幽静。黑龙满心欢喜，心里说：真是个练武的好地方！

黑龙把书放在奇松下晾晒，直到太阳偏西，也没有晾干。他想回洞中歇息，拿起书就走，走了几步忽又停下，想，我这样怀揣着书回去，一旦撞上白龙打起来实在不便，万一再暴露了偷书这个秘密，那可就遭殃了。于是，黑龙决定把书暂藏在奇松下，然后回到磊石山中。

人算不如天算，黑龙和白龙私自下界之事还是被玉皇大帝知道了，他命东海龙王将二人捉拿上天。而黑龙偷的武功秘籍却永远留在了磊石山上，久而久之，书化成了巨石，后人称作“天书石”。

三姐妹找羊

□ 张秀珍

很久很久以前，磊石沟上有这么一家人家，孩他爹种着几亩地，孩他娘养鸡放羊看着仨孩子。这日子说长，整日价没点大事，除了狗屎猫屎就是鸡毛蒜皮，还活活忙煞个人；说短，也就眨眨眼皮吧嗒吧嗒嘴唇，一晃三个闺女就蹿成小大人了。闺女大了知道疼人，都争着抢着孝顺爷娘，大闺女给爷娘捶捶背，二姑娘给爷娘捏捏腿，小闺女给爷娘端盆洗脚水。

小女孩力气小做不了重活，就把放羊的活包揽了下来，再不用娘出去放羊了。她们腿脚勤快，放羊的时候专找草多的地方放。青草青，肥羊壮，小羊儿长成大羊，大羊生下小，眼瞅着羊一天比一天多。

这天，大闺女放羊到天快上黑影时候，赶着羊群回家了。到家后一数：咦，怎么会少了一只羊？二闺女听说了，过来数一数；小闺女听说了，也过来数一数。姊们三个围着羊群数过来数过去，怎么数都是少一只。

大闺女心里可不是个滋味，怎么想怎么也想不通，天刚麻麻亮，就打扮打扮上了垒石山根底下。大闺女光顾着低头寻思，一个不防备，咚的一声，头上撞起了个大蘑菇。她忙抬头四下里一撒眸，心说：咦？昨晚赶羊下山的时候，这地方还是一片青草地，这是哪来的大财主，一黑夜就盖起了四间大瓦房？难不成是神仙盖的屋子？

想到此，大闺女连忙后退两步仔仔细细端详，只见青砖红瓦，大红的灯笼屋檐下挂，枣红大门上倒贴着烫金的大福字，窗户是白纸封桐油漆，上贴着火红的窗花，那真是巧女绘素手剪：剪个红鲤跃龙门，剪个喜庆福娃娃，剪个五女来拜寿，剪个寿星笑哈哈。

大闺女用舌尖舔破窗纸，趴近前一看，第二间屋子里做饭的家把什十分齐全，扫地的笤帚，刷锅的炊帚，吃饭的八仙桌上摆着饽饽摆着肉。大闺女吸溜下鼻子，喷香喷香的，真馋人。第三间屋里面，堆满了金钗银环还有绫罗绸缎，都是她没见过的宝贝。她又来到第四间屋子，这间屋里子倒是清静，只看见一把黄灿灿的金钥匙。

看着看着，大闺女不自觉地叹了声气，心想，还是快走吧，看到眼里拨不出来可不好办。待转身要走，又老大不甘心。正犹豫着，屋子里传出咩咩的羊叫声。

一听羊叫，大闺女可再不犹豫，她吱呀一声推开屋门：呀！屋子的正中央放着一个大铁笼子，笼子里锁着一只好看的大白鸟。大闺女就问："白鸟白鸟，是不是你藏起了我家的羊？"

笼子里的大白鸟说："哦，好心的姑娘，我原本是燕子国的王子，遭人陷害，变成了现在这样。"大闺女又看了看大白鸟，嘴上不作声却在心里想：看来还是只会吹牛皮的鸟。

大白鸟看出了大闺女的不信任，就说："好心的姑娘，我藏起你家的羊，不为别的，只想请你帮我办一件事。"

大闺女非常聪明，她一下子想起了在第四间屋子里看到的那把钥匙，赶紧摇着双手说："多一事不如少一事，尊敬的白鸟王子，我可不能放你出来。"

大白鸟非常失望，他看了看大闺女，叹了口气说："罢罢罢，聪明的姑娘，你家的羊在第四间屋子的墙旮旯里，还有，虽然你拒绝帮助我，可这四间屋子里的宝贝是我打算送给你的，快挑上你满意的宝贝，抱起你心爱的小羊羔回家去吧。"说完，大白鸟把头缩进翅膀里，不再看大闺女一眼。

大闺女心里一琢磨：打小娘就教自己一个道理，吃人家的嘴短，拿人家的手软。无功不受禄，他家的宝贝再好我也不能要。然后，大闺女就走到第四间屋子的墙旮旯里，抱起她的小羊径直回了家。

第二天，二闺女去放羊，傍黑天的时候数数，也少了一只羊。二闺女想，大姐丢的羊找回来了，我得学习大姐，把羊找回来。

二闺女找羊的时候，也来到一间神仙屋子，看到被锁着的大白鸟。大白鸟把自己的遭遇以及想请人帮忙的话又说了一遍。二闺女听完，顾不得别的，抬腿就往第四间屋子走。二闺女边走边想：大白鸟真可怜啊，要是我被这么大的笼子关着，这么粗的链子锁着，见不着爷娘，见不着大姐、三妹，得多么难受！于是，二闺女又转回了身，她不敢看笼子里的大白鸟，低着头小声说："白鸟王子啊，从小俺爷就教俺一个理儿，不知根底的财物不能要，不知根底的朋友不可交。俺思来想去辨不清您的话是假还是真，俺，俺还是没有胆量放您出来。"

白鸟不想为难二闺女，又叹了口气："罢罢罢，善良的姑娘，虽然你没有胆量帮助我，可这四间屋子里的宝贝都是我打算送给你的，快挑上你的宝贝，抱起你心爱的小羊羔回家去吧。"说完，大白鸟把头插进翅膀里，不再看二闺女一眼。

二闺女也和大闺女一样，抱着她的小羊回家了。

第三天，小闺女去放羊。傍晚的时候一数，又少了一只。大姐和二姐都把羊找回来了，三闺女人小决心大，丢了的羊更不能不找。三闺女找羊的时候，也在神仙屋子里碰上了白鸟，她轻轻地问白鸟："矫健的白鸟王子，请告诉我，怎么才能帮助你摆脱困境？"

大白鸟开口说："智慧又勇敢的姑娘，请允许我把详情来诉说。我原本是燕子国的一个王子，却被可恶的巫神使了定身的魔法，变成了笼中的鸟儿无法脱身。今日里若得姑娘相助脱了困，定当永世不忘报深恩。"

三闺女听完毫不犹豫，取钥匙，开锁链，就听着扑棱一声，鸟儿恢复了自由身，摇身一变，变成了一个英俊威武、风流倜傥的美少年。

三闺女不要少年的金，不要少年的银，抱起她的羊羔高高兴兴地回家了。

三闺女走到家门口，不觉愣了神，只见青砖红瓦，大红的灯笼屋檐下挂，枣红大门上倒贴着烫金的大福字，窗户是白纸封桐油漆，上贴着火红的窗花，那真是巧女绘素手剪：剪个石榴开口笑，剪串柿子如意娃，剪朵祥云腾佛祖，剪个福寿四季花。这分明是白鸟少年搬了家。从此后，磊石沟上的这户人家，日子过得更幸福啦。

望马墩

□ 孙勋红

望马墩，位于诸城市桃园区催家沟东、黑王家沟东北，与鲁山连为一体，墩前就是历史上著名的齐长城，是吉利河、白马河、白尺河的分水岭。

望马墩属鲁山山系，此处本身虽不高，但是所处的地势高，站在上面放眼远望，竹山、障日山、磊石山、小桃山、藏马山、铁橛山等连绵起伏的山峦装满了整个眼眸。墩上比较平坦，无任何树木生长，上面各种不知名的青草却非常茂盛，就像精心编织的绿地毯。草地上，各种各样的花朵点缀其间，五彩缤纷，娇媚可爱，蝴蝶穿梭在丛中，如迎宾的礼仪小姐恭候人们的到来。浓郁的花香，如诗的风景，令人陶醉其中，不觉随蝶翩翩起舞，把自己添画在这天然的风景画中。

此地形状酷似一树墩子，故起名为墩。关于望马墩的来历，还有几个美丽的传说。传说很久很久以前，一匹从天宫偷偷跑出的白色骏马到了人间，骏马洁白如玉，奔跑如飞。玉皇大帝发现后，便派天兵天将在其后追赶。白马经过望马墩，继续穿山越岭向南奔跑，跑到小桃山前的石马山停脚回头观望，因为突然停留，脚步有力，便在石头上留下了脚印，故此处起名为石马山，石头脚印至今可寻。

白马看见追逐的天兵在望马墩上停留，后又转头向东奔跑，在经过孙家沟村前南岭时，马停止了奔跑，悠闲地向南走去，这个地方至今还叫走马岭。白马经过黄岛的一条小河停下脚步喝水，此河因此被称作白马河。白马继续向南奔跑，一座大山涌入眼前，白马便顺河而下直奔山上，此山因此就被称作藏马山。天兵近前搜捕了七天七夜，却始终没有发现白马的影子，只好扫兴而归。后人传说这匹白马就隐藏在山中。

还有一种说法是，秦始皇想去琅琊台求长生不老药，就命人打造石牛、石马供仙。在现在林家村内的石牛埠村，有一石匠，为赶日期，日夜工作。这天石匠的妻子去送饭，看见黑色的石牛初步成形，还未详细雕刻，白色石马雕刻成功，用石链拴着，栩栩如生。有人闲着没事，就随手拿起地上的工具，敲打了一下石链。出人意料的是，石链断了，白马顿时活了，撒腿就跑。人们一路去追，一直追到望马墩，马越跑越快，人们站在望马墩上观望，白马直奔藏马山而去。有头石牛看见马跑了也想跑，却没跑成，气得拉了两坨屎，这就是现在的石牛埠上的那头状如石牛和那两坨屎的石头。

齐长城民俗

诸城齐长城地处诸城南部山区，春秋战国时期是齐国、楚国与莒国等诸侯国的边界，现在是诸城市与五莲县、青岛市西海岸的交界，这样的地理位置使得这一带吸收与融合了更多的外乡风俗。同时，由于先前这里交通闭塞，缺少与外界的交流，相对较为独立地保留了一些古老的传统习俗，让这里的民俗具有一定的独特性。

礼仪习俗

说 年

□ 朱焕武

据传，过年是从舜帝即位时祭祀天地这一天开始的。虽然有关年的来源有多个版本，但我只相信这一个说法。这不光因为舜帝与我同是诸城人，还因为我崇尚他的至孝至善，拜服他的高尚德行。

事实证明，把过年的日子安排在腊月末尾十分正确。对三百六十五天做一个总结，庆祝一下，接下来春暖花开，百业待兴，揣着美好的愿望，迎接下一个新年的到来。日子就是这样年复一年，延绵不息。过年，既是一年的结尾，又是一年的开始。过年，使人觉得更有奔头。

中国年是中国人心中根深蒂固的一种情结，是植根于心底的信仰。五千多年来，无论时代发生多少变化，过年的习俗却代代相传。

在齐长城沿线村庄，年是一个特别隆重的日子。从腊月二十三过小年开始，年味渐浓，每家每户都忙着买鞭炮，蒸馒头，割肉买鱼，添置点新衣服……

大年三十，村庄里弥漫着煮肉的腻香味、煎鱼的咸香味、袅袅炊烟的柴香味、燃放鞭炮的硫香味、烧香烧纸的松香味。家家都剁饺子馅，户户皆贴新春联。大扫除，贴年画，窗明几净，喜气洋洋。第二年的水饺已在年三十的晚上包好，财神爷已用点燃的三炷香迎到中堂。财神爷笑嘻嘻地享用着供桌上那歪脖的整鸡、金色的鲤鱼、大圆的苹果、小圆的肉丸、甘甜的酥心糖、醇厚的高粱酒。三炷高香的袅袅青烟在财神面前缭绕，那两支大红蜡烛的火苗为什么忽闪忽闪的呢？原来是财神爷高兴地在笑呢。

把黄烧纸用钱打过，用双手捻成多角菱花状，再分成若干份。每份内夹一片红纸，这是午夜子时给各路神灵烧化用的纸钱。特别需要注意：请神烧纸时必须要点上三炷香，否则会显得心不诚。烧化时口中要念叨着炕嬷嬷、门神爷爷、灶王爷爷、宅神、财神爷爷等几十位与生活起居有关的神名，这样才灵验。一切准备停当，再把剪刀、笤帚藏在不易看见的地方。这也是汉人的老风俗，说是大年夜看见这些物件不吉利，藏起来避免破财。所谓买不全的嫁妆忙不完的年，到这儿，也就算基本配齐了，至此，忙年告一段落。

谚曰："参晌种麦，辰晌拜年。"以前没有钟表，日月星辰就是计时工具之一。黎明时分，参星正晌大约在寒露前后，此时播种小麦正是时候；大年初一，辰星正晌大约在凌晨五点左右，以前这个时间正是拜年开始。自己家族的一群人，大的在前小的在后，人未进屋声先至，一声声最真诚的"过年好"，蕴含着浓浓的亲情。那些户门大、家族大的，聚起来拜年的人有一二十人之多。进屋就满了笑声，长辈端坐在炕上，笑容满面地连声回着祝福："好，好，都好，都好。"更有那糖果、瓜子、茶水等早已备好。关系稍近点的乖孩子还有二毛钱相赠，顶现在的一张大票呢，都是图个吉庆。

新年伊始，约三五知己一聚，或小酌几杯时谋划一下这一年应该干点什么，最好写个提纲，订个计划，朝着目标往前奔。到年底时再约，畅谈一年来的收获，找出不足之处加以改正，记住帮助自己取得成就的人，记得感恩。

过一个幸福祥和的年，这也是一个国家的强盛、一个家庭的和睦、一个人人生的态度的体现。

过年，最让人期盼和回味！

过年

□ 宋新明

家乡在齐长城脚下，跟齐长城一样，有着深厚的文化底蕴，浸润着每一个烟火日子，洇染着酸酸甜甜的岁月。让人感触最深的就是过大年了，那浓郁的乡村风情，就像年酒一样令人陶醉。

常言道：过了腊八便是年。喝了腊八粥后，我就盼着过年，希望年早一天到来。过了腊月十五日，母亲便想着给我和哥哥、姐姐们买衣服。因我们家孩子多，往往每人也就只能买上一件。新衣服到手后不能马上穿，只有过了大年夜，到正月初一这一天才穿上，到各家去拜年。

过年最大的乐趣是放鞭炮，二踢脚、滴滴金、摔爆仗是我们小孩子的最爱。家里富裕点的，就给孩子多买些；不富裕的，就少买一些哄孩子高兴一下。大多数孩子都得不到满足，为了过过放爆仗的瘾，小孩子们天不明就结伴到各家去捡拾掉到地上没有响的爆仗。有的单独点着放，有的将火药全部倒出来点烟火，还有的将火药攒在一起，放进子弹壳里放“钻天冲”。那个年代，经济都很拮据，大多数农户都放一百头或二百头的鞭炮。少数富裕的人家，放挂五百头或一千头的大鞭，能在全村引起轰动。小孩子们跑一早晨也捡拾不了多少爆仗，还有的人家不让别人家的孩子去拾。但孩子们乐此不疲，兴致盎然。

过年还盼望着父母给我们分些好吃的，如糖块、花生、瓜子等稀罕物。这些东西平时捞不着吃，只有到了过年，父母才舍得花钱买一些，主要是招待客人，然后分给孩子们一些解解馋。我们家孩子多，母亲给每人分一小捧花生、几颗糖块，我们都不舍得吃，各自找地方偷放着，到正月初一才舍得拿出来吃。

平时各种事情多，没有时间收拾家里的卫生，一般都是过了小年之后家家户户才开始扫屋。这种活既脏又累，要将屋内的家什全部搬出，然后用一根长木杆将大笤帚绑上，把屋内墙壁及屋顶的灰尘全部清理完毕。扫完屋后，再用报纸重新糊墙壁。大人们忙着赶年集、做大豆腐、蒸干粮等各种过年的准备工作，糊墙壁这种活往往交给我们小孩子去做。我最爱干这活了，为了让墙壁新鲜好看，每年我都极其认真地对待这项工作。记得好几个大年夜我都没有睡。

各项工作准备就绪后，除夕这一天的上午还要贴春联。我家常贴的两幅春联是："忠厚传家远，诗书继世长。""吉祥门第，幸福世家。"到了除夕夜，父亲把从集上买来的（有时是邻居送的）芝麻秸撒在天井里。俗语道："过年撒芝麻秸，家里出大官。"不管出不出大官，反正每年家家户户都这么做。然后是摆"供"，在天井、堂屋、灶堂间分别摆上案桌，在案桌上摆放香炉、水果、糖块等供品。在堂屋的案桌上还得将祖宗的牌位摆上，好迎接祖宗回家过年。案桌的两端各点一支粗蜡烛（现在则用形状如蜡烛的红色小灯泡代替），大年夜这一晚，蜡烛是要点到明的。

年夜饭我家的规矩是吃米饭。先炒上几个小菜，一家人虽然平时不喝酒，这一晚会破例，我和哥哥也会喝一点。过年了，总要有个气氛。不过二两酒，我们兄弟俩脸都红了。吃完饭，就要迎财神，迎家堂，烧纸，磕头，放鞭。迎财神时，要先弄清楚方位，财神是正东、正北还是正西，烧纸的方向不能错。从傍晚开始，四面八方就开始传来鞭炮声，一直不断，有钱的、好显摆的，纷纷燃放震耳欲聋的礼炮和五彩缤纷的烟花，整个大年的夜晚伴随着隆隆的鞭炮声，晚上七点至十点是第一个高潮。随着礼花的绽放，漆黑的夜空中时而绚丽多姿，时而银光四射。

一切活动结束后，我们便继续完成还没有干完的活，如糊墙、剪窗花等。从 1983 年开始，中央电视台每年举办春节联欢晚会，大多数人家都围坐在电视机旁，一边看央视春晚，一边包十二点以后迎接新年的水饺，欢欢乐乐地过大年。

十二点刚过，清脆震耳的鞭炮声再次密集响起，掀起了第二个高潮。房前屋后的邻居纷纷起来，下水饺，放鞭炮。我们这儿也叫发“纸马”。将水饺下出来后，先在天井里摆供，然后再依次摆在财神、灶王、家堂的前面。接着是烧纸，点香，磕头，放鞭。这一切活动结束后，才开始吃水饺。这顿水饺，都是素的，馅是大豆腐和韭菜，不能有半点肉。在我们家中，这顿饭是由男人来做的，家里女人只坐在炕上等着吃就行，一年到头好像也就享受这一次。烧火的草是早已准备好的豆秸。母亲常说：“过年烧豆秸，家里出秀才。”反正在过年这一晚净做美梦，不是想做大官，就是想当秀才。愿望都是好的，也不知有几家几人能实现。

吃了水饺，放了鞭炮，天还没亮，小孩子们便挨家挨户拾爆仗玩。大人们开始串门拜年，本家的都约在一起，先去拜辈分高和年龄大的人家，然后依次挨家挨户去拜年，说笑一番，喝点茶水，嗑点瓜子，吃一些花生。本家拜完，再到平时相处较好的邻居家拜年。到了中午，便开始坐下喝酒，先在本家进行，正月初一就排好日子，从大到小轮着，不用再召集，到了时间就去集合。大家或吆五喝六，或猜拳行令，好不热闹。本家轮完，邻居家再相互请吃。常言道：“做菜容易，请客难。”为了请客，有些人要提前好几天就约好，还有的即使提前约好，也有可能被人家拖了去。因此一到正月里，一个家庭往往要派出二三个人出来约人。特别是有小男孩的家庭，一般就是这家里的请客“大使”，需要叫人的时候，这男孩子就负责跑腿，到各家去把被请的人请到家里。如被请人还在犹豫，或者拿拿架子，摆摆谱，孩子就只能下手往家里拖。总之要用尽一切办法，把人请到家里来，这样就不挨父母的骂了。有的家庭女人在家里做好菜了，男人却没有找到人，两口子在正月里免不得就吵起来。这时候女人往往会指责男人：“你真无能，连个人也叫不来，你平时怎么为的？”男人想火，却没有底气，只好在心里憋屈，有时也唉声叹气：“人在时里，鳖在泥里。谁叫咱闯得不如人家来。”

这几年，随着生活水平的不断提高，人们观念也发生了很大变化，请客也没有那么多了。只有亲戚或者特别要好的朋友才聚在一起吃个饭，喝点酒。人们都比较轻松，不像以前过年那样累了，特别是家庭妇女，普遍有一种解放了的感觉。

正是：年年岁岁花相似，岁岁年年人不同。

年 味

□ 孙勋红

年是中国人最重要的节日，年象征着团圆，象征着快乐。不管回家的路有多远，总要回家过年。年是记忆中最快乐、最美好的时光。

我家住在齐长城边上一个非常偏僻的小山村里。小时候最盼望的就是过年，在物资匮乏的年代，过年才有新衣服穿，有好饭吃。天天掐着指头算，可那时的年就像蜗牛走路，来得特别慢。

还未迈入腊月的大门，家里的长辈就开始嘱咐，要说过年话了。说话时不带“死”字，比如累死了、冻死了、饿死了等等，是绝对不允许说的。“没有”两个字，也不许说，例如暖壶没有水了，要说暖壶不好用了。据说腊月里说话一般很灵验。经常听老人讲，村前的刘家老奶奶，自私自利，心狠嘴辣，无人敢惹。有一次临近过年时，她偷了邻居的一只鸡，邻居看见了去找。刘家老奶奶把人家骂了个狗血淋头，还对天发誓，若是她偷了鸡就自己死在年五更。结果大年三十那天晚上，她真的突发疾病去世，从此村里所有人更加忌讳在腊月里说不吉利的话。

吃了腊八粥后，会在集市上首先感觉到年味。这时，集市上冒出了很多货摊子，冷清的市场开始活跃起来。卖春联的、卖年画的、卖鞭炮的等等，都是在这时才出现。平时比较节俭的农村人，这时会奢侈起来，买下过年半个月所需的货物。无论多么吝啬，瓜子、糖块是必须要买的。

过年，每家都做的事情就是蒸馒头。天空还是一块黑布，那盘石碾早就开始嘎吱嘎吱地唱起了歌。石碾是最精明的会计，记录着农家人一年收获的粮食和幸福。孩子们在石碾的周围不知疲倦地玩着游戏。腊月二十三，称为小年，是敬灶神的日子。把灶神图上的马提前剪下来，放在粮食缸里，意思是让灶王的马吃饱。太阳的余晖还未散尽，鞭炮声就接二连三地响起来。在鞭炮声中，把提前剪下的马焚烧，并且念念有词："灶王灶王，上天言好事，下界降吉祥。"

小年过后，稀稀拉拉的鞭炮声不断，年味逐渐浓了起来。大年三十，女人早早起来，把所有房间的地面、院子清理一遍。清除过去一年所有的疲惫与不满，期待在新的一年里美满幸福。男人早起去排队挑水，把所有的水缸都装满。早饭后，家家户户忙着贴春联。孩子们脸上映着快乐的光环，高兴得满街窜。

隔年饭是很丰富的，有大米、猪肉大豆腐、油煎鱼。人们会把这些食物都留下一些放在锅里，这叫"隔年饭"，一直到正月十五，寓意年年有余。家家赶做年菜，街上处处飘香。

吃过午饭，男人就带着鞭炮和烧纸去给老祖上坟。回家后就把提前准备好的比门口长一点的木棍，放在大门口，用棍拦截那些没被亲人带回家过年的孤魂野鬼。把老祖领回家，不能再洗头洗脚，直到大年初二半夜，再包水饺、放鞭，把老祖送走。年夜饭是水饺，时针刚到十二点，就要下水饺。男人们点响鞭炮，伴随着接二两三的鞭炮声，逐渐热闹起来。煮好的水饺先供上天、祖先，然后再去街上迎财神。这时不管碰到啥样的流浪汉或者狗、猫等动物，都要领回家过年。老人不时地瞅着香火，说看烟火变换成啥形状，就知道来年什么庄稼丰收，就多种能丰收的庄稼。最后，全家人才一起动筷子。

年夜饭后，是最热闹的时刻。家家灯火通明，鞭炮声整夜不断。约着本家的兄弟姊妹一大群，去给长辈拜年，一直到天亮。最后再去村里的孤寡老人家拜年，老人便高兴地给每个孩子装满糖块、瓜子。大年初二，便开始去亲戚家拜年，快乐的气氛一直延续到正月十五。

年，是一个特定的时间记号，是辞旧迎新的界碑，是一段时光结束与开始的分水岭。年，承载着太多的感情。年是成长的见证，在回眸与远眺中，收获美好，封冻失意，让梦想在“一年之计”中启程。

年夜饭

□ 孙淑章

小时候盼年，是从骨子里发出的。

过年有新衣服穿，有好吃的，可以到长辈那里讨要一角两角的零花钱，还可以到拥挤的集市，捡到不响的爆竹。卖爆竹的，扯破嗓子吆喝着，长竹竿上，噼噼啪啪地响着爆竹，小孩子低着头，在爆炸声中，在烟雾中，争抢着捡拾没有响的鞭炮。

傍晚，零星的爆竹声，在村子里响起了。

有一次，我捡到一个小拇指粗的爆竹，以为不响了，便剥开引信处，发现是灰药。我用拇指和食指捏着点上火，灰药便刺刺地冒起了火花，没想到砰地响了起来。我赶紧扔掉搓着手指转圈，虽然疼了好长时间，万幸手指没有被炸掉。

夜幕四合，神秘的夜晚开始了。

小孩静静地看着，大人慢腾腾地忙碌着。

有讲究的家庭，家里祭祀用的东西如鱼、豆腐、鸡等要男主人亲自动手，一般的家庭，还是女主人在灶间操劳，男人在炕上专注地听着灶间的动静，生怕有什么不对的。

晚饭后，女人根据家中人员的多少包饺子，包好的水饺，有的放在盛地瓜的棚子上，有的放在西间的炕头。过去没有电视，没有娱乐节目，大人忙大人的，小孩子还要睡一觉，到五更再吃水饺。

有的人家，五更里烧好水，下水饺时，发现传盘里的水饺少了一大半，准是被老鼠偷去了。那个时候，家里到处是老鼠。

男人趁女人包水饺的空隙，要先到自己家的长辈那里，问一问还有什么活要干，长辈往往象征性地回答：都干好了，到屋里吃瓜子和花生吧。有时甚至在长辈那里待到五更夜，放完鞭炮才回去。

堂屋的北墙上，挂着一个家族的族谱，族谱前的小长桌上，供奉着十双筷子、斧头、成册的家谱；桌面上，一般有六个或四个盘子，里面是糖、糕点、水果等，靠外的边沿上，有三堆垒起的馒头，一堆五个，下面三个，上面两个，中间空出点蜡烛和香的地方。

到了午夜，鞭炮声陆陆续续地响起来，直到聚集的鞭炮声一阵紧似一阵地响过，大部分人在忙碌着五更夜最重要的事情。

女人忙着烧水下水饺，男人打开大门，在天井的中心位置，摆好供桌，拿出烧纸、香，放在中心位置、水井旁，先放鞭，后点烧纸。点烧纸时要特别注意，就怕来一阵旋风吹得到处都是，过去是草坯房，一遇火就着。

放鞭时，更要注意观察，鞭炮是全响了还是一部分响了。若是只响了一部分，就怕来年有什么不吉利的事情。赵老师是全镇最有名的儒学大师，生育四个儿子。有一年过年，儿子挑着鞭炮，赵老师亲自点燃，燃着后，赵老师不说“抬高点、再高点”，他用文言文说“穹点（抬高点）”，见儿子抬得不够高，就说“再穹点（高点）”。儿子年龄小，奇怪地问：过年不说富说穷，哪有这样的。赵老师和颜悦色地说，这就是学问。

赵老师过年的故事，像一阵风，刮遍了全镇，人们瞪大眼睛看接下来会不会有不吉利的事发生。果然，一年的时间，他家的鸡死了，牛死了，羊死了，猪也死了。还真是应了赵老师那句话。现在过年时，家长提前好多天，就讲这个故事，提醒着过年不准说穷。其实，是疾病导致赵老师家的牲畜死了，并不是过年说话导致的，那不过是巧合罢了。

后来赵老师的儿子当了老师，我们笑着向他求证过这个故事是否属实，他说确有此事。

年五更，女人在堂屋炒菜做饭，手上有油腻，手中的碗呀盘呀，容易不小心掉到地上。摔破了，这是大忌，家人往往会赶紧说“碎碎平安”。

吃完水饺，就是孩子们的天下了。孩子们要到亲近的长辈那里磕头讨压岁钱，多数是一角两角，那时一角两角钱就不少了。

吃过年夜饭，大家就开始拜年。长辈家里开着大门，院子里亮着煤油灯和蜡烛。磕头有很多讲究，辈分高的在辈分低的前边，年龄大的在年龄小的前边，跪在家谱前，依次磕头，先男后女。磕完头以后，天将微明，男孩子还有一份工作，就是要到处送纸钱，带着火柴，带着纸钱，到磨坊的石磨旁、挑水的大井旁、土地庙、十字大街，烧纸磕头。

这些习俗，有些是封建迷信，随着社会的进步，已逐渐淡出人们的生活。

正月初一大拜年

□ 王学文

齐鲁大地，民风淳朴。古老的齐长城只剩下断壁残垣，世世代代生活在齐长城周边的人们，依然保留了正月初一大拜年的习俗。

小时候拜年，印象最深的是喝叔父自己酿造的黄酒。正月初一这天，母亲早早地起来煮水饺，在烧水的过程中，一遍遍地催我们兄弟姊妹五人赶快起来穿衣。等母亲把水饺煮好后，我们也就穿戴整齐了。父亲早已准备好了酒菜，我们边喝酒边吃水饺。父亲平时不苟言笑，但初一这天，他变得异常和蔼，饭间讲讲家世，也讲一些从书上看到的故事。饭后，天还不亮，我们在一片漆黑中到叔父家拜年。多数情况下正赶上叔父家在吃饭，桌上摆着丰盛的菜肴，有叔父烤的烧肉，也有他自己酿造的黄酒。看到我们来了，叔父会给我们每人倒上一杯黄酒，让我们坐到炕上喝。我们家的白酒是辣的，醉人；叔父的黄酒是甜的，暖心。直到现在，那股淡淡的酒香仍余味犹存。

我本家的一个老爷爷早逝，老奶奶带着我的小爷爷和姑妈到了西山坡，跟一个姓范的男人搭伙过日子。叔父联系上他们后，想办法把他们迁到本村居住。到了20世纪80年代，叔父一家迁居东营，我们拜年的第一家也随之改为去我小爷爷家。我老奶奶去世多年，小爷爷没能娶上媳妇，和继父相依为命。家中没有女人，年的味道也就淡了许多。为了让他们开心，我们每年大年三十（有的年份是二十九）晚上都去帮他们包水饺，迎家堂。我们边包饺子边听小爷爷讲关于"年"的故事，也是大家熟悉的内容：传说远古时代有一种怪兽，头顶长着一只角，口大如盆，人们管它叫"年"。每逢腊月三十（或者二十九）晚上，它便窜出山林，掠食噬人。人们只好备些肉食放在门外，然后把大门关上，躲在家中。直到初一早晨，"年"饱餐后扬长而去，人们才敢开门相见，作揖道喜，互相祝福未被"年"吃掉。于是拜年之风便流传开来。饺子包好了，小爷爷的故事也讲完了，我们各自回家边看春节联欢晚会边包饺子。初一早晨，领着孩子去拜年，一声"小爷爷新年好，老爷爷新年好"让他们眉眼含笑。老爷爷分给每个孩子五块钱的磕头钱，在"谢谢老爷爷"的道谢声中，孩子们很小心地把五元大钞装进自己的口袋。

2012年，老爷爷和小爷爷相继去世，人去屋空，一把大锁封闭了曾经的烟火，四间老屋在时光的打磨中渐渐破落下去。我们是1997年盖的新房，搬到新居后，父母住在了我们的老房子里。从此以后，我们拜年的第一家就是父母家。父母把列祖列宗的牌位放在供桌上，牌位前面是供品，两边有蜡烛。我们到了父母家，首先依次在供桌前跪拜叩首，然后祝父母"新年好"。父母早已在炕上摆好了瓜子、糖果，让孩子们享受这新年的美味。我将父母早已备好的茶水给他们倒上，说一些与年有关的话，等弟弟一家聚齐，再一起去给本家长辈拜年。他们家也是摆供，我们去了后叩首跪拜，然后和老人叙叙家常，说说自己的工作，聊聊孩子的成长和事业。一年也就这么一次，平时都各忙各的，谁也没有闲暇安静地坐下来把盏畅谈。人与人也就在这祥和的交谈中拉近了距离，增加了了解，感受到了亲情的弥足珍贵。

拜完本家长辈和几家亲戚，我和弟弟就带着孩子分开拜，各自拜拜自己的密友、同学和同事，一家一家不厌其烦地嘘寒问暖。从早上出家门，走家串户，不觉就到了中午，回家休息一下，顺便看看家里有哪些人来过。碰到来我们家拜年的，就热情地端茶倒水，陪他们说说话。等他们走了，我再出去到东邻西舍家坐坐，感觉该拜的都拜了，才回家上炕放松一下，打开电视看看有什么好节目，喝喝茶，嗑嗑瓜子，吃点糖果，备感温馨惬意。最近几年流行网上拜年了，有的电话问候，有的微信留言。拜年也提前了，大年三十这天都早早地互相祝福，边忙着打扫卫生，拾掇年货，边见缝插针地编辑几句祝福的话，手指一点，新年祝福就从这部手机传到那部手机，科技的进步让人们的交往越来越便捷。

拜年，是中华民族的优良传统，也是一种文化。宋人孟元老在《东京梦华录》卷六中描写北宋汴京时云：正月一日年节，开封府放关扑三日。士庶自早互相庆贺。明中叶陆容在《菽园杂记》卷五中说：京师元旦日，上自朝官，下至庶人，往来交错道路者连日，谓之拜年。然士庶人各拜其亲友多出实心。朝官往来，则多泛爱不专……清人顾铁卿在《清嘉录》中描写：男女以次拜家长毕，主者率卑幼，出谒邻族戚友，或止遣子弟代贺，谓之“拜年”。至有终岁不相接者，此时亦互相往拜于门……

在古代，上层士大夫有用名帖互相投贺的习俗。宋人周辉在《清波杂志》中说：宋元祐年间，新年贺节，往往使佣仆持名刺代往。当时士大夫交游广，若四处登门拜年，既耗费时间，也耗费精力，因此有些关系不大密切的朋友就不亲自前往，而是派仆人拿一种用梅花笺纸裁成的二寸宽、三寸长，上面写有受贺人姓名、住址和恭贺话语的卡片前往代为拜年。明代人们以投谒代替拜年。明朝杰出画家、诗人文徵明在《拜年》诗中描述：不求见面惟通谒，名纸朝来满敝庐；我亦随人投数纸，世情嫌简不嫌虚。这里所言的“名刺”和“名谒”，即是现今贺年卡的前身。贺年卡用于联络感情和互致问候，既方便又实用，至今仍盛行不衰。

大约从清朝时候起，拜年又添“团拜”的形式，清人艺兰主在《侧帽余谭》中说：京师于岁首，例行团拜，以联年谊，以敦乡情。

拜年，不仅有浓郁的文化色彩，还有浓厚的乡土气息。在农村，大年初一，街道上拜年的人成群结队，一般是同一家族的人结伴出行，少则三五人，多则十几人，穿戴时尚，有说有笑，行人相见，互相问好。每到一户人家，人多拥挤，无处落座，早到的就会很识趣地起身告别，给晚到的腾地方。街上鞭炮声不绝于耳，时间不急，则可驻足欣赏漫天烟火。从前街道是土路，坑坑洼洼，为防摔倒，需要带着手电筒照明。现在乡村经济振兴，实现了路路通、村村通，大街小巷都铺设了水泥路，安装了路灯，一到晚上灯火通明，不用再担心安全问题。

从前家中桌上摆的葵花子和花生都是自家栽种的，富有的人家再多添点高粱饴之类的糖块，孩子们见了忍不住狼吞虎咽几块，临走时还要揣上几块放在口袋里。现在除了这些，还有五花八门的干果，什么夏威夷果、碧根果、葡萄干等等，应有尽有，孩子们见了也不觉得惊喜，因为这些东西平时也经常吃。

近几年年龄大了，就不想再去拜年了，可是一到正月初一就按耐不住激动的心情，依然和孩子们一起享受拜年的乐趣。

磕头钱

□ 刘焕友

在齐长城附近的穷汉岭一带，每逢过年，小孩子们不是盼望父母给自己添新衣服，吃水饺，而是盼着走街串户去磕头，去要磕头钱。

父亲完成复杂烦琐的一系列祭拜，全家人吃了年夜饭后，我就坐不住了，没等父亲外出拜年，自己就溜出家门，先从最近的一户人家开始磕头，要磕头钱。开始是自己，后来弟弟们大了，就和弟弟们一起。一般人家都会给一毛钱，如果这户人家家庭条件好，或者和我们血缘上亲近，也许会给两毛钱。我会激动地攥紧，生怕这两角钱飞了似的，第二年拜年，这个给两毛钱的人家，是必去磕头的人家。

到奶奶家磕头时，我会感到既高兴又沮丧，高兴的是，奶奶会给我和弟弟每人五毛钱，那可是其他人家的好几倍。沮丧的是，奶奶会给三叔家弟弟、四叔家弟弟每人一元。这个不公平我一直不理解，直到奶奶去世还不能释怀，总觉得奶奶偏心眼，后来读书了，还觉得奶奶是个趋炎附势的人。这几年和妻子谈起这件事，妻子说："你家弟兄两个，给你们每人五毛，加在一起一元，三叔和四叔家一个孩子，给一元不是合情合理吗？奶奶很明智的。"这个解释让我有了些慰藉，不再耿耿于怀。

小时候过年磕头要磕头钱，最激动的是去一户刚从东北搬回来的人家。

那年，走到这户人家门前，本来不想进去，因为根本不知道进门叫什么好，但为了多要磕头钱还是决定进去。不知道进门叫什么，怎么办？我和三个弟弟商议，进门磕头时快说，一边磕头，一边快嘟囔，把称呼叫得模糊些，把"磕头"叫的声音大，反正他们在里屋也听不清楚。于是，我们四个战战兢兢地就进去了，我在前面，一边磕头一边快速地说："给 ×× 磕个头。"三个弟弟依葫芦画瓢，"磕个头"语调高，拖得长。

等进了里屋，炕上的两个大人也许也不认识我们，但他们依旧热情地招呼："好孩子，快坐下暖和暖和，吃糖，吃瓜子。"并问我们四个是谁家孩子。女主人掀开炕上的席子，从底下抽出一沓钱，给了我们每人一元钱。天哪，一元钱！我们四个快伸手，有点颤抖地接过这罕见的一元钱，激动得差点跳起来。糊里糊涂出了这户人家，我们像捡到宝贝似的，美滋滋地跑回家，给父母汇报这个大喜讯。接下来几年磕头，这户人家成了我们的首选。

后来，领着兄弟们去磕头的人家越来越少，一开始是因为某某人家一分磕头钱不给，所以就不去了。再后来长大成人，也就只去几家血缘关系近的人家，虽然人家不再给磕头钱了。

现在过年，一般都是天亮了才去拜年，为的看望族内的几个老人。或许这就是个过年的传统，但是，磕头要磕头钱这个环节逐渐节省去了，顶多是进门问个"过年好"罢了。

二月二龙抬头

□ 王海霞

诸城又称龙城，这里有很多齐长城遗址。长城与龙，一直是我们血脉中的骄傲。龙在中国传统文化中具有神圣崇高的地位，龙代表着吉祥，象征着神圣，又是力量的化身，是中国人心目中的神。几千年来，中华儿女在它身上寄托了无数美好的愿望。

齐长城脚下，关于龙的传说有很多，最著名的就是在民间广为流传的是农历二月二龙抬头了。

为啥二月二叫龙抬头呢？这要从古代的天文学说起，人们以赤道附近的二十八组星象为坐标，作为观测天象的参照物，根据日月星辰的运行轨迹，把黄道附近的星象分为二十八组，俗称二十八宿。在东方的七个宿组成一个完整的龙形星象，称它为“东方苍龙”，其中角宿代表龙角，在冬季的上半夜，苍龙七宿隐没在地平线以下，初春入夜后不久，角宿就从东方地平线出现了，只是角宿初露，故称“龙抬头”。人们相信青龙抬头是祥瑞之兆，此时正值春耕伊始，于是纷纷烧香放炮，祈求新的一年五谷丰登吉祥如意，也衍生出了很多二月二龙抬头的风俗。

二月二龙抬头，天子耕地臣赶牛。
正宫娘娘来送饭，当朝大臣把种丢。
春耕夏耘率天下，五谷丰登太平秋。

因为龙抬头节是一年中春耕之始，故而也叫春龙节、春耕节、农事节。

传说此节起源于三皇五帝之首伏羲氏时期。伏羲氏“重农桑，务耕田”，每年农历二月二这一天，“皇娘送饭，御驾亲耕”，自理一亩三分地。由于中国古代社会重农耕，以致后来的统治者纷纷效仿。皇帝在这一天会率文武百官亲耕一亩三分地，亲自示范，以敬天地。除此之外，民间还有各式各样的习俗，流传至今。

二月二这天各家各户都要炒糖豆，二月二吃炒豆子代表着农民对新一年好收成的期望。

二月二，龙抬头，家家户户炒豆豆。
你一把，我一把，剩下这把喂蚂蚱。
蚂蚱撑得伸了腿，喜得小孩咧着嘴。

在二月二寅时前，人们就会把豆子炒好，让家里一家老小在一大早就能吃到炒豆子。听家里的老人说，二月二吃炒豆子相当于吃虫子，吃了豆子，地里的害虫就会减少，因此二月二吃炒豆子是农民对新一年好收成的期望。

许多地方二月二还要吃“龙须面”，就是把面条切得细长，家有老年人的要吃龙须面来求长寿。有的地方，在二月二这天要吃单饼、煮鸡蛋。单饼裹上一个煮鸡蛋，然后撒上一撮芝麻盐，又柔软又筋道，吃起来满嘴飘香，回味悠长。

到了二月二这天，民间素有“二月二剃龙头”的说法，寓意讨个好彩头。“二月二剃龙头，一年都有精神头。”为了有这龙的精神、龙的气魄，每逢二月二这一天，理发店都是顾客盈门，生意兴隆。另外，在我国民间流传着“正月剪头死舅舅”的说法，所以很多人在腊月理完发后，一个月都不再光顾理发店，直到“二月二”才解禁。不过，这一民间禁忌近年来已经逐渐淡薄。二月二剃龙头能转运的说法却深得人心，大家为了图个好彩头，纷纷去理发，以至于这一天理发店人满为患，一大早就排起了长长的队伍。

二月二也是打工人准备出门干活的日子。过去在农村，打工人一般从腊月底回来准备过年，年后从正月十六至二月初二准备再出去打工，在二月二这天，街头巷尾经常能见到大包小包出行、送行的人。每年二月二，打墙盖屋的户多在这天选择动工，放上一串鞭炮，烧几张纸，以求吉利。

这些习俗表达了人们祈龙赐福，以求风调雨顺、五谷丰登的美好愿望，以及对未来美好生活的期待。

清明节

□ 台见新

“一个老头八十一，每年都从冬至起，光年过了无期数，就是没过大寒食。”这是流传于齐长城附近台家沟的一则民谣，老幼皆知，说的就是数九。并且，民间还有一段关于数九的歌谣：“一九二九不出手，三九四九冰上走，五九六九顺河看柳，七九六十三，路上行人把衣单，八九七十二，犁牛遍地是，九九八十一，家里送饭坡里吃。”

那么，这数九共有多少天呢？九九八十一天，从二十四节气的冬至这天算起。

据《荆楚岁时记》记载：“去冬至一百五日，即有疾风甚雨，谓之寒食。”寒食，民间又称为熟食节、禁烟节或冷节。

那么，“一百五日”又是怎么回事呢？这与清明有着密切的关系。

汉代刘向所著《淮南子》一书称“春分后加十五日，则清明至”，农谚中有“清明谷雨两相连，浸种耕田莫迟延”的说法，民间则有“清明断雪，谷雨断霜”之说。而《岁时百问》一书则言：“万物生长此时，皆清洁而明净，故谓之清明。”

清明的具体日期，依照阳历，年年清明只差一日，不是四月四日就是四月五日。既然清明的日期确定，所谓的一百五，也就好计算了。一般是按农历计算，从冬至当天累积到清明前二日，共计一百零五天（也有一百零四天或一百零六天之说）。

其实，根据北方习俗，清明包括三日，清明前一天叫大寒食，大寒食前一天叫小寒食，即民间所说的“一百五”。

那么，寒食又是怎么一回事呢？这和春秋时期的一段故事有关。

春秋时期，五霸之一的晋文公，名叫重耳，年轻时因宫廷内乱，重耳率领众随从漂泊流亡长达十九年之久。这期间历尽艰辛，受尽苦难，众随从先后跑掉，只剩下一个义士介子推。当重耳穷困潦倒以至于大病不起之时，忠心耿耿的介子推毅然割股救主，立下了不朽之功。苦去甘来，十九年后，重耳终于回到自己的国家，夺取君主之位，成为一方霸主。他不忘旧情，重赏与自己同甘苦共患难的群臣，却单单把功劳最大的义士介子推忘记了。时人为介子推鸣不平，然而，介子推为人忠厚耿直，不慕富贵，不求回报，不图俸禄，背起八旬老母，奔入绵山。有一天晋文公猛然想起，劳苦功高的义士介子推还没有受到封赏，立即召见介子推，可是介子推已杳无踪迹。晋文公十分懊悔，深感自己愧对介子推。他派人多方寻找，才打听到介子推已背母入山，于是命人到绵山去请介子推。可是绵山峰峦重叠，古木参天，怎么也找不到。晋文公知道介子推侍母至孝，想放火烧山逼介子推出山。于是，派人三面放火，独留一面。哪知大火过后，仍不见介子推的人影。再派人进山搜寻，终于在一棵柳树下找到了介子推母子，然而他们已被活活烧死。晋文公非常悲痛，为自己的鲁莽行为深感内疚，不但厚葬了介子推母子，而且颁布政令，全国悼念，并规定自此以后，介子推殉难日为寒食节，改绵山为介山。同时规定，这一天不举烟火，以表达对义士介子推的崇高敬意。久而久之，流传到全国各地，形成了寒食节。

渐渐地，过清明，度寒食，放风筝，打秋千，踏青扫墓，成为这一天的主要活动，清明节逐渐成为民间一个十分重要的节日。

唐代诗人白居易在《寒食野望吟》中写道：“乌啼鹊噪昏乔木，清明寒食谁家哭。风吹旷野纸钱飞，古墓垒垒春草绿。棠梨花映白杨树，尽是死生别离处。冥冥重泉哭不闻，萧萧暮雨人归去。”而宋代诗人的一首七律，写得更加传神：“南北山头多墓田，清明祭扫各纷然。纸灰飞作白蝴蝶，泪血染成红杜鹃。日落狐狸眠冢上，夜晚儿女笑灯前。人生有酒须当醉，一滴何曾到九泉。”

北方的寒食节过得非常隆重。自古就有“一百五添土起骨”一说（指民间为逝去的先人筑坟，迁建墓址）。一百五这天，人们都要扫墓，即为祖先添土上坟，烧纸叩头，立碑植松。如果谁家祖坟没有添土，相邻的人家，就会给添上几下。因为坟头不添土，外人会说，这家人家已经没后人了。同时，这一天，家家立秋千，规模大小不一。尤其是新婚人家，要当街立大秋千，也有立转秋千的，要一连立三年。

从一百五至清明，一连三天，女人要穿上新衣服，到野外踏青，祈求一年不得瘟疫不得病；或者忙着打秋千，踢毽子，从早上到夜里，欢声笑语不断。唐代诗人王建在《秋千词》中写道：“长长丝绳紫复碧，袅袅横枝高百尺……身轻裙薄易生力，双手向空如鸟翼。”清代扬州八怪之一的郑板桥在《怀念潍县》诗中也写道：“纸花如雪满天飞，娇女秋千打四围。五色罗裙风摆动，好将蝴蝶斗春归。”

男人和孩子们则忙着扎制风筝，到野外放飞，于是空中飘满了金鱼、蜈蚣等各种形状的风筝。有的用柔柳枝条做成圆圈套在头上，更多的是用杨柳枝扭成哨子，吱吱地吹着。有的和泥娃娃，口里念念有词：“娃娃娃娃响不响，大门口里放爆仗。”说完猛地往地上一甩，砰的一声，泥娃娃响了，孩子们都拍着手欢跳起来。还有的用两个铜钱搓泥钱，晾干后用绳线穿起来，用来比赛。

清明节前后是植树造林的最佳季节，清明节植树也成为民间的一种习俗。

寒食节早上，家家煮鸡蛋，擀白面饼，蘸盐粒吃单饼卷鸡蛋或单饼卷韭菜。孩子们则每人带一两个熟鸡蛋，有的还在鸡蛋上染上红点。老师还要组织学生到就近的烈士陵园扫墓。中午，家家用韭菜炒肉丝，炒鸡蛋，菠菜蘸蒜泥，男人还要喝酒。同时，这一天为休闲日，即使在大集体年代，也会放半天假。由此可见，民间对这一节日的重视。

立秋

□ 王学文

齐长城脚下的人们，过去过着自给自足的农耕生活，在斗转星移中，传承了许多古老的民俗。今年是八月七日立秋。打开手机，微信群里热闹非凡，大家纷纷在群中晒各种小吃，很有仪式感，其中大家晒得最多的要数小豆腐了。

在立秋这天为什么要吃小豆腐呢？普遍的说法是“贴秋膘”。贴秋膘是指到了立秋，天气变得凉爽，人们胃口大开，想吃点好的增加一点营养，补偿夏天的损失。夏天气温高，人们食欲减退，营养吸收得少，再加上流汗过多，消耗过多，身体消瘦，人们称作“苦夏”。小豆腐是一道家常菜，用料简单，蔬菜和大豆都是土生土长的，容易弄到，又有营养，所以用小豆腐贴膘也就成了农村人的首选。

立秋日除了吃豆腐，还要吃水饺。妻子去菜园摘来茄子，洗净后把每个茄子一分为二，放在热水中烫到七八成熟，然后磨碎，再将猪肉剁成肉泥，配以葱姜等作料，倒上适量的味极鲜和花生油，搅拌成馅，再揉面团，我擀皮她包，鲜美的水饺很快就做成了。妻子边包水饺边说：“上午秋，凉飕飕；下午秋，热死驴。”立秋的时间精确到时辰。如果在上午立秋，天气会很快转凉，刮的风是凉凉的；如果是下午立秋，那么夏天的炎热还会逗留一段时间，也就是人们说的“秋老虎”，它还在虎视眈眈，伺机施发威。即使早晚凉风习习，但在中午，气温还是较高。立秋吃饺子，叫作“抢秋膘”，抢别人碗里的一个饺子，就能在秋天补上夏天流失的油水，变得身强力壮。

立秋这一天，还有啃西瓜的习俗，叫“啃秋”。因为立秋以后天气变凉，就不能再吃西瓜了，所以就买几个西瓜回家，全家人围着一起啃。“啃秋”的习俗在我们这里也很盛行。妹妹因为忙，没时间做豆腐，也没包饺子，就买了几个西瓜，全家人开着空调啃西瓜。

手机中又传来信息，杨老板说女儿张雯要吃牛肉辣酱小豆腐水饺，她就炒好了小豆腐，等第二天早上凉透了，拌上得利斯牛肉辣酱包水饺。王会武老弟赶紧回复：母爱伟大！我也附和：母爱是无私的，母亲爱子女，子女又爱他们的子女，代代相传，生生不息。人类就是这样在薪火相传中向前发展的。

作为一个丰收的季节，民间庆祝活动丰富多彩，不同的习俗代表了不同的地域文化。透过一个个生活画面，我看到了中华文化的博大精深，体会到了人们的质朴纯真。

传统风味

轱辘煎饼

□ 祝金霞

本来已经淡忘了轱辘煎饼的滋味，但是昨晚老家的群友们在群聊里晒出制作煎饼的图片和视频，又勾起了我的食欲和对家乡美食的念想。

轱辘煎饼，因为口感特别，不用加佐菜就可以吃得很饱，所以成为那些年老家人的主要干粮。吃起来微甜，干爽香醇，下咽舒畅，称其为美食绝不为过。

我的老家是诸城市皇华镇小庄沟村，离齐长城仅几里路之遥，与马耳山也相距不远。在那物资匮乏的年代，轱辘煎饼作为主食，填饱了大家的肚皮，养活了一代又一代的人。

现在市场上的煎饼大多是用机器制作成的，纯手工制作的煎饼难得一见。虽然也有玉米、高粱米、小麦制作而成的种类，但是远没有老家里那些纯手工制作的好吃，更没有红薯面的轱辘煎饼好吃。

其实制作手工煎饼的用具非常简单，只要有鏊子、筢子、油褡子即可。关键是手上的功夫，只要手艺好，就可以制作出又香又筋道的煎饼。

我的母亲就是一个制作煎饼的高手，熟悉各种煎饼的制作方法。那些年家里人口众多，经济上并不宽裕，尤其是在生产队的时候，家里生活捉襟见肘，馒头是一种奢侈品，家里的主食就是煎饼。

为了供应全家人的肚腹，母亲隔三岔五就会制作许多煎饼，保障家里人的生活。母亲心灵手巧，拎篼子拎得特别好，多数时候是以玉米为原料制作抹煎饼。

这种抹煎饼和轱辘煎饼的制作方法不同：先要把玉米泡好，之后用自己家里的石磨推成糊子，倒在大铁盆里，支上鏊子，一般支两盘或者三盘。然后用小麦的秸秆等比较软的草烧火，以便控制鏊子的温度。等把鏊子烧热了就开始摊煎饼。把玉米糊子用勺子舀起来，倒在鏊子中间，用煎饼篼子向外旋转，一圈又一圈，一直旋转到鏊子的边缘，火候到了，煎饼就熟了。把煎饼揭下来，再用油褡子擦擦鏊子，开始下一张的制作。

母亲手法娴熟，一般不用补糊子，所以抹出来的煎饼特别均匀，厚薄适中，很是诱人，饥肠辘辘的我们一顿能吃好几个。

当一张煎饼抹好以后，母亲就把它揭下来，放在一个大盖垫上，再开始新的制作。一张又一张，周而复始，一抹就是一整天，往往到傍晚时候才会完工。

这样制作下来特别劳累，每到收工，母亲就灰头土脸，一脸倦容，直喊腰痛。等到煎饼凉透了，还要再叠起来，就像叠衣服那样，都叠好才算彻底完工。

轱辘煎饼要用红薯或者红薯干来制作，也是要先洗干净，再用刀剁碎，以后上磨磨成糊子，支上鏊子，接下来的做法就和抹煎饼不同了：抹煎饼的玉米糊是稀的，是用煎饼篼子从中间向外转；而轱辘煎饼的面糊是比较干的，用手团成一大团，从鏊子外围开始滚圈，一圈一圈旋转，逐渐转到中间，严丝合缝，不留一隙。火候到了以后，煎饼边缘就会微翘起来，这时候把煎饼揭下来，放在大盖垫上，一张一张覆盖好，不用再叠起来，啥时候吃啥时候拿，即使放上几天，煎饼一点也不干巴，还是那么筋道可口。

母亲制作的轱辘煎饼就像手工艺品，薄如轻纱，无论是形状和口感都是绝无仅有的。早些年我也想学习母亲的这门好手艺，但是学了几次，终因为手太笨不了了之，只能任由母亲这么好的手艺就此失传。

现在回想起母亲制作煎饼的过程，更增加了我想吃煎饼的欲望，只是母亲年事已高，已经没有制作煎饼的能力了，所以我只能在回忆里咀嚼轱辘煎饼的好滋味。

听说，现在老家里会制作这种轱辘煎饼的人也很少了，曾经家家不离的轱辘煎饼，竟然难觅踪迹了。

大洼村的煎饼卷大葱

□ 刘洪霞

山东人爱吃煎饼卷大葱，这在大洼村有很好的体现。

我们到大洼采风，正好碰到一位中年妇女，肩膀上背着喷雾器，手里拿着卷着大葱的煎饼，边吃边向田野走去，一股又香又辣的混合气味随风飘来。

煎饼过去是大洼人的代表食物，也是当家主食。那时摊煎饼是家庭主妇的主要工作，每隔几天，就要摊一摞煎饼，供全家食用几天。

煎饼的制作首先要磨制糊子，就是把麦子、高粱、玉米、谷子、地瓜干等原料淘洗、浸泡，然后用石磨磨成糊状物，俗称“煎饼糊子”，接下来就可以烙制了。摊煎饼的工具主要有三件：一是鏊子，铁制品，圆形，中等型号的直径 65 厘米左右，中心稍凸，三足，用柴草在下面加热，上面烙制煎饼。二是筢子，木板制作，板状，弧形，有个小柄。糊子倒在热鏊子上后，用筢子摊均匀，糊子便薄薄地摊在鏊子面上。三是油褡子，是用十几层布缝制的方形擦子，上面渗着食油，用来擦鏊子，以防煎饼粘在鏊子上揭不下来。

摊制煎饼糊子之前，往往先用油褡子在鏊子上面擦一遍油，这样既能除掉鏊子上的煎饼渣沫，也使得鏊子油滑。鏊子烧热以后，舀一勺煎饼糊倒在鏊子中心，用筢子推着一圈一圈地从中心向外扩展，一直延伸到鏊子边沿。由于鏊子很热，煎饼糊摊满鏊子，很快就熟。把烙熟的煎饼揭下来，把剥好洗好的大葱卷进煎饼里，两手攥着，一口一口地咀嚼，又香又辣，回味无穷。

旧时摊煎饼所用原料主要是高粱、玉米、地瓜干等，因为小麦、谷子稀罕，有时仅少量添加；现在则以小麦、谷子、玉米为主。旧时磨煎饼糊主要靠人工推磨，现在不仅有了磨糊机械，还有了专门的摊煎饼机，但用机器摊的煎饼远没有手工摊的可口。

齐长城地方名吃

□ 王昌英

烩肉

烩，是厨房常用的一种烹调技法。很多人一看到这个“烩”字，可能立马会想到 “大烩菜”“杂烩羊肉汤”，烩，似乎就是大锅菜。烩，包括的技法很多，可以把多种蔬菜放在一起烩菜，也可以把多种肉放到一起烩肉。我说的“烩肉”是指我们那个地方 20 世纪六七十年代流传很广的一道地方美食，就是把猪肉，加上各种作料单独烩——烩猪肉，虽然是美食，但那时经济条件落后，物资匮乏，一般情况下，平日里是吃不到的，只有在春节这样的大节，或者娶媳妇这样的大事的时候，才做了吃，大多数是用来招待客人。

这种烩肉的主要食材是猪肉，最好是五花肉，用到的作料有八角、花椒、葱、姜、酱油、食盐等。

烩肉的方法，说难不难，因为程序并不复杂，说简单也不简单，因为需要掌握火候，需要技巧，同样的食材，不同的人做出的味道也不同。

制作时第一步是煮肉：先把新鲜的猪肉清洗干净，放到清水锅里，加入八角、花椒、葱段、姜片等作料，中火煮至五六成熟，捞出，放凉，把猪肉的汤取出，放到一个大盆里，去掉上面的浮沫，备用。

第二步是烩肉：等猪肉放凉后，把肉切成一寸见方、半公分厚的大肉片；把姜切细丝、葱白切薄片备用。把锅烧热，放少量花生油，待油热之后，放入备好的姜丝和葱片，爆锅，炒香，然后放入切好的肉片，大火翻炒几下，倒入过滤好的肉汤，加几粒八角、少许花椒，大火煮沸，倒入酱油，继续煮两三分钟，然后停火。小时候家里用的都是烧柴火的大锅，停火后，锅底的余热还会持续一段时间。掌握火候很重要，肉不能煮太烂，太烂了就没有嚼头，也不便于二次入锅制作其他菜品。不能在锅里放太久，烩好的肉要及时取出，放到一个大瓷盆里，放凉，放上一层塑料薄膜，盖好放着，当家里需要待客的时候，可以用这盆烩好的肉，做出很多菜品。比如，烩肉炖粉皮——就是把泡好的粉皮下锅，然后加上烩肉一起炖；烩肉炖大白菜——就是把下锅炒好的大白菜里加上烩肉一起炖；还可以把白菜、粉条、香菇，加上烩肉一起炖。

在那个物资匮乏的年代，这锅烩好的猪肉，是春节期间做各种菜品的最佳搭配，不管什么菜，只要加入烩肉，就有了那种特殊的肉香味，香而不腻，很是刺激人的味蕾。

油炸萝卜丸子

除了烩肉，还一道美食：油炸萝卜丸子。

这个用料简单，主要原料是萝卜和绿豆粉，作料是葱、姜和五香粉。

制作时首先将萝卜洗净，控干水分，然后，用擦床把萝卜擦成细丝，用刀稍微剁几刀，把萝卜剁成稍微小一点的萝卜碎，但也不能太小，差不多有一公分半长即可，放到盆里备用。把葱、姜剁成碎末，放到碗里备用。然后把盐和剁好的葱、姜碎末放入准备好的萝卜丝里，加入少许花生油，搅拌均匀，再加入磨好的绿豆粉，边加边搅拌，让萝卜丝和绿豆粉充分黏在一起，不干不湿，放到一边备用。接下来就是下锅炸丸子了。先取一只小碗，倒入少量花生油放在一边备用；在锅里倒入适量的食用油，油烧至七成热，用手指蘸取花生油放到手心，取一些萝卜丝，在手心里做成丸子，放到油锅里开炸，边做边放，动作要快，火不宜过大，油会越来越热，中火即可。待锅里的丸子微黄，要用漏勺把锅里的丸子翻动一下，待到两面都出现微黄色了，丸子即可出锅，捞到一个大的盆子里控一下油，这个时候的丸子已经熟了，淡淡的黄色外皮，里面透着一点点绿，外酥内软，香脆可口。过油之后的香味，由里至外散发出来，刺激着人的味蕾，不用看，闻着味就禁不住想吃。

炒辣菜

炒辣菜，因为原料来源方便，可就地取材，制作方法简单，所以，每每到了冬天，等辣菜疙瘩收回家的时候，几乎家家户户都会做一坛子辣菜。这里所说的辣菜，是当地方言，学名应该叫芥菜。辣菜长出一段时间后，可以把它的叶子劈下来，当作小豆腐的食材。随着一次又一次劈下叶子，它的块根就越长越大。种辣菜主要是利用它成熟之后的块根，大多数都是用来腌咸菜。在诸城的城西，有一道用这种辣菜制作的小吃——辣菜丝子，而城东，特别是靠近胶东的林家村镇，都习惯于做炒辣菜。

制作时首先取两三个辣菜疙瘩，洗净，切成一寸长半公分见方的辣菜条，放在盘子里备用；取一个青萝卜，洗净，取萝卜上面三分之一的部分，用擦床擦成萝卜丝，放在盆子里备用。把葱切成葱花碎，放碗里备用。然后把锅烧热，放入适量食用油，待油烧开之后放入葱花碎，根据自己的习惯放入适量盐，爆香，随即放入切好的辣菜疙瘩条，大火爆炒，炒至六七成熟时，立即停火出锅，放入早已备好的盆子里，把准备好的萝卜丝趁热放进去，用筷子搅拌均匀后，装入瓷坛子或小口的玻璃容器里，封好口，放置

24小时后，即可食用。这样做出来的炒辣菜香辣可口，有呛鼻子的辣味，有种“辣却快乐”的感觉。

做这道菜的关键是炒制的火候，超过七分熟，辣味和口感都会降低，不到六分熟，辣条不能断生，辣菜会有一股生味，口感不佳。

油煎白菜头

油煎白菜头，也算我们这个地方的一道地方名吃。我们地处胶东边界，胶东的大白菜，比较有名，家家户户都栽种，所以，关于白菜的吃法，多种多样，油煎白菜头，就是吃法之一。小的时候，母亲经常做给我们吃。

油煎白菜头的主要食材就是大白菜，做法也不复杂，大致可以分为五步：第一步，制作菜皮。取一棵新鲜的大白菜，把外面的几层老帮子去掉，横着从中间切开，这样一半是白菜叶一半是白菜帮；把上面的菜叶部分，一层层剥开，上锅蒸一下。这一步很关键，蒸的时间不宜太长，新鲜的白菜叶子很脆，容易折断，上锅蒸的目的是断生，去掉一部分水分，让叶子变软，但时间不宜过长，叶片变软就要快速出锅，放到凉水里冷却，放凉后取出，双手轻微地攥一下，沥一下水，放到盆子里备用。这样菜皮就基本制作完成了。当然，老百姓的智慧是无穷的，做菜皮的方法也不止这一种，还可以直接把大白菜的生叶片，放到烧开的沸水里，焯水断生。生的叶片放进去，不要盖锅，翻动几下，待叶子变软断生，就要快速捞出放到备好的凉水里，放凉，沥水。不管用哪种方法，关键在于火候的掌握，不能太生，叶片不软不能用，也不能太熟，太熟了，叶片失去了韧性，容易破。

第二步，制作菜包子馅。这个包子馅，没有特别的要求，完全可以随着自己的心愿来。可以把白菜帮部分剁碎，沥水，加上精肉，少量韭菜、葱、姜、五香粉，油、盐、酱油，做成猪肉白菜馅；也可以不用肉，把肉换成花生碎，做成大白菜花生馅；还可以用虾皮、木耳、韭菜，加上作料，做成三鲜馅；也可以用鸡蛋韭菜，加上作料，做成韭菜馅；……凡是能做饺子馅的，都能做白菜头包子馅，可以根据个人的习惯和口味，随意制作。

第三步，就是包包子了。把白菜头摊开放到手掌上，把准备好的馅放到白菜头上，然后，按照一定的顺序卷、叠，包成四方或长方的菜包子。

第四步，制作面糊。取适量清水，放入少许盐，打入两个鸡蛋，搅拌均匀，然后放入面粉，继续搅拌，一边搅拌，一边加面粉，直至面糊黏稠，用筷子挑起来，能够滴下，感觉能挂糊为止，放到一边备用。

第五步，也是最后一步，就是用油煎白菜头了。把锅烧热，放入适量油，待油七成热时开始入锅：先将包好的白菜包子，用筷子夹住放到面糊里，均匀地裹上一层面糊，然后放到油锅里，一一摆开，中火即可。待底层的包子外皮微黄，用锅铲把菜包子翻过来，沿着锅边再加上一次油，待底层的面糊微黄，再将其翻过来，然后，沿着锅边，加入少量水，盖好锅盖，煮两三分钟，待水完全烧干，再将包子翻过来，再沿着锅边加少许油，煎至面糊焦黄停火，在锅里焖放两分钟，就可以出锅了。

油煎白菜头，也叫油煎白菜包子，说它是白菜头，是因为这种美食的用料、口感主要都体现在白菜头的叶片上，说它是白菜包子，就更好理解了，因为它和包包子差不多，只不过不是用面皮包，而是用白菜的叶片包。这种美食的特点是，既可以当菜吃，也可以当饭吃，这样油煎之后的白菜头，似烂不烂，一口咬下去，很有嚼头，既有油炸的香味，又有白菜的鲜味，再加上里面馅的美味，着实是一道不错的美食。只要吃上一次，还想着再吃一次。

孙家夼村的饭食

□ 刘洪霞

孙家夼村处在诸城与青岛之间一个南北狭长的盆地里。村民的饭食有显著的民俗文化特征。

村内食俗属于我国北方类型，过去人们的食粮以玉米、小麦、地瓜为主，杂以谷子、高粱、黍子、豆类（黄豆、绿豆、豌豆、红豆）等五谷杂粮。副食以蔬菜为主。肉类、蛋类过去是寻常人家办喜事和节日、待客的珍品，现在却是寻常饭食了。通行一日三餐，早饭称“早晨饭”，午饭称“晌饭”，晚饭称“后晌饭”。冬闲时则一日两餐，称“吃两顿饭”。早晨饭一般为小米稀饭或高粱面、玉米面稀饭，配以玉米饼子、地瓜、地瓜干。高粱面、玉米面稀饭统称“黏粥”，也叫“糊涂”。晌饭是粗粮制作的煎饼、窝头或饼子。后晌饭是用地瓜或地瓜干煮的粥，称“地瓜饭”“地瓜干子饭”。这种饮食安排叫“两稀一干”。如今饮食变化很大，大米白面成为寻常人家的家常便饭，鱼肉也习以为常，高粱、玉米、地瓜已很少食用，农闲时的“两顿饭”也已改为三餐，早上喝稀饭的习惯仍未改变。

面条，本地习惯叫“面汤”，旧时用手工加工而成，和面后用擀面杖擀成面皮，用刀切成长条状。面汤按形状分，又有宽面汤、棋子块面汤（用刀切成菱形）和细面汤等。宽面汤（也叫“宽心面”）是结婚时新郎新娘必吃的食品，现在婚礼中仍很流行。按粮食品类分，有白面汤、豌豆面汤、杂面汤（由白面、豆面混合而成）、“三条腿面汤”（由白面、豆面、地瓜面混合而成）等。现在，人们仍然非常喜欢吃面汤，不过一般不再手工制作，而是直接购买成品的挂面了。

村里人称饺子为“馉馇”，有俗语说“舒服不如躺着，好吃不如饺子”，饺子是当地人最爱吃的食品之一。过去，老百姓家只有过节或招待客人时才包饺子，常见的有白菜猪肉馅、韭菜鸡蛋馅、菠菜豆腐馅以及其他素馅的饺子。近年来，饺子已成为人们的家常便饭，还出现了三鲜馅、海鲜馅和野菜馅等各种各样的饺子，其中荠菜馅饺子很受人们的青睐，春季餐桌上常见。

生活习俗

发盘缠

□ 张瘦石

在诸城境内齐长城东段石河头一带，人去世之后，当地有一种不成文的风俗习惯，叫发盘缠。

发盘缠是指一个人死后，在大街或者十字路口等宽敞地界，人们给亡者焚烧纸马、丫鬟、车夫、厨具等，实际是家人给亡者举行的一种送灵魂回山西老家的仪式，代表着人即使死了，灵魂还是眷恋着回到山西大槐树底下的老家。

人死后的第二天黄昏（现在变成当天送走亡者后就举行），子女拖着“哭丧棍”在前，亲朋抬着纸扎的一辆车、一匹马、一个童子（顺手）、一个丫鬟（秋香）等，并携带大量纸钱随后。

死者后人成群结队，一路哭着来到村东的土地庙前，长子（或长孙）拿一根高粱秸，顶端夹一张纸钱，手握另一端绕“土地庙”拖着走，谓之“拖魂”。等觉得高粱秸沉重时，便是拖着“魂”了，把高粱秸（即“魂”）放在一把椅子上，椅子前面有一张供桌，上面摆着祭品——这是请“魂”来用餐，让其吃饱喝足后上路。稍等一会儿，估摸着“魂魄”用完餐了，就把它请上纸扎的车里，驾好马，那童子便是车夫。

另外，家人训诫童子“吃饭别离车中间，宿店别等黑了天”云云，然后把车、马、童子烧掉，并焚烧大量的纸钱——这是送给“魂魄”的盘缠。火光中，长子站在凳子上顿脚哭喊：“爹爹（母死喊‘娘’），放光大路向西南，千慎万慎苦处花钱！”连喊三遍，谓之“指路”——指亡者的灵魂升天之后，就不要恋恋不舍环绕在自家门口，应立即离开这里，回山西洪洞县大槐树那边的老家。

可见，发盘缠和诅咒烧纸人并不是一回事，有的村落特别是山区一带，有的人痛恨某一个人或者某一件事，心里恨得咬牙切齿，不敢怒也不敢言，实在被逼得没办法了，就在晚上或者背后诅咒或者咒骂人，在背后给他烧纸人、送纸钱，让被诅咒的人快快离世，一般都是烧小鬼魑魅魍魉等一些鬼怪的东西，这种诅咒的方式也是一种黑风俗，但是它跟发盘缠性质不同。

招待新女婿

□ 刘洪霞

我老家在齐长城脚下的诸城东乡，这里招待新女婿的仪式特别隆重。

我小时候，奶奶总是把鸡蛋一个一个攒起来，放在里屋的一个木头盒子里，盒子里装满麦麸，把鸡蛋一个个地藏在麦麸里面，似露非露。奶奶说："鸡蛋是留给新女婿上门吃的，家里闺女多，得预备出来点鸡蛋，要是新女婿上门，连半把（指五个）鸡蛋都拿不出来，人家会笑话的。"

大姑、二姑、三姑出嫁的时候，我还是个不谙世事的孩子，当然也不记得那些细节。直到四姑有了婆家，我才发现新女婿在我们老家人眼里有多么尊贵。

当我四姑宣布她的未婚夫要来家里做客的时候，奶奶和四姑一早就忙里忙外地准备欢迎午宴。奶奶在盛鸡蛋的木头盒子里摸来摸去，先是摸出几个白皮鸡蛋放在一只碗里，再挑出五个红皮鸡蛋放到一只水瓢里，冲洗干净。四姑在一边忙着用调好的白皮鸡蛋液和面。不一会儿，和好的面就躺在面盆里醒好了，看上去软绵绵的，色泽白里透着黄，油亮亮的。奶奶拿来面板放在炕上，又拿出擀面杖，嘴里不停地念叨着："新女婿上门，得吃花生油小烙饼，咱把小烙饼早点烙好放盆里，盖上包袱凉不了，炒好菜喝完酒，就端上外酥里嫩的小烙饼！新女婿一进门就让他脱鞋上炕，我早烧开壶水，泡着茶，但是你先别让他喝茶，等我把锅里的水再烧一个滚头的时候，你就把那半把红皮鸡蛋打进锅里，记得不要翻动，新鲜的鸡蛋是不散黄的。等鸡蛋清散开把鸡蛋黄包裹起来的时候，你再用铲子铲铲锅底，别煳了锅底子。你约莫着蛋七分熟了，就盛在碗里撒一匙子红糖，滴一滴香油，再趁热端给他吃。"四姑害羞地点点头，脸颊泛起红晕。

奶奶边说边用手揉面，她先是把大面团分成一个个小面团，再撒上一层面，用擀面杖擀横过来竖过去地擀，圆圆的面团在她手底下越来越大，越来越圆，最后成了一张圆圆的薄如纸的大面饼。奶奶在面饼上匀称地撒上一点盐，再把花生油涂抹在面饼上，然后拿着面饼从一头往外滚动，滚成一根长长的面棒。这个时候，面棒的两头有油冒出来，奶奶先用手一拧，再摁一下，就不往外渗油了。这些都做完之后，奶奶丈量着大小，把面棒又拧成小段，再团成一小个一小个的面团，小小的面团在擀面杖下转了一个圈，跟变戏法一样成了一个个圆圆的、油光发亮的小圆饼。奶奶把小圆饼端下去的时候，四姑已经把锅烧热了，向锅里放进一勺花生油，瞬间溅起了油花，满屋子都散发着花生油的鲜香。奶奶把油饼一个挨一个放进锅底，再将灶膛里的火减到最小。油饼在热锅里膨胀，周身鼓起了小泡泡，四姑用铲子翻一遍就盖上锅盖填一把柴草，再翻一遍再盖上锅盖填一把柴草。来来回回翻几次，灶膛里的火渐渐熄灭，从锅盖缝隙里冒出阵阵香气。等最后掀开锅盖的时候，金黄的油饼冒着热气、鼓着肚子，齐齐整整地躺在锅里。奶奶就把油饼用铲子铲起来放在盆子里，然后盖上一层雪白的包袱。

四姑夫进门的时候，全家人笑脸相迎，互相介绍问好后，就把他让进屋里，让他脱鞋上炕。刚坐稳当，四姑就端来一碗热气腾腾的荷包蛋，不多不少正好半把。奶奶笑嘻嘻地说："快趁热吃，这是我们这里的风俗习惯。新女婿上门先吃下这半把鸡蛋，代表你中意我们家闺女，我们家也认可你这个姑爷。"四姑夫看着满满一大碗鸡蛋，皱一下眉头，还是接过碗来吃了个碗底朝天。

晌午的时候，爷爷吩咐爸爸倒酒，全家人围桌而坐。丰盛的菜肴摆满桌子，一家人其乐融融，欢声笑语堪比过大年。

时至今日，在我们老家，还保留着新女婿第一次登门，丈母娘得准备半把鸡蛋和一锅花生油小烙饼的习俗。

童年游戏

□ 王海霞

每个人都有一颗童心，与年龄无关。

经常回忆起那难忘的童年，还有童年里玩过的游戏。想必大家在童年时，都玩过许许多多游戏，在我们那个年代里，童年的游戏可谓多种多样，有打茧（打尖）、打溜、打宝（也叫打趴）、搁五棍、搁三、打水漂、玩弹弓、滚铁环、藏猫儿（捉迷藏）、撒棒棒（冰棍）、木头人、顶腿、抬轿、拾果果、贴膏药、嘎大将、踢毽子、老鹰抓小鸡、丢手绢、丢沙包、打弹（弹玻璃球）、掰手腕、跳房、跳绳、跳皮筋……

下面介绍几种我们当地比较流行的游戏，重拾童年的欢乐。

打溜

打溜，学名“打陀螺”，也有人戏称为“打懒老婆”。陀螺为自制的上圆下锥的木质玩具，农村小孩多用粗点的树枝刻制，在锥尖砸上一粒从独轮车或地排车轴承里抠出来的钢珠，用布条或绳头做成鞭子。玩溜时，用鞭子缠住陀螺，放于平滑地面或冰上，猛然用力抽动，借助惯性使之旋转起来，然后时不时地用鞭抽打，陀螺便旋转不止。陀螺旋转时间长的，为胜利者。现在城市的公园里经常看见有些老年人仍然在玩，不过现在的陀螺已经升级为不锈钢的，有的还带有彩灯和音乐，转起来异彩纷呈，煞是好看。

打宝

打宝，我们村里也叫“打趴”，人数在两人以上，场地不受限制，以水泥地为佳。所谓的“宝”，是用纸壳子、挂历纸、书本等纸叠成的四方形薄纸块（有人会在“宝”里偷偷垫上一块沥青皮，这个“宝”就很沉，变得力大无比，别人很难撼动）。打宝规则如下：一人把“宝”放在地上，另一人用自己的“宝”往对方“宝”旁边用力砸，靠气流把它冲翻，也有直接往“宝”上砸的。打翻对方的宝即赢，对方的宝归自己，被对方的宝打翻即输。当收获一个好用的宝，就会爱不释手，像手里有一勇猛的大将，可以在战场上所向披靡，横扫千军。

打水漂

打水漂，地点在水面平静的小河、塘湾或者湖泊边，顺手捡一些稍薄的石片，越扁平越好使，身体后倾，弯曲膝盖，重心后移，右手（或左手）握住石片，将所有力量集中于手臂上，用拇指和食指握住石片的前端，其余的部分用中指握住，将石片快速抛出。投掷石片的过程非常重要，如果太用力的话，石片会砰的一声钻进水里。要想石片跑得远，必须有足够的力量和技巧（合适的角度），这样可以让石片在水面上飞快地弹跳起来。在水上弹跳的次数越多越好，有的甚至能在水面上连续跳跃八九次，水面上会激起一串串涟漪和一声声欢快的水响，岸边的人群里会响起阵阵欢呼声。

挑冰棍棒

挑冰棍棒的玩具来源是每次吃完冰棍后，将冰棍签子洗净收好攒起来的。一般是两人一组，用剪刀石头布决定谁先玩。游戏规则如下：两个小伙伴对战，把所有的小棍子全握在手中，贴着地面或者桌面松拳，小棍子就散开来，然后要想办法在不触碰其他任何一根木棍的前提下，使用挑、戳、点、按、拿等方法，把一根根的小棍子拿下来。在拿的过程中如果其他的棍子动了，即为输了，就换对手挑棍子。当所有的棍子全部取完之后，看看谁挑的棍子多，谁就赢。赢的一方自然兴高采烈；输的一方也并不气馁，开心地继续再玩。这种沉浸式游戏很有吸引力，非常考验耐心、细心、手眼协调的能力，直玩到饭点家里人吆喝了，才恋恋不舍地回家。

踢毽子

踢毽子，在诸城也叫“踢卯”，是一项简便易行的健身运动，也是一项民间传统体育活动。踢毽子在中国流传很广，有着悠久的历史。根据历史文献和对出土文物的考证，踢毽子起源于汉代，盛行于六朝、隋、唐。踢卯与踢毽子技法几乎完全一样，但在制作上不同。毽子是将羽毛插在圆形底盘上做成的。卯的做法却麻烦一些，先用碎布缝六个火柴盒大小的小口袋，口袋里装上半口袋玉米或高粱、小麦等粮食，然后封口，将六个小粮包的四角互相缝在一起，形成一个漏空的球状，这就是所谓的卯。按照制作工艺的不同分为六瓣和方块两种。方块卯是用布做成的立方体，六瓣卯却是先要做六个四方形的小布袋，再把四方形的四角拼接起来，大小如同一只拳头。布角的颜色拼得好不好、针脚走得匀不匀，都会考验女孩子针线活的心灵手巧程度。有心的姑娘还会在布袋之间的连接点上系上许多长度约 20 厘米鲜艳细长的布条，布条璎珞一般从卯的四周垂下来，这时的卯更像一件精美的工艺品。初学踢卯的人往往喜欢在上边系一根细绳牵在手中，踢起来的时候璎珞飞舞，简直就像在舞动一只精致的绣球。踢卯花样繁多，最简单的是比赛个数，一人踢众人数，个数多者胜。小时候经常玩的是踢花样。踢卯高手可以一口气踢一两个小时而卯不落地，令人眼花缭乱。卯不时在脚尖、脚跟、膝盖、肩头、头顶等部位上下翻飞，让围观者赞叹不已。踢卯既能锻炼四肢协调能力，也使关节、肌肉、韧带得到很好的锻炼，是女孩子最爱的游戏之一。

拾果果

拾果果，我村也叫“拾大把”，就是玩石子，每当有盖房子的地方，周围就会堆着小石子，那是盖房子的重要原材料。玩这个游戏，首先要挑选石子，在一堆小石头里挑拣五块大小差不多的石子，尽量挑棱角圆润的，有尖角的可以先磨磨。就算不太圆润也不用担心，玩一段时间后，这些棱角相互碰撞摩擦，慢慢就变得圆润了。如果玩的时间再长点，石子会变得圆润而且油亮起来，会有包浆的感觉。

拾果果的游戏规则很简单：把五块小石头散在桌面上，拿起其中一个向上抛，在等待石头落下的时间里，捡起桌面上相应的石头的数量。第一轮可一块一块地捡起，第二轮要两块两块地捡，第三轮则分别捡三块和一块，第四轮必须先用手拢一下然后把四块石头一起捡起来。这个游戏还有难度升级版，我们称为“拾指子”，就是每一次先拾哪颗或哪几颗石子由对手来指定，这样就需要做跳子动作，捡拾某一颗时不能触碰其他的，难度自然加大了。玩这个游戏时手上容易磨出倒刺，甚至指甲都会被磨秃，但小孩子仍然乐此不疲。那时候，我们也非常喜欢玩这个游戏。课间或者周末，只要招呼一声“拾果果喽”，很快就会有几个小伙伴闻声飞奔而来。夏季的树荫下、房子旁到处都是玩石子的小伙伴，欢声笑语不断。

“旧游无处不堪寻。无寻处，惟有少年心。”这些游戏，现在想起来还是记忆犹新，那些带着美好回忆的童年，真是一段快乐的时光。

打粮囤的风俗

□ 祝清文

在诸城枳沟南部的一些村庄，流行着在农历二月二“打囤”的习俗。

“二月二，龙抬头，大囤尖，小囤流。”这是在北方流传很广的一个谚语。

过去农村都是用大铁锅做饭，灶膛里的草木灰每天都要清理，而到了二月初一晚上，为了第二天早上有充足的草木灰打囤，就会把灶膛里的草木灰留下来，不往外掏，院子也会用扫帚打扫得干干净净。

二月二一大早，太阳还没露脸，父亲就会用簸箕从灶膛里掏出满满一簸箕草木灰，来到院子里，用草木灰在院子里画出一个大大的圆囤，再在大圆囤里面画一个小一点的圆囤，在大圆囤正北方画上一个梯子，代表粮囤足够大，要用梯子才能进去。在圆囤中间放一些五谷杂粮，预示着五谷丰登。有些人家还会在村子的大街上打囤，期待今年的好收成。

听父亲说，打囤不只是在二月二，在农历正月二十五那天，也会打囤，是为了纪念一位古代的看仓官。

相传在很久很久以前，我国北方地区遇到连年旱灾，赤地千里，颗粒无收。可是，皇家不管百姓的死活，照样征收皇粮，弄得民间怨声载道，饿殍遍野。看守皇家粮仓的仓官，目睹这一惨景后，于心不忍，便打开皇家粮仓来救济灾民。

仓官知道，这样做触犯了王法，皇帝肯定不会饶恕他。于是，仓官让老百姓把粮食运走以后，一不做二不休，就一把火把皇家粮仓烧掉，连同自己被活活烧死。

这天正好是农历正月二十五，后来，人们为了纪念这位放粮救灾民的仓官，每年这一天，就用草木灰在院内外打囤填仓，以表示对仓官的怀念，也祈盼新年有个好收成。

父亲说，正月二十五是打单囤，只打一个大的圆囤，而二月二要打双囤，大囤套小囤。

二月二那天还会打钱囤，就是在打好的囤里放上几枚铜钱或者硬币，奶奶或者母亲拿着烧火棍在屋里边敲边念叨："二月二敲梁头，金子银子往下流；二月二敲锅盖，金子银子花不败；二月二敲门墩，金子银子堆成堆……"

一大串的吉祥话，也是对未来美好生活的一种向往。

盖屋

□ 徐丙杰

作为一个家庭的载体，建房子俗称盖屋，是人们生活中最隆重的大事件之一。过去农村都是用土打墙来盖屋。首先要选好地址，定好方位，然后开基挖地槽，接下来就是打地基了。过去对这一环节特别重视，因为基础不牢地动山摇，会影响整个房子的寿命乃至全家人的生命财产安全。所以，打地基要用夯一遍遍地把挖好的地槽打压结实。

我小时候见过打地基时用的木头夯，那是一截一米半高的粗圆柱样的结实木头，上端有两个耳朵样的把手，下端有两个对称的铁环，上面拴着绳子，上端还包着布垫子，像戴着个帽子。打夯时由瓦工头亲自主持：两手把住那两个"耳朵"，另外两个副手分列地槽两边，拉着连接铁环的绳索，喊着号子"哎嗨"，一齐用力往上一抡，那木头夯便拿大顶一般倒立在主持人的肩膀上。布垫子使肩膀受用还可避免磨坏衣服。然后副手松了绳索，“嗨哟”一声，主持人把扛在肩上的夯一用力杵下来，凭惯性的冲击力，砸上个深坑。不断重复这个动作，地上便留下一排排密布的轨迹。这样就把那挖好的地槽打压得结结实实，以至于历经百年老屋都不会开裂。因为这个环节至关重要，所以瓦工头亲自扛夯不说，大伙还得边打夯边哼哼着打夯号子，一来活跃气氛，二来有传言：打夯不喊号子，下一辈子光出哑巴。号子南腔北调的，都是领头者随口现编的。

我小时候农村里孩子多，又没有幼儿园，小孩子大多是在村里散养着，没有什么娱乐，偶尔遇上盖屋的打地基就都围上去看热闹。大人们也乐得跟孩子们调侃玩笑，依稀记得他们喊的号子除了“哎嗨”“嗨哟”，还有“狠打一个压力夯呀，这夯打在南墙上啊”，转到东边又换成“狠打一个压力夯呀，这夯打在东山上啊”，还有“伙计们抻紧纲呀，那夯打在溜边儿上，这夯打在正当央啊”。有时会叫着某个调皮小孩的名字喊成“狠打一个压力夯呀，这夯打在小 ×× 的脚面上啊”，那小孩便哈哈笑着跑开，生怕真的打在他的脚面上；或者喊“打在 ×× 家的炕头上”，逗得大家阵阵哄笑。地基打到什么时候算是结实了呢？初始地太暄，夯下去是个深坑，打过几遍后就陷不进去了，相反，地面还有反作用力使得夯体反弹起来，名之曰“蹦夯”。这时才算达到火候了。

接下来就是用石头砌墙基。砌到一定高度，有钱买砖的会再垒上几层砖，整齐又好看。再在四个角上砌整齐直立的砖，这就是所谓的“四只大爪”。再接下来就是用土打墙了。先在砌好的墙基上横担上两根木棍，支上两块又宽又长的木板，里面用短棒支撑后用绳索捆结实，构成槽状装置。预先备好土堆在两边，如果太干了像散沙一样聚不成块，必须泼上水洇洇；太湿了易成形却不结实，而且很快就会坍塌。合适的干湿度以用手使劲攥能够攥成个不散开的土团为标准。用铁锹铲了土装进木板间的槽里，半满的时候，用石头夯结实。

石头夯是上小下大两个正方形底面、四个侧面是等腰梯形的山石块，上面中央凿个三四公分深的圆孔，用半米来长的结实木棒一端朝下镶嵌进去，上头是卯榫结构的短横木把。两手提起来三四十公分高再狠劲蹾下去，连带石块重力的惯性冲击把土层打压结实，如此密排推进，同样要打到蹦夯为止，然后下去再添土，完成下一波操作。俗话说“凹脱壑，饱打墙”，意思是安装好一次墙板，几番填土夯实后要略高于木板的宽度，即达到最大高度。然后解开绳索，抽出横担木棍，安放在第一板夯筑成功的土墙上面，循环操作完成第二板、第三板……一直到需要的高度，这叫平口。

这样打成的墙只是雏形，不算结实还比较粗糙，所以还得进一步完善：取一尺把长的方木，其底面平滑，一端上面翘起个把，用手握住方木，使劲拍打刚刚筑成的湿乎墙面。有凹缺的地方添加上湿土拍打得平整光华，耐心细密地把整面墙像盖大印一样修整完毕，这叫印墙。这样处理过，墙才真正坚固耐久，风吹雨打都会屹立不倒。

这期间还要处理门口和窗户。有钱买砖的人家预先在门口位置砌好门垛，没钱买砖的是完全打好墙之后再把留门口的地方铲开，铲断面要齐整，这样便于安门框，窗户也是趁墙体没干时铲开。

在垒好两座山尖以后，到了下一道工序——上梁。现在农村一处民宅是四间屋，早先的观念是盖单不盖双，要么三间，要么五间。多数小门小户的是三间。有俗话为证：“三间屋，两架梁。锅台靠着壁子墙。锅底下烧火炕上热，小两口睡觉烙脊梁。”符合当时“老婆孩子热炕头”的幸福生活理念。梁是由木匠预先组装好的等腰三角形结构：两腰叫叉手，好担檩棒子，底边是梁。打墙的时候根据间口大小预先在正对梁头的下部安放一根叫土柱的承重立柱，“是木顶千斤”，防止刚打成的土墙不抗压。上梁这一环节特别隆重，得专门从通书（皇历）上选个黄道吉日，买张大红纸，请教书先生画个太极八卦阴阳鱼的图案，写好“上梁大吉”的横幅上梁贴和“上梁欣逢黄道日”“立柱喜遇紫微星”两条竖幅。八卦图贴在中间脊檩上，用红丝线绑上一双新筷子，坠有红线串好的九枚铜钱、九个栗子、九个红枣，下部是红布条。字幅贴在梁上。天晌午时摆上菜桌，焚香、烧纸钱供奉宅神。房主人跪拜叩头祈祷吉祥，鸣放鞭炮以示庆祝，然后摆酒席款待施工人员以示答谢。

上梁以后离完工就不远了。接下来是披檩，拉上线便于找平檩棒上面搭屋笆。屋笆是以秫秸或芦苇绑成的把子，排布在檩条上面，抹上一指多厚的掺着麦穰和的泥巴，再披上盖草。盖草是铡得长短适宜的麦秸草，里面被黏泥粘住，外面用特制的木头耙子拍打成整齐的斜坡状平面，可以保持七八年之久，顺水不渗漏，厚厚的，冬天还保暖。

房屋框架完工后，后续工作首推安门窗。安门也要有安门贴，横幅为“安门大吉”，竖幅为“昨日太公由此过”“说是今天安门好”，图个心理安慰。人从门口进到屋里去，便是谜语中的“口里吃人”了。大伙在屋里交谈岂不就是“肚子里说话”？两扇木板门一闭上屋里便黑了天；如果大敞四亮的，冬天里又怪冷。为了在靠近堂屋门口的锅灶门口烧火做饭时挡挡凉气，我家在堂屋门的外面又安了两扇一米多高的半门子。经常闭紧，还可以拦挡散养的鸡、鸭、鹅、狗、小羊羔等牲畜，不让它们进到屋里来。

那时都是木头窗户棂子，为了保温用一开的大白纸封窗户。我们这里是封在里面，东北人却是把纸糊在外面，“窗户纸，糊在外”是人们说起的东北人几大怪事之一。

记得母亲封窗户时是用整张白纸把窗子上边的三分之一全糊住，底下十多厘米高用裁下来的白纸也全糊住，中间不糊上，而是底部卷在一根莛杆上糊住，以便像卷帘门那样往上卷起来，也可以再随时放下来，叫作窗户卷窗。上下面各有一行钉在窗棂上的小钉子，用红丝线做成网格状固定。这样封好了，卷起来可以把院子看得清清楚楚，还可以在锅底不好烧而往外倒烟时往屋外走走烟。有时为了不用开卷窗避免进来冷空气又能够看清外面来人等情况，会找一块长方形玻璃，用一圈厚点的红纸糊住固定在窗棂上，抠除窗纸，窗户台这里便比别处亮堂多了。我小时候就是在这样的亮光下写作业的。窗户的右下角还特意开着个孔洞，糊上块花布做“门帘”，为的是方便小花猫自由进出，这叫猫道。过年时，买几幅大红剪纸，剪上窗角、狮子滚绣球、喜上眉梢等图案的窗花贴上，图个吉庆。

窗户上只有那么薄薄的一层窗户纸，大冬天怎么挡得住寒气袭人？所以，晚上还要在窗户外面挡上个用细木棍和芦苇做成的方形档子，俗名就叫窗户档子，这样屋里就暖和多了。早晨起来再拿下来，让屋里透进光来。

那会儿安不起火炉取暖，一般都是放个火盆。用个半大瓦罐里面抹上层泥巴，免得烧裂了，预先装上半罐麦糠或者其他碎草末，做饭时将锅底下的炭火热灰掏出来放进去，搬到炕上来。从寒冷的外面进到屋里来，伸出手烤烤；脱了鞋上炕抱起火盆放在两只脚上，热乎乎的，十分受用。只不过里面炭火旺的时候太烫会烙煳炕席，得预备块薄木板垫着。

支炕还是后话，先要砌好壁子墙。在屋梁的正下方挂起垂直线，用两层土坯立起来，中间用黏泥粘住，再平着压上一层，依次往上立着，平着交替砌到梁底塞住。两面用麦糠泥抹平抹光华，干透后就变得十分结实。壁子墙上留着进出里屋的房门口，也有安门的，叫房门，没有安门的，就挂蒲草编织或者两层布做的帘子，叫门帘。旧时有的人家锅灶上面的壁子墙中央还留着个竖高的长方形小窗，其来历要追溯到元朝时候。中原人蔑称蒙古贵族为北国鞑子，他们为了维护统治，在每户汉人家里派驻一个鞑子，汉人要像老祖一样供着，他什么也不干，做出饭来还得让他先吃。留着这么个小窗，就是为了方便他坐在热炕头上监督汉人做饭，一是做好了汉人不能先吃，二是怕饭里放了毒药被毒死。

后来，元朝灭亡了，这个小窗却留传下来了，只不过其作用变成了婆婆监督儿媳妇，所以又叫作“婆婆眼”。新社会妇女翻身得解放以后，其用途又转换成了放置煤油灯，可以一灯照二屋，同时照亮里屋和当门。这样少点一盏灯，便可以节省下来一份灯油钱。世事沧桑，这等标志汉族人的耻辱和封建社会家长专制儿媳妇受压迫的产物，如今早已被时代潮流所淘汰。

里屋靠窗户的南半边用早就脱好的墼支炕，有炕台子、炕腿、炕面，炕帮还得安上木头炕沿。北半边空地叫炕前，靠北墙根摆放抽屉桌子、老式柜子箱子，最上面是一对正方形视图的饭盒子。外屋叫当门，通着炕垒锅灶，叫作灶台或锅台。灶台和南边墙之间的空隙上面盖住，叫锅洞子，放些做饭剩余的杂草，做下一顿饭时再烧。另一侧的底部预留风箱吹火的进风孔洞。北边正面上是张大方桌，平日摆放些碗筷等，过年时在这里摆供，祭祀祖宗。

石碾

□ 孙金莲

桃林镇藏家沟村位于桃林镇最北端的齐长城脚下，这个地方虽然多是山岭，但风景十分秀丽。一进村，我就被一盘古老的石碾吸引，驻足观看。我好多年没见过石碾了，抚摸着它，倍感亲切与温暖，因为它陪我们度过了许多艰难岁月。

从我记事的时候，村里就有两盘石碾，分别安置于村东、西大街的北面。石碾，是一种用石头和木材等制作的使谷物等破碎去皮用的工具，由碾盘（碾台）、碾砣（碾磙子）、碾框、碾管芯、碾棍孔、碾棍等组成。碾盘在下部，碾磙子横在碾盘上面，中间由一个铁制的碾脐连接着，周围是木头架子，要一前一后两个人用力推，石碾才可以正常滚动。

小时候我非常好奇，这么大的石头，还这么圆，它们是从哪里来的呢？它的半径有一米多，上面光溜溜的，没人用碾的时候，我们几个小伙伴就在上面打宝、写字、画花、画草……我和小伙伴曾经尝试一个人去推它，但它一动不动，那时我们力气太小了。

开春的时候，许多人家要做大酱，于是碾就忙了起来。人们事先把黄豆炒熟，拿到碾上碾碎待用。小孩子最喜欢这件事了，不但可以吃到香喷喷的炒豆，碾豆子也非常有趣。圆溜溜的炒豆倒在碾盘上，会淘气地四处滚动，推碾的人必须加快脚步，速度就快了起来，一圈一圈又一圈，直到把炒豆驯服。炒豆滚动的时候，引得小伙伴嘻嘻哈哈地笑。

20世纪六七十年代，在农村生活的大人和孩子，大多围着碾转过，那个时候的地瓜干、荞麦、谷子、黍子、高粱、大豆等都需要用石碾加工。一到了腊月，碾就更忙了，家家户户碾米，碾谷，碾瓜干……大人没有空，就让孩子端着簸箕，拿着笤帚去排号占碾，那个年代的人都很实在，谁挨着了就是谁，绝没有欺老欺小的现象。

推碾也有技巧，一个人在前面推，后面的那个人要一只手推着，用另一只手扫碾，为了让粮食均匀，还要时不时地用手翻动翻动。

后来村里进了一台钢磨（粉碎机），还在油房的东边为它建了两间磨房，当时全村人都沸腾了，争先恐后地去看这台机器，我和姐姐也跑去看新奇。磨房里的人里三层外三层的，老支书不停地说：往后点，往后点。技术员把电闸一推，嗡的一声，整个屋子都在动，说话得大声喊叫才能听到；不过那机器真是快，一大袋子玉米粒几分钟就磨完了，老少爷们无不惊叹。自从村里有了这台机器，就很少有人去使用石碾了。不过用石碾碾出的米面和机器加工出来的米面，味道就是不一样，石碾压出来的没有经过高温高速的运转，米面保持着原味。

随着时代的发展，石碾已逐渐从我们的生活中淡出，搁置成了老古董，我们村的两盘石碾也不知去向。石碾见证了劳动人民的劳苦和辛酸，成为一个时代难以磨灭的印记。

手推车的前世今生

□ 王学文

在齐长城沿线村庄，20 世纪 80 年代以前，独轮手推车是当时的重要运输工具。那时多数人家都会想方设法置办一辆属于自家的手推车。关于独轮手推车的发明，历史上还有不同的说法。

诸葛亮“木牛流马”

独轮手推车的发明权，当属三国时期的蜀国首相诸葛亮。那时蜀国逐鹿中原，路途遥远，除用牛马运输外，还设计了人拉手推的车子，称作“木牛流马”。孙权士兵发现后说：“蜀国用木牛流马运粮草，人不大费力，而且牛马也不用吃草。”司马懿听后大惊，夜间伏击蜀军，夺下数匹木牛流马，进行仿造。不到半月，造成两千余只。自此，手推车得以推而广之。

赵州桥上车辙印

话说鲁班为了解决赵州城里百姓出行难的问题,决心在赵州河上建造一座桥，他夸下海口，说一夜之间就可以把桥建成。仙人张果老闻听后不以为然，便与鲁班打赌，石桥如能经得起他的毛驴过而桥不坍塌，他甘愿一辈子倒骑毛驴。张果老便约上柴王爷一同前往。张果老略施法术，把太阳和月亮装进了毛驴背的褡裢里。柴王爷更不含糊，扮成手推独轮车的农夫，把三山五岳放到手推车两侧的车篓里。等桥造好后，张果老骑着小毛驴，柴王爷推着手推车，走上桥来。毛驴一步一个脚印，独轮车过处，留下一道深深的车辙。两人走过去，石桥安然无恙。从此，张果老只好倒骑毛驴行走江湖。

到底独轮手推车发明于何时，由谁发明，现已很难考证，其实这也无关紧要。总之，它是应时而生，在不同的时代，打上了不同时代的烙印，记载了那个时代的真实的生活情景。

英雄的小推车

近现代历史上，独轮手推车的最大功绩，就是陈毅元帅说的那句话，“淮海战役的胜利，是人民群众用小车推出来的”。从1948年11月6日开始，围绕着军事重镇徐州，国共两党展开了战斗。共产党60万对国民党80万，500多万支前民工，顶风冒雪，忍饥受饿，支持共产党。“队伍打到哪里，支前民工就跟到哪里”，翻山涉水，日夜兼程。淮海战役9.6亿斤粮食，就是这样被普通民工用手推车运到了前线。正是老百姓的无私奉献，造就了现代史上以少胜多的伟大战役。滚滚车轮，为共和国的建立，立下了汗马功劳。

独轮手推车在很长一段时间里，一直是农村百姓最重要的运输工具。以前独轮车是木质车轮，要在轮轴上滴上豆油润滑，推起来“吱吱呀呀”响。新中国成立后，才逐渐换成了胶皮轮胎和轴承，推起来省劲多了。在20世纪七八十年代，我们这里每个生产队都有十几到二十几辆独轮手推车。无论是送粪还是收获运粮，都离不开它。驾驭独轮车的大都是生产队的壮劳力，年轻的半大小子和妇女只有拉车的份。那时的高中生，一到节假日或是星期天，就会被生产队长安排到推小车的行列里，送粪推土，当整劳力用。初中生被分派给高中生拉车，挣半个劳力的工分。我上初中时，就对小推车产生了浓厚的兴趣，拉车之余练习推车。那时生产队分地瓜，我就借到小推车从坡里往家里运地瓜。开始只能推一二百斤，最后能推三四百斤。

治理潍河是全诸城县的大工程，村里所有的男壮劳力齐上阵，当时我们叫“出夫”。潍河工地上人山人海，旌旗招展，手推车是重要的运输工具。人们把河底的泥沙一锨一锨装到篓子里，再一车一车推到坝顶上。就这样，全靠人力，硬是开拓出了又宽又深的潍河河道。正因有了那时的万人会战，才有了今天潍河的碧水悠悠，风景秀丽。

农业学大寨时期，全国学习陈永贵，各村搞大寨田。记得我们村东南角是一片土岭，高低不平，沟壑纵横。全体村民大干快上争上游，在北风凛冽的冬天，人们推起手推车虎虎生风，中午都不回家吃饭，不能上工地的负责送饭。工地上红旗猎猎，高音喇叭歌声嘹亮，场面壮观，令人激情澎湃。

人民公社时期，大兴水利建设。从青墩水库到我们村要修一条隧道，有十几里路远，因为工程庞大，上级主管部门成立了民工指挥部，从整个诸城抽调民工出夫，苦战几个寒暑，手推车在和平建设年代，又建立了不可磨灭的功绩。游龙一样的水渠延伸到四面八方，清澈的库水，哗哗地流进青青的麦田，滋润着禾苗，为农业丰收提供了保障。

随着社会进步，特别是农业机械化进程加快，大型机械广泛运用，独轮手推车逐渐退出历史舞台，淡出了人们的视线。“民耕文化馆”让独轮手推车重新焕发出勃勃生机，让人们还能记起那一道道车辙，记得有它相伴的那段时光。

布扣子与门关子

□ 徐丙杰

过去，男耕女织的农耕社会，人们穿衣都是手工纺线后织出的土布，是家里的女主人手工裁剪缝制的。所钉的纽扣都是用窄布条卷缝成绿豆粗细的绳样长条后，绾成花骨朵样。绾这个扣很不容易学。我小时候曾缠着母亲教我，一方面娘说我是一个男孩子不肯教我，另一方面也是自己太愚笨了，到底没有学会。要是灵巧些，看看娘绾扣的过程和手法也就学会了。绾好的扣子钉在褂子对襟上，另一侧对应的是那细条对折后的扣鼻。白天扣得整整齐齐、严严实实，不正是“亲得搂着脖儿”？到了晚上脱下衣服睡觉，庄户人家被子单薄，总是把衣服盖在被子上面，左右衣襟上的扣子、扣鼻分开得远远的，自然是“亲得找不着”了。

门关子

今天的玻璃门窗都十分敞亮，塑钢铝合金替代了传统的木板材料。过去可不是这样，不论是院子的大门还是正房上的堂屋门均是木板材料，正面平整光滑，过年、嫁娶时好贴对联；背面是将竖条木板结合固定住的横樘和将门关住的活动门闩，门闩土话叫门关子。绝大多数的堂屋门都是朝南开的，白天敞开，晚上要将东西两扇门对齐闭紧，再将活动门关子拉出来插到另一扇门后对应的孔洞里面固定，从外面打不开。这便是“到了后晌就碰头”了。

求雨

□ 刘焕友

每逢天大旱，总是想起多年前奶奶的求雨的事情。

那时，每到阴历的初一、十五，奶奶总是穿上她那身干净、整洁的新衣服，虔诚地跪在她供奉的观世音菩萨前，认认真真地磕三个头，作三次揖，默默地祈祷一会儿。救苦救难的观世音菩萨，是奶奶一生的精神寄托。

遇到天大旱的年月，替全村人求雨，是奶奶热衷的事情。可是，每次求雨前，村里要派一个管事的来我家，郑重其事地来求奶奶。要不然，奶奶是从来不会主动组织求雨的，虽然看到天旱，她心里火急火燎的。

求雨首先要先挑选村里口碑好、人缘好的七个老年寡妇。奶奶先是找来往年求雨的两个老伙计，商议今年求雨的人选。商议好之后，三个人再分头去找村里四个合适的人，连同她们三个，一起在奶奶供奉观世音菩萨的屋子里，商议求雨的其他事情。

然后就是全村凑钱。奶奶是小脚，其他六个老奶奶也大多是小脚，冒着酷暑，得跑遍全村的每家每户，每次凑完钱后，奶奶都会躺在炕上休息半天。在各家各户，她们说着同样的为求雨做宣传的话，很多人家虽然不信这个，可没有一户拒绝的。老奶奶们回来汇报成果时，都是喜笑颜开，说着凑钱过程中的笑话，谈论着各家捐了多少。

接下来就到了求雨的仪式了：上香，烧纸，放鞭炮，做祈祷。这个仪式是在村里大庙前举行的。大庙里供奉着观世音菩萨，听说清末、民国时期还有和尚，“文化大革命”时期，庙里供奉的神灵都被划入牛鬼蛇神行列，被当作“四旧”破了。现在供奉的观世音菩萨，是奶奶她们一次次组织人捐款请来的。

村里人虽然捐了钱，可到了求雨这天，还是有很多人做了贡品，买了香、烧纸来到大庙前，他们和七个老奶奶一起，虔诚地跪拜、上香、烧纸，祈求救苦救难的观世音菩萨，降甘霖救众生。

记忆里，每次求雨后，天几乎都会或多或少降下甘霖，很多时候，是我村降雨比邻近的村要大一些。这很神奇，让奶奶相信，救苦救难的观世音菩萨时刻关照着像她这样虔诚的人。奶奶去世前一年，天大旱，可是奶奶求雨后不少日子还是干旱，天一滴雨没下。奶奶很沮丧地说，现在人做坏事多了，这是上天对人的惩罚！

现有了精准的天气预报，能让我们知道几天之后的天气情况。我们知道，人的意志是无法改变天气的，但我还是想念奶奶求雨的年代，特别是求雨后，如果我们村下的雨比邻近的村大，就会觉得奶奶的求雨具有无穷的神力。

封窗户

□ 张秀珍

在过去，诸城村庄的房屋朝向几乎都是坐北朝南，黄土打墙，麦秸草做顶。只有有钱人家才盖得起青砖大瓦房。但不管房子大小，结构基本一致。木门，木窗，门有黑漆和枣红两种颜色，窗户有竖窗棂式或花格子式。一般在农历的九月底十月初时封窗户。封窗户的步骤大致如下：

1. 事先裁好一张白纸。

2. 在纸的中间裁出一个长方形孔洞（宽为四根窗棂的长度，长是宽的两倍）备用。

3. 准备好一根略长于长方形孔洞的秫秫莛杆。

4. 用裁下的长方形白纸的一端把莛杆褙糊好。

5. 把褙糊上莛杆的长方形白纸的其余三个边镶上约一公分左右的装饰性花纸边。

6. 在窗棂上涂抹糨糊，糨糊涂抹均匀后，把白纸粘贴在窗棂上。

7. 在预留出的那个长方形空洞的窗棂上，涂抹糨糊，下端不涂。糨糊涂抹均匀后，把镶好花边的长方形白纸轻轻粘贴在窗棂上，褙糊莛杆的一端朝下，做成一个小门帘。轻轻卷起莛杆，可以给房间通风换气。

8. 在小门帘的下方，贴一条四五公分的白纸裙。

9. 在镶有花边的长方形白纸的四角各钉一枚小钉子，固定小门帘，使其不被风吹跑。

10. 用绣花线在四枚小钉子上盘花固定。

11. 用桐油仔细刷窗纸，使其透光好，韧性强。

火绳

□ 祝金霞

夏已过初秋临，恼人的蚊虫依然猖獗，只是舅舅再也没来送过火绳，在许多年前的一个初秋，他过世了……

舅舅和妗娘一家住在齐长城边上的一个小山村里，他们日出而作，日落而息，靠种植几亩山岭地过日子。那时我们家人口多，日子过得特别紧，舅舅和妗娘就经常给我们家送东西接济我们，靠着他们的接济，我们一家度过了很多艰难的时刻。

艾子和蒿子是编织火绳的最好原料。妗娘家附近的山上，最不缺的就是艾子和蒿子。艾子和蒿子是两种极其普通的野草，艾子直立生长，分为两类，一种开着白色小花的叫花艾，另外不开花的叫启艾。蒿子又叫山椒子，匍匐着生长在地皮上，开紫色小花，每当蒿子开花，周围就弥漫着浓郁的清香。

我小时候，蚊帐还是奢侈品，孩子众多的家庭若要度过蚊蝇猖獗的夏秋季节，只能靠些土方法。有人就把麦糠拢成一条长龙，点燃后用浓烟来熏赶；有人用破旧布条搓成布绳点燃来熏赶。而我们家，因着勤劳的舅舅，得以用艾子和蒿子扭成的草绳熏蚊，这草绳俗称“火绳”。

每当到了有蚊蝇的季节，远在四十多里外山区居住的舅舅就到齐长城边上的山里薅艾子和蒿子。他把这两种野草背回家晒干，开始扭火绳。先要把草扭成一股，再把两股草扭在一起，到了一定的长度，火绳就扭成了。扭火绳的方法虽然简单，看似谁都能做，但不能马虎，火绳要扭得松紧有度，不能太松散，太松散点燃时易起火头；也不能扭得太紧，太紧了不好点燃易熄灭。一根火绳若是扭得恰到火候，熏蚊效果会特别好。

这些小活难不倒舅舅，他可是一个能工巧匠，编提篮编果筐，扎笤帚钉盖顶无所不能。经他的手制作而成的这些农家用具，结实又美观。我们家也因此沾了不少光，因为舅舅会经常给我们送来这些物品。

舅舅扭好火绳后，会找个日子，用扁担挑着送到我家来。天刚见亮，舅舅就已经到了，卸下担子，家里就充满了野草特有的香味。

到了晚上，点燃火绳，小风一吹，燃烧的那头就冒着红红的小火点。与此同时，一股草香的气味四散开来，正在屋里四处乱飞的蚊子，不一会儿就无声无息了。心灵手巧的舅舅，把火绳扭得长度适中，一晚上正好燃尽一根，床前只剩下一条长长的“灰龙”。

有了舅舅的火绳，蚊子都退避三舍，所以我们总是睡得很香甜，很少被蚊虫叮咬。每次舅舅来送火绳，我们都不想让他走，希望他能在我们家多住几天。但是舅舅总挂念家里的姥爷姥娘，挂念家里的活计，有时候送下火绳，吃过早饭就匆匆离去。

偶尔住下一两天，舅舅也不闲着，帮着家里干些沉重的活。挖大圈劈柴火，收庄稼装粮食，忙得汗流浃背。比起那些从城里来充当“客人”的亲戚，大山里的舅舅才是我们最欢迎的人。

后来，我怀揣着梦想跟随姐姐外出打工。在异乡的日子，我饱尝了生活的不易，拼尽全力也是收获无几。这时，我才领会到什么是“在家千日好，出门一时难”。往昔幻想当中的闯荡江湖、自在逍遥压根不符合我的个性。对我而言，那只是书本上、影视剧当中杜撰的天方夜谭而已。

当一个涉世未深、从未操心过柴米贵重的少年忽然要面临吃喝租房等事宜，当一个才从学校走出不久的幼稚少年忽然要面对光怪陆离的世界，我只感恐慌无助。

这个时候，每当看见当地一家人围坐吃饭，我就会不由自主地流下眼泪。家乡的人、家乡的景一下子就变得无比贵重，令人思念……安顿下来不久，一直未曾成家的舅舅前来投奔我们，说也想见识一下外面的世界。这真让我们喜出望外，仿佛心里一下子有了依靠。

舅舅找了份工作，边干活边照顾我们，他用曾经扭过火绳的大手炒菜做馒头，尽管笨拙，却让我们在工作后吃得上热汤热饭。我们就这样在异乡的土地上相依为命，那段日子，因着舅舅，我又找到了家的感觉……

只是后来舅舅的旧疾发作，咳喘不止，难以工作下去，只好收拾行囊，回了老家，目送舅舅踏上客轮，我泪流满面。

回乡后，舅舅病情时好时坏，五大三粗的汉子被折磨得不成样子，最终病逝于秋天。那时蒿子花正开着，舅舅就埋葬在漫山遍野的艾子和蒿子当中……

听母亲说，舅舅始终挂念在外面打工的我们，念叨着我们吃不上热汤热饭，还担心年幼无知的我们吃亏受累。

舅舅的担心不无道理，几年后，我身心俱疲，在几度失落后回到家乡。当踏上家乡的土地，我便暗暗发誓：此生不会再离开这片生我养我的土地……

舅舅去世后，我们家再也没有点过火绳，每当夏秋蚊虫叮咬，我就想起勤劳的舅舅，他给予我们的爱永远留在我的记忆里。

民间手艺

家乡的红薯粉皮

□ 祝金霞

我的家乡是一个小山村，位于古老的齐长城边上。由于是山岭地貌，村里人每年都大面积种植红薯。每当秋季红薯丰收，村里总有人家用自产的红薯制作粉皮。红薯制作的粉皮特别好吃，是馈赠亲友的好礼物。

说起家乡来，那里不仅有我家老亲，还有交情不错的朋友。逢年过节时，他们往往带上自产的粉皮来拜访，让我们许多年来，尽情享受粉皮的美味。

朋友家年年制作粉皮，在他家里有全套制作粉皮的器具。常听他说，他祖上就是制作粉皮的高手。粉皮的制作工艺独特而烦琐，若想制作成筋道爽口、独具特色的优质粉皮，不仅要有传统的技艺，还需要很长的时间来筹备。

如果打算着要生产一季粉皮，首先要在红薯收获的季节选取最好的留下当作种子（地瓜种），在开春时撒上种子，打起地瓜沟施肥，然后按照节气一棵一棵栽植（叫“秧地瓜”）。之后施肥、浇水、除草，等到地瓜秧的叶子覆盖了地面，还要翻几次，直到秋季红薯长成收获回家。

接下来要选取优质红薯，洗净后放入笼中粉碎，打成糊状，再用细筛进行过滤。过滤出浆水后，经过一段时间的沉淀再进行取淀，然后就可以开始制作了。

在制作时，先把晒好的淀粉加上适量清水搅拌稀释至糊状，后加火烧开水，然后再用勺子将糊状淀粉舀进底部略微外凸、直径约 30 厘米的浅圆盘里，再将圆盘浮于锅中的开水上，拨动旋转，使粉糊在离心力作用下向周围均匀地摊开，粉糊在高温下旋即凝固成型。

接下来是冷却环节，将烫好的盘子在冷水中转动几圈，待冷却后，把粉皮倒出来，在水中冷却片刻随即捞起，再摊到早已准备好的秫秸箔上晾晒。

晾晒的最佳位置是沿街朝阳之处。时值秋高气爽，已经制作好的粉皮一张张晶莹洁白，圆如满月，薄而均匀。在阳光的照耀下，如银似镜，成为一道独特的风景，吸引着路过的人们驻足观望。

等粉皮晾晒至七八成干，要依次取下来，一张摞一张压住，等到全干后就可以打捆或者装箱了。成品后的粉皮成为干货，经济实惠，既可以馈赠亲友，又可以远销四方，取得很好的收益。

百闻不如一尝，在我们家，粉皮是一道大菜，亲友相聚时压轴菜都是用粉皮来制作。尤其是在大年初二，用粉皮烩肉，再加上野生粘窝子三鲜合一，就餐时每人一碗，香气四溢。粉皮滑溜爽口，让前来串门的亲友们胃口大开，啧啧称赞。

平日里我们也经常食用粉皮，这营养丰富的粉皮既可以热食也可以凉拌，是荤素搭配的经典菜肴。把大白菜、肥肉加粉皮炖在一起吃，味道鲜美。此外还可以用热水泡软了，加黄瓜凉拌着吃，有败火润肺之功效；可以加肉炒着吃，还可以和鸡、鱼等炖着吃。

饮水思源，美味筋道的粉皮，成为我们家人和亲朋好友的黏合剂，也让我对家乡的人们肃然起敬。在追求幸福的路上，他们依靠自产的资源，依靠传统技艺，用匠心制造出正宗上乘的粉皮，使这项传统技艺代代相传。

一张薄薄的粉皮，不仅凝聚了制作者的汗水和智慧，还凝聚着风土人情，传承着丰富的饮食文化。如今粉皮制作工艺历久弥新，成为一种文化遗产，更需要我们传承发扬下去。我们坚信，每一种非遗都是中华民族灿烂文化的瑰宝和这个民族生生不息的根脉。

皇华粉皮

□ 宋新明

横亘在皇华镇南部山区蜿蜒绵长的齐长城，不仅有深厚的文化底蕴，还滋养了不少家乡特产。这其中最负盛名的要数皇华镇的粉皮了。

每年到了秋季，山东诸城市皇华镇的一些村庄便出现了一道亮丽的风景：一张张苇箔（或秫秸箔）摆在沿街朝阳的地方，上面摆满了刚加工完成的粉皮。它们在阳光的照耀下，如一面明晃晃的镜子，耀得人们睁不开眼。

我对粉皮情有独钟，经常买来品尝。特别是冬季，最美味的大锅菜，非大白菜炒粉皮莫属，真是清爽可口，淡香四溢。

皇华粉皮历史悠久，已成为诸城的一张名片。它独特的制作工艺和上乘的质量，让很多人慕名前来购买。

据传，皇华粉皮的制作原料最早是绿豆，叫绿豆粉皮，并延续了近千年。等到当地开始种植地瓜这种作物后，粉皮原料转为地瓜，才有了皇华地瓜粉皮。周边村庄及邻近县市各地，也有制作粉皮的作坊，却都不及皇华。其原因就是这里的粉皮制作工艺独到，口味独特，食用起来筋道耐咬，不黏不面，令人回味无穷。

皇华粉皮的制作工艺十分讲究，大体分为选料、沉淀、制作、晾晒四步。

选料。粉皮制作对毛料特别讲究，制作地瓜粉皮时，所选的地瓜，首先要没有虫害，再逐个去土，投入大搅笼里用清水洗净，达到个个新鲜洁净，然后进行粉碎。粉碎时要慢而均匀，让地瓜个个成糊状，倒出后再把已成糊糊状的地瓜粉浆，分次用120目的细筛加水三遍或更多遍进行过滤，紧跟着把滤出的浆状地瓜糊进行搅拌，直至把池子里的浆糊全部搅荡起来。

沉淀。滤出浆水后要在池中加一倍的水让淀粉沉淀，沉淀一般需要15至20个小时。然后进行取淀，须等到池子淀粉上层有一小层细渣，实际上这也是沉淀下产生的，把细渣漂舀干净，剩下的就是淀粉了。

制作。先把淀粉加上一定清水搅拌成糊状，将水在锅中烧沸，然后用勺子将糊浆舀进一个旋子（如小锣一样的器具），将旋子在开水锅里旋转开来，转上那么几圈，糊浆就在旋子里均匀摊开。待旋子里的糊浆成固体状态时，就把旋子从锅里取出放到凉水中，降温冷却后再剥出浆糊来，这时就已是粉皮了。

晾晒。就是将秫秸或苇子编成宽至少50公分的箔，把剥出来的粉皮依次展开放到苇箔上进行晾晒，一般须晒四五个小时，气温若低时间可长些。晾至还有些发软时取下来，先按数摞起，全干后装箱封口，粉皮就可以对外销售了。

相传皇华粉皮还是以绿豆为原料的时候，在山东东部沿海一带就名声大噪，特别是天气炎热的时候更是抢手，供不应求。不仅是因为粉皮好吃，更重要的原因是绿豆粉皮败火，还能预防中暑。

后来发展成地瓜粉皮，其抢购之势仍不减弱，虽然原料已改成地瓜，但其功效不减，或凉拌或掺入菜中炒食，其败火养胃润脾的功效依然，并对便秘、腹泻等杂疾皆有治愈之效。甚至有人说，如有三日不食皇华粉皮，腹内便有不适之感。而别的地方的粉皮就没有这种效果。

总之，皇华粉皮不仅以其选料精、做工细、口感好、益身体等长处领市场畅销之潮流，还以其工艺的精湛、品味的上乘赢得消费者的青睐。

皇华粉皮，以它悠久的历史、高超的工艺博得了世人的好评。为了借助这一技艺让农民发家致富，皇华镇组织成立了粉皮专业合作社，每年加工粉皮约55万斤，产值440万元，吸收社区富余劳动力的加入，大大提高了社区居民的收入。

竹园条编与石河头村钩针编织

□ 丁少玉

竹园条编

条编是竹园村的一种传统手艺，在当地很有名。

竹园村有发展条编的有利条件。吉利河上游自村北和村东蜿蜒而来，河水冲积成的土地极富沙性，且含有多种腐殖质。这种肥沃的土壤特别有利于白杨、柳树、地柳、蜡条、棉槐的生长，竹园人也借势广植柳树、蜡条、棉槐，为发展条编奠定了基础。

竹园的条编品种多，有囤子、花篓、长篓、簸箕、箢子、笊篱等。这些条编制品形态各异、大小不一、朴素美观、经济实用，广泛用于人们的生产生活。

囤子，圆形，一米多高，大小可根据需要用结实的蜡条编制。人民公社时期，生产队里常常用囤子来囤积粮食。

筐，是用白杨条、棉槐条、蜡条编成。有独把的，有三把的。三把的叫“架筐”，便于三人用力。筐多用于个人割草剜菜，赶集上店。

花篓的形状有长圆的，有椭圆的，可根据需要确定大小。一般为生产队分草或盛草用。为了长久使用，人们多用蜡条编制。编车篓的材料多为蜡条，棉槐条也可以。车篓主要为生产队独轮小车配备，便于社员向农田运粪、推土垫圈。

以上几种，编制较为简单，只要将条子放到水中浸泡透，使条子柔软坚韧即可。至于形状，需要条编师傅根据作用确定。

笊篱、筦子、簸箕，是条编中的精致物件。簸箕、筦子需用上等地柳条编制；笊篱要用蜡条编制。地柳条一般在中伏收割，要当天收割，当天除皮，当天晒干。新晒干的光亮、光滑、浑圆。所以割柳要选在晴好天气进行。蜡条一般晚收割，因为蜡条只有在霜降以后才坚硬柔韧。

筦子分斗筦子、四升筦子、耍筦子等。斗筦子多用于磨面、碾米，农村青年结婚送日子、投契盛礼品等；四升筦子用于逢年过节走亲访友盛饼干、油条；耍筦子主要用于农村小孩过生日，做姥娘的要为外孙、孙女送带有“长命百岁”字样的耍筦子，以示健康长寿、吉祥如意。

编笊篱须将蜡条用水泡透，然后蒸透，这样便于去皮。去皮后的蜡条黄润光亮。编笊篱还需备好笊篱把子。笊篱把子可用白杨或柳树来做。编制笊篱时将条子按“米”形分布，上好笊篱把子，四十根条子就可编成一把笊篱。

编簸箕、筦子、笊篱一年四季都可，但编制现场需要温暖潮湿，因此多在地窖里进行。簸箕主要用于家庭，扇簸粮食中的杂物；笊篱主要用于家庭捞麦子、捞瓜干等。

竹园条编的销售方式不断发展、变化。新中国成立前，当地人担着簸箕、筦子、笊篱，到集市销售。除了零售，还对当地人赊销。新中国成立后至“大包干”以前，条编产品主要由供销社所辖的采购站经销。

石河头村钩针编织

20 世纪 70 年代，石河头村的姑娘们，没有不会用钩针编织的。

那时，钩针编织是农村的一项集体副业项目，从业者主要是村里的姑娘。一百多名姑娘聚集在大队部门口两边的大街一侧，线在手中上下翻飞，姑娘们边钩织边说笑，嘻嘻哈哈，成为村里一道亮丽的风景线。

工具是一个非常简单的小铁针，大约只有三寸长，尾部扁平，越往顶头越细，顶头细细的铁针弯成钩，然后有一个活动的小舌头可以顶住钩尖。拿在手上，把线钩住，随着小舌头的活动就可以飞针走线了。

钩针编织是一项传统的手工艺，只用一根银针一根银线即可加工出各种漂亮的钩针装饰用品，然后出口到国外换回外汇。那时，抽纱厂负责放货、验收、技术指导，绣工按花色品种和工艺要求进行加工，编织完成后再交到工厂经过漂白、熨烫和整理几道工序，就成为一件完整的成品。

钩针又分满工钩针、镶拼钩针、机绣钩针等多个品种。传统的钩针主要是满工钩针，就是说一件钩针编织品全部由手工完成。钩针的针法主要有钩小辫、挽针、套针等，技术虽然并不复杂，但要求掌握熟练到位。

产品有桌布、盘垫、靠垫、床上用品等，后来又发展出“百代丽”“即墨花边”等产品，其编织的针法有所区别。随着市场的变化，满工钩针越来越少，兴起了镶拼钩针和机绣钩针，产品更加美观、实用，减少了手工费用，而过去风行一时的“百代丽”，市场上现在已经销声匿迹了。

钩针编织品在生活中还是美化家居的饰物，如家用的茶盘，用一个茶巾盖在茶杯上，便是当时最漂亮的点缀。为了美化自己家里的摆设，钩茶巾成为女孩子非常重要的生活内容。

那时候，女孩子常常搭帮结伙去买线，一小卷白色的线团，大概是一角二分钱，三团线可以织一个茶巾。茶巾的花样很多，能钩五六种的属于心灵手巧的，在女孩子堆中是众人佩服的对象。

后来，编织的花样渐渐多了起来。她们不仅编织茶巾，也编织窗帘、箱盖，甚至编织衣服。为了设计自己喜欢的图案，有些女孩子还买回坐标纸，自己趴在桌子上设计，然后按设计的样式进行编织。

当某一个女孩子编织完成后，大家聚集在一起，品头论足一番。用塑料胶丝编织杯套在那个年代也十分盛行，城里人时兴用玻璃杯喝水，但端在手里太烫。于是，就有人用小姑娘扎头用的胶丝做一个套子套在上面，五颜六色的，既隔热又美观。心灵手巧者在杯套上绣出诸如“熊猫抱竹”等图案，也有的绣上“北京”“上海”等字样，非常漂亮。

钩针编织，看起来轻松，做起来却很累。坐在那里钩一天，会感觉腰酸膀子疼。加工费还很低，加工一两线只能挣七八毛钱，20 世纪 70 年代，大概是两元左右，80 年代是五六元。

民间偏方

挑风

□ 王海倩

一

2012年7月，我初为人母，恰好赶在一年中最闷热的时候坐月子。

月子难熬，就在离女儿满月还差三天，我以为即将守得云开见月明的时候，一场黎明前的黑暗却悄悄来临。

那天女儿格外哭闹难哄，从半夜12点多就一直哭着要吃奶，像只喂不饱的小猪，再加上她还只喝母乳，我被折腾得精疲力尽，又颓丧又委屈，赌气不再管她。

女儿放声大哭，声音在寂静的夜里格外尖锐刺耳。睡在隔壁的婆婆闻声过来，抱起女儿拍着哄了半夜。天色微亮时，女儿才勉强睡着。

第二天上午女儿一直睡，但睡得很不安稳，极小的一点声响都能把她吵醒，还没睁眼就哭，一哭就要用很长时间安抚，直到她睡熟了，再屏住呼吸悄悄地退后，稍有不慎就前功尽弃。

一时间草木皆兵。可即使再小心，有些事也躲不过。

到了下午，女儿就不睡了，一直抱在怀里哄着还是哭。到了傍晚，更是变本加厉地哭，憋得身上都紫了，全家人都急得不知如何是好。这时，婆婆想到了一个人。

二

我婆家村里有300多户，村子说大不大说小不小，却有几个能人。訾延智家应该算是其中的一个。

单看外貌，她就是个普通的农村妇女，50多岁，个头不高，精瘦，脸上常带着笑，每次见了都叫我“婶子”。这令人尴尬的辈分，按年龄我该叫她“婶子”。

第一次见识她的本事是我怀着女儿四个多月的时候。大年初一晚上，我睡得正香，突然后背一阵痛，瞬间把我疼醒了，老公帮我又拍又揉，却无济于事，辗转反侧了半晚上也没睡着。

第二天一早，我翻箱倒柜地找药，也顾不得孕期不能随便用药的禁忌，找出清火栀麦片吃了几粒，还是没什么用。我又去找奶奶，想让她用民间的土法给我挑疮去去火，感觉是有一股火邪郁在身上发泄不出来。婆婆拦住了我，她见我病得蹊跷，说要去找人来给我看看。

没多久，婆婆领着一个瘦小的女人回来了。女人先笑着叫我“婶子”，然后让我伸出手来，她拿两根手指搭在我脉搏处，凝神探了一会儿，开口吐出了四个字：“动了东西。”

我不解。

她转头去看婆婆：“你想想最近家里有没有挪动很久没动过的物件？”

婆婆锁着眉头思索，忽然想起了什么：“昨天他爷俩收拾院子了，把门口一张放了好几年的木头案子搬了……”

女人点点头：“那就是了。”

当即她教婆婆怎么破解，婆婆照她说的念叨了一通，向神灵许下三日之后分喜钱的承诺。

说来也怪，就在婆婆念了几句话后，我的痛症一下子缓解了很多，又过了些时候，就完全消失了。

我对这个女人钦佩不已。

从婆婆口中得知，她男人姓訾，农村里还保留着出嫁从夫的习俗，别人都叫她訾延智家。她这些本领是嫁过来之后从她婆婆那里学到的。祖传的东西都宝贵且神秘，也有自家的传承规矩，据说他们家的绝学就是只传给儿媳妇的。

三

婆婆又去找訾延智家。

很不巧，她最近找了份种树的临时工作，每天早出晚归。婆婆叮嘱她男人，无论多晚一定让她来我家一趟。

晚上 9 点半，訾延智家来了。

她有点不好意思地说，临睡前她男人才记起我们白天去找过她，就赶忙过来了。

这时女儿闹腾了一天也累了，又刚喝完奶，没有哭闹，恹恹地要睡。

訾延智家先洗了手，然后伸出食指放进女儿嘴里，停了几秒抽出来，问我：“她吃奶时是不是使劲咬你？”

我连连点头：“是啊，咬得我挺疼，还一直吃都吃不饱一样。”

訾延智家举起食指说：“你看，她也咬我，口紧。”说着又拿过女儿的小手摸了摸脉，面色凝重，若有所思。

我在一边看着，忽然觉得眼前这个瘦小的女人一点也不像个普通农妇，此刻她周身散发着一种非比寻常的气质。身为医生的我，这时已经不由自主地完全信赖她，依仗她。

女儿又哭起来，我正要哄，訾延智家制止住我说：“让她哭。”

她打开手电筒，顺着女儿因为大哭而张开的嘴巴照进去，招呼道：“你们来看看。”

我凑近一看，见女儿上腭中央有一个白色的小疙瘩。我吃了一惊：“这是什么？”

她说：“这是有风气。”

我问："哪来的风气？"

"月子里小婴儿最怕风，从外面进来的人，尤其是骑摩托车的，带着一身风寒凉气，往她跟前一凑，准得受风。"

婆婆说："我知道这个，我们都很注意的。"接着婆婆又似埋怨地说："前天来了几个照相的，棠棠还睡着呢就把她闹醒了，我就寻思不是好事，月子屋里不能让这些乱人来。"

拍照的事是我应允的，影楼搞活动免费上门拍摄，我觉得这是好事就同意了。谁能想到会带来灾祸？而且那些人是坐汽车来的，身上也没什么凉气。

这些话我只在心里过了一遍，没敢反驳出口，我也不确定是不是因为这个让女儿变成这样的。

訾延智家说："小孩着了风气，肚子就不好受，越不好受越要吃，越吃越不好受。"

我有点急："那怎么办？"

"找个大号绣花针来，再准备一个土鸡蛋。"

婆婆找来针，訾延智家吩咐婆婆用开水烫烫消毒，又让婆婆把哭闹着的女儿横抱在怀里，我打着手电照明。

訾延智家左手伸进女儿嘴里，用两根手指上下撑开，右手拿针对准那个白色的小疙瘩，迅速一针挑下，女儿哭声霎时惨烈，整个脸面连头皮都成了红色。

訾延智家下手毫不犹豫，瞅准时机照那疙瘩又来了好几针。

我的心跟着一揪一揪的，几乎不忍心看下去。

这时，她用指甲在挑破的地方刮了刮，拉出一根丝样的黏液来，又拿纱布在创口处擦了擦，擦出一点混着涎液的血。

我暗自吐了口气，心疼地抱过女儿想安抚一下，不料訾延智家又吩咐："把她上衣解开。"

原来还没完。她又伸出两根手指，在女儿胸膛上来回触摸比量了几下，最后选好了位置，在胸骨下缘两侧，谓之"前心"，又迅速地挑了五六针。这回几乎连血都没出，却见针头一拨，露出一根根刚被挑断的银白色的细丝。

这是些什么？又是怎么长到女儿身体里的？我在心里喃喃自语，眼前的所见所闻已经超出了我在学校和医院里的认知。訾延智家又用手挤捏了几下，被挑破的地方才冒出一些深色的血珠来。

挑完“前心”，又在后背肩胛骨下方的“后心”挑了两处。

这时女儿已经哭得力竭，声音都有些哑了，婆婆抱着她，心疼得也快哭了，不住地安慰着：“好孩子，这就好了，这就好了……”

然而接下来的操作才是最不可思议的。

訾延智家收起针，拿过鸡蛋磕开一个小洞，倒出一点蛋清，把女儿前胸后背的伤口抹了抹，然后蘸了蛋清液在她的臂膀处开始转着圈涂抹。

我不明所以：“这是干什么？”

訾延智家没有直接回答，只说：“你等会儿看看。”

很快，神奇的一幕出现了：只见蛋清抹过的地方，毛孔里倏地钻出了一根根“黑刺”！随着她手指不住地涂抹，黑刺被抚平后马上又有新的一茬冒出来。

我瞪大眼睛看着眼前的景象，内心无比震惊：好端端的臂膀里怎么会凭空冒出这么多“黑刺”？用手一摸，那东西果然像刺一样有些扎手。

“黑刺”渐渐地越来越少，终于不再往外冒了，訾延智家才停下手。她对婆婆说：“我家有朱砂，你跟着我去拿点喂给她吃。”

我上学时学过中医，知道朱砂是安神的中药，但是，朱砂有毒。她竟然敢给未满月的婴儿用这种虎狼之药！

不过，我这时已经对她完全信服，她说敢用我就敢用。

婆婆拿回了朱砂，按訾延智家叮嘱，取了米粒大小碾成粉末，就着一小勺水给女儿喂进去。

这一夜女儿睡得极沉，换尿布都没醒，喂奶时她也闭着眼，靠本能的条件反射吮吸。

第二天早上，我学着訾延智家的样子，在女儿上颚挑破的那个小白疙瘩处用指甲刮了刮，女儿又痛得哇哇大哭。但这是訾延智家交代的，我必须做。又刮出一些黏丝，之后用蛋清抹臂膀，又有新的“黑刺”冒出来，但比昨晚少了。

这天女儿还是有点黏人，但比昨天好多了，我暗暗舒了口气，心想慢慢就好了。

四

第三天早上，我刚醒来，看着正在睡梦中的女儿，不知为什么，心里隐约有些不安。

果然，女儿醒来后，我担心的事情发生了。她又故态复萌，不住地哭闹，不停地要吃奶，吃完又大口大口地溢出来。

这回我知道女儿不是故意的，她是病了，十分难受。我把她抱在怀里轻轻地哄。

半上午过去了，还是没见好。婆婆看到这情形，又去请来了訾延智家。

原来，女儿口里被挑破的那个小白疙瘩旁边，又长出一个更小的疙瘩。

这是风气余邪未尽。

按前天的流程又走了一遍，这次还加挑了一个地方——颈后窝，俗称的“馋窝头”，可以治溢奶。

一番下来，女儿又累得睡着了。

我发现，每次痛苦折磨后，她反而睡得更安稳。“明天就是满月了，希望圆圆满满，快点好起来。”我在心里默默祈祷。

五

满月这天终于到了。我望着窗外艳阳高照的天气，心想：这是个好兆头。我甚至开始憧憬起出了月子带着女儿出去玩耍的情景。

女儿却煞风景地大哭起来，哭得格外凶。

婆婆说："小孩儿都'嚎满月'，过了今天就好了。"

我信以为真，耐心地哄着，等待熬过今天。

到了下午，我越来越怀疑婆婆的说法，因为女儿不只哭得厉害，睡觉也一惊一乍的，我连喘气都小心翼翼。即使如此，入睡中她还是会无缘无故地突然一惊，惊得手脚都抬起来，然后眼也不睁就大哭起来。

我一筹莫展，不由得又想起了訾延智家。这几天来她成了我的主心骨，一碰到难题就想向她求助。

可是她又去种树了。好不容易挨到晚上，等来了很晚才收工回家的訾延智家。

她听了我的诉说，又查看一番，叹了口气说："本以为没这么严重，想让她少受点罪，看来还是免不了。"

用过两次的大针又拿了出来，这次不但把上颚原来的伤口又重新豁开，"前心"和"后心"也照旧，又加上了前囟和两耳后，一共八处。

原来这才是全套的针法。

挑完以后，訾延智家说："这回应该差不多了。"

有她这句话，我像吃了颗定心丸。

夜已深，婆婆要送送她，她坚持不肯，让我们先照顾孩子，说自己几步路就回去了。

看着她离去时瘦小的背影，我心里想：等孩子好了一定要好好谢谢她。

訾延智家没有妄言，挑了第三次后，女儿再也没有睡觉惊醒起来，只是每次喝奶都会哭。那种哭跟以前的哭闹不一样，刚开始我没弄明白怎么回事，后来发现她嘴巴里的伤口成了两个溃疡。口腔溃疡那种疼，经历过的人都知道，难怪她哭。好在小孩子生命力旺盛，溃疡愈合很快，没几天就差不多长好了。

我跟婆婆说起怎样感谢訾延智家，婆婆说：以前别人找她帮忙看都是拿点东西去表示谢意，她不收钱，东西多了也不要。

我很感慨，在现在这个社会，她还坚守祖传的规矩，颇有古代医者仁心的风范。我跟婆婆说，那就搬一箱好酒送去。

六

女儿恢复后，我带着她回了娘家。大姐、二姐也回来了。大家一起围着这个小家伙看，我讲起了挑风的经过。

她们听后都感叹不已，说幸好村里有这么个人，要不然这种情况去医院也没有好办法，只能用镇静的药，治标不治本。

给女儿洗澡时，我们发现她臂膀上的“黑刺”像枯萎了一样，变成了又细又软的汗毛，只是比汗毛长，末梢挂着一个个小毛球，是碰到衣服上的棉纤维团成的。

再后来，这些挂着毛球的“汗毛”褪掉了，女儿的胳膊白白胖胖的，看不出任何异样。

那些骇人的“黑刺”像从来没存在过一样。

但是，我永远记得。

叫魂与谢沙子

□ 王会武

叫魂

我上小学时，父亲从生产队里借了辆木制小推车去石门西南面的殷家涧村出门。从我家到殷家涧得经过石门村，足足有四十里地。一大早吃了早饭就出发，到那里已快天晌了。

殷家涧是我父亲的姥姥家。吃过午饭，父亲说得往回走了，老姥姥说这么大老远来了，怎么也得住下耍两天。父亲觉得盛情难却，加之正月里农活又少，就和我住下了。

傍晚我正在院子里玩，忽然听到六十多岁的小脚老姥姥在大门口朝外面大声喊：“小英子，来家吃饭！”连喊了三声。我忽然感觉很纳闷：小英子明明躺在炕上啊！

我急忙对老姥姥说：小英子在炕上躺着，您没看到吗？老姥姥一边挪动着两只小脚往屋里走，一边神秘地对我说：小孩子别多嘴！

第二天早上天刚刚亮，父亲就告别了热情的亲戚们，推着我往回走。我问父亲昨天傍晚老姥姥的行为。父亲说：这叫叫魂。

以后我再去这个村，还是经常看见有叫魂的。

冬季寒冷季节叫魂的家庭特别多，有时叫魂声此起彼伏。原来冬天天冷，患感冒的孩子特别多，因此叫魂声特别多。也别说，吃几片安乃近片，打几支安痛定针，加上老人连续两三天傍晚叫魂，孩子的病逐渐就好了。

叫魂这种仪式在乡村流行了很多年，到了20世纪80年代初期逐渐消失了。

谢沙子

生沙子是我们小时候婴幼儿的一种常见疾病，其症状表现为发热、厌食、嗜睡、面部发红，严重者脸上会出现很多红色小颗粒，甚至眼皮红肿，睁眼都困难，是麻疹的一种。

母亲的姥姥家在石门的齐长城一带，我小时候母亲经常领着我去。

因为路远，经常在那里住下。老姥姥的孙子那天生沙子，躺在炕上发烧。孩子的父母一边去村卫生室找赤脚医生拿上几粒土霉素片消炎，一边请赤脚医生到家里给孩子注射安痛定消炎。而老姥姥也没闲着，先从家里面缸中用面瓢刮出点儿白面，和好后用铁锅烙了十多个薄薄的小饼，再去村子的代销处买上几块水果糖和两张大黑纸。回家后把大黑纸折叠后割成方块状，摞起来用纸刀子打打。看看快到傍晚的时候，用四升篼子挎着就去了村子西面的芦河边。

河边有一小片一小片细细的褐色的沙子。老姥姥在沙滩上蹲下，用手堆起三小堆沙子，把小伞插在中间那堆沙子上，把黑纸在地上用火柴点燃。她又把那几块糖和小饼放在地上，在酒盅里倒满散白酒，洒在燃烧的黑纸上。火上浇酒，火势更旺。这时，老姥姥虔诚地说：请沙嫲嫲开恩，让我家小孙孙快快好起来，好起来……然后跪下磕了三个头。她挎上篼子往回走的瞬间，几个孩子跑过去抢走了那几块糖和那几个小薄饼。

说来也怪，第二天天刚刚亮，孩子就嚷着要吃饭了，体温也降了下来。

我现在当然明白，以上这些都属于封建迷信，许多时候只是巧合罢了。

方言俚语

说摊子

□ 张秀珍

20 世纪 80 年代以前，手机、电视等文化传播工具还不发达，一般在农闲、夏日的傍晚，晚饭后村民大都喜欢聚在家门口、屋山墙角、树荫下，在地上铺一件自编的蓑衣、枣花席，或坐在马扎子、小板凳上，有一搭没一搭地闲聊，听健谈的人说一些老事、新鲜事。这种消闲娱乐方式被称作“把瞎话”或者“说瞎话”。我们在收集齐长城民俗故事的过程中，发现在马耳山周边的村庄中，这一消闲娱乐方式被村民们称作“说摊子”。

心曲不坏——心眼不坏的意思。

这一块块里的人——这个地方的人。

见天价瞅着——见天价，天天的意思。

耒锸——大禹治水时使用的工具。

觉得该歇哈歇哈了——歇哈歇哈，休息休息的意思。

恣么旸畅——诸城土话，非常高兴、心情舒畅的意思。

下馉馇——诸城土话，煮饺子的意思。

夜来后晌——诸城土话，昨天晚上的意思。

整日价——诸城土话，每一天的意思。

这个埝——诸城土话，这个地方的意思。

这一个茬——诸城土话，一户人家的意思。也说这一个主。

天快上黑影时候——诸城土话，快黑天的意思。

大大——称谓，父亲的弟弟，叔叔。

宁条子——新发出来的树枝。

礼道又好——有礼貌的意思。

有理也讲不点子上去——不会讲理。

一黑夜没眨眼———夜没睡觉的意思。

也没寻思出个应对的方方来——没想出办法。

扎鼓病的方方奇好——诸城土话，治病的医术非常高超。

诸城齐长城一带方言俗语

□ 台见新

人们在社会生产生活过程中需要进行语言交流，有些言语，只有当地人才能听得懂，因此称为方言俗语。

我在齐长城一带采访时，收集了当地的一些方言俗语，按照类别列在下面。

日常生活交谈时的常用口语：孬好的，安阳来，昂，嗯，奇好，刚地好，杠杠地，赶子中罕，了耶了不际了，连没利地，紧趁地，磨噶，拖拉，嗯哼，吆好，安罕，喳喳咕咕，噶古，瓦古，木有，木头，朝巴，拉个呱，饥困，赶木着，赶作宗，芥末声地，不足声，惹蜇人，咯吱人，腌臜人，恶（无）俗人，窝囊人，笑话人，愉作，扎煞，胀饱，犟饱孙，热了盆，作摸，哩哩，啦啦，咧咧，急急，唰唰，等。

时间、称谓、动植物等常用语：年头儿（年景），后晌（晚上），傍黑儿（傍晚），夜来（昨天），交九（冬至开始数九），埝儿（地方），天老鼠（流星），雾露（大雾），旮活旯（墙角），坩勾（砂礓），狗奶子（枸杞），萋萋毛（小蓟），布噶（鸽子），扁嘴（鸭子），野雀（喜鹊），土蝎子（蟋蟀），叨唠（蟑螂），蚬螗（黄蜂），乖乖（蝈蝈儿），叫驴（公驴）、草驴（母驴），蛤蟆锅当子（蝌蚪），节溜（鸣蝉），嫚姑子（女孩），小厮（男孩），光棍子（单身汉），老嬷嬷（老太婆），小姑子（妹子），媳子（老婆），小嫚姑（小姑娘），识字班（姑娘），老头子（老汉），大大（叔叔），等。

生产生活方面常用语：阳沟（水道），燎壶（烧水壶），营生（活儿），舞弄（摆弄），朝硬（轻松），拉锄（锄地），开镰（收割），杀秫秫，木毂轮，索头，纤绳，驴吊袢，浑仗蛋，打场，抱碾杆，拦扬，包馉馇，树楂子，副腿（烟筒），馇豆腐，抱磨棍，摊煎饼，烧鏊子，拉大锯，做家什，撂粪，打苫子，编席，纺线，织毛衣，割酱，生白醭（长了一层白毛），丝孬了（食物变酸），等。

名称方面常用口语：页拉盖（额头），脖拉盖（膝盖），穷汉岭（小腿骨），家臣子（麻雀），芋圆头子（小鸟），马虎（狼），咕噜锅，篚辘子，水捞床子，盾厥，折子，蒲坦，墩子，拉风扇，三只手（小偷），起手，打狗子，摘猪子，窑货盆 ，条火匠，土鳖，小犊子，活杂碎，祸害，电驴子，砖胚，药碾子，药引子，麦娥子，巴没架子，嘟噜子，古董，朝巴，挠骨节（毒瘤），鼻听鬼，二流子（流氓），香油果子（油条），扁嘴，勾勾喽（公鸡），夜猫子，穿盘，蒲袜，等。

常用动词：瞅乎（偷看）、剜打（指到），握蹉（用手揉），掂量（估量），鼓触（缩头），鼓涌（动弹），打秋千，赶山（赶庙会），扶驴椇，上学屋，夹拿，铺拉（张开），哺咂（用口品尝），扎古（治疗），楔杀你（打杀），嫌吼（批评），抻勾（伸着头），露候（眼瞅着），张量张量，数呱数呱，打个朦胧，捋扎，抠嗤，拿个路头，约莫，母量，心思，等。

常用形容词：哄黑哄黑，挣先挣先、齁咸齁咸，蚂蚱眼了，雾雾囔囔，锃明锃明，噘人按麻干似的，低煞了，装憨撸人，大野古，死牛丧犟，不甜和人，抻强量，嘚瑟，撸箍小孩，忽儿马趟，颠先，痴迷瞪候眼，卡唠唠滴，耍奸磨滑，二五眼儿，毛三枪，伤天理，天打五雷轰，临清末晚，细米薄糠，泥里踹摔，灰没塌拉眼，不什理你，没霎儿，隔隔，才急忙儿，方古热，一尕尔，偏啦，窜了楂子，麻阳人，恶人毛，胡之狗油，疵毛，一嘱斋，空嗤空嗤，黏黏糊糊，毛毛愣愣，合满户里，麻瞪了山，报了庙了，泥泥拽水，瓢干瓮渴，挖了包糠，扬性，火蹿人，七咬八挣，磨噶磨噶，倒张子不觉两，皮皮撒撒，让服你，摆洋鼻，挺浑实，数呱数呱，呱哒板子，呜得得地，鬼头蛤蟆眼，一窝当块地，扶摇，打牙聊嘴，瞒不当地，不中人，马虎眼，熊头恶脑、老魔羔子，红眼白爪，讨老子，唠里唠叨，戳狗牙，扎煞，兔子腿，狗腿子，不三不四，掏火扒灰，噶乎，且乎，相好，等。

需要说明的是，许多方言难以确定相对应的字，有一些是根据发音接近的字写出的词条，因当地发音并不标准，有些词条写法也不尽相同。

长城风骨今犹在

齐长城在诸城市境内全长 49.85 公里，其中保有遗迹 38.52 公里，有墙夼村南岭段、河北村南岭段、马耳山段、尚庄南岭段、茁山段、拔地盘段、望海楼段、瓜蒌山段（西响水村南山段）、东响水北山段、殷家涧段、马山段、上崔家沟段、石河头北山段、大洼段、竹园北山段、绕子阿北山段、孙家夼北山段等。

墙夼村南岭段：在原墙夼村南岭、墙夼水库北岸处，现存一处长约1100米的齐长城遗址，高度0.3—0.8米，基宽2米。

河北村南岭段：在枳沟镇原河北村南岭与五莲县李家北杏西岭交界处，长约20米，东高西低，最高处约2米，低处约0.5米。

马耳山段：在马耳山的山脊。有些地段的残址凸出地面 1 米左右，宽 10 米左右。在山脊的北麓，有一道碎石块堆积的“岭杠”，2—3 米宽，几乎没有高度，只有站在远处才能看出是一道城墙的痕迹。

尚庄南岭段：在石人山与七泉山之间。沙土夯筑，底宽约 10 米，顶宽约 3 米，高约 3 米，长 1000 多米。

茁山段：在下茁山村南面的口子山与石八盘之间，长约 20 米，尚有残址。

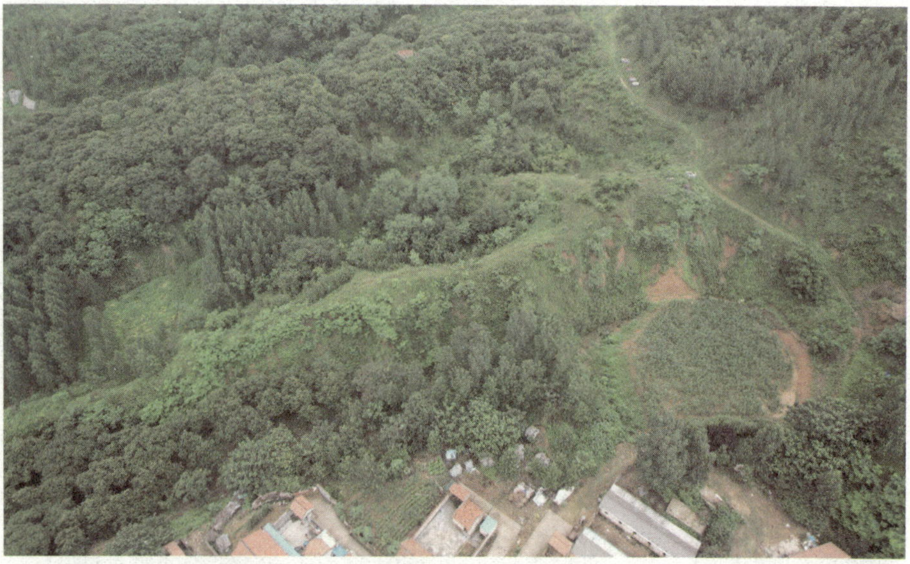

瓜蒌山段（西响水村南山段）：在臧家沟村西北、西响水村南面的瓜蒌山坡的背阴面，隐约可见长约 40 米的遗址残迹。

东响水北山段：西起诸日公路，东至东响水东大山（许家沟的菩萨山）。分为东响水北山、东大山段。这段保存尚好，崖高 2－4 米，底部宽 10－15 米，顶部宽 4－6 米，长约 1200 米。

殷家涧段：西起黄牛山，东至背风峪（殷家涧南山），依山而建，遗迹依稀可见，长约 50 米。

马山段：西起大坪子村北面的小梁山，经过大梁山、野猫子窝山，东至马山，断断续续长约 300 米。马山上有双面石墙遗址，上面还刻有图像，1992 年被国家文物局专家组确定为国家一级珍贵文物。

上崔家沟段：上崔家沟段西起马山，东至邹家沟东山，包括崔家沟北岭段、曹家洼南岭段、邹家沟东山段（垛山段）。该段用夹沙的黄土夯筑而成，质地坚硬，高 3—4 米，底宽 15—20 米，顶宽 3—5 米，长约 1000 米，远眺如岭，气势宏伟。

石河头北山段：石河头北山段西起太平安西南的磊石山，东至石河头的北山，包括太平安村前段、石河头北山段，全长近 2000 米。太平安村前段的遗址基本没有痕迹，石河头北山段保存相对完好，像是一道坝坡，自西往东长约 1310 米，底部宽 8—12 米不等，顶宽 3—4 米不等，高 1—4 米不等。

大洼段：大洼段西起大洼村东岭，东至近枝子西南岭，长约 910 米，基本呈西南至东北方向，分为大洼东岭、近枝子西南岭东西两段，西段分为坡崖（长约 40 米，高约 1.6 米）与乡间道（宽约 5 米，高 40 厘米）两部分，东段为地堑。

竹园北山段：竹园村北山段保存尚好，底部 12—20 米，顶部宽 4—6 米，高 3—5 米，基本呈东西方向。中间除被乡村路截断三处外，其余部分都连接在一起，弯曲连绵约 4200 米，像一条飞舞的长龙，气势蔚为壮观。

绕子阿南山段：西起竹园东山，东至绕子阿南山（插旗崖东南山），宽 14 米，高 3—4 米，长 1320 米，基本呈东西走向。

孙家夼北山段：西起绕子阿南山，东至史家夼北山。先后经过孙家夼北山、黑王家沟北岭、台家沟南岭、史家夼北山等，底宽 15—20 米，顶宽 4—5 米，高 3—4 米，全长 2880 米。由于以前这里有女儿出嫁陪送土地的风俗，导致各村的地界彼此交错，形成了绕子阿的南山会有插旗崖的地，台家沟称南山而孙家夼村称为北山的现象，很难进行详细划段，只好统称孙家夼北山段。